쉽게 읽는 석보상절 19

釋譜詳節 第十九

나찬연은 1960년에 부산에서 태어났다. 부산대학교 국어국문학과를 나오고(1986), 같은 학교 대학원에서 문학석사(1993)와 문학박사(1997)학위를 받았다. 지금은 경성대학교 국어국문학과에서 교수로 재직하고 있으면서 국어학, 국어 교육, 한국어 교육 분야의 강의를 맡고 있다.

* 홈페이지: '학교 문법 교실 (http://scammar.com)'에서는 이 책의 내용과 관련된 자료를 온라인으로 제공합니다. 본 홈페이지에 개설된 자료실과 문답방에 올려져 있는 다양한 정보를 자유롭게 이용할 수 있고, 이 책의 내용에 대하여 저자의 답변을 받을 수 있습니다.
* 전화번호 : 051-663-4212
* 전자메일 : ncy@ks.ac.kr

주요 논저

우리말 이음에서의 삭제와 생략 연구(1993), 우리말 의미중복 표현의 통어·의미 연구(1997), 우리말 잉여 표현 연구(2004), 옛글 읽기(2011), 벼리 한국어 회화 초급 1, 2(2011), 벼리 한국어 읽기 초급 1, 2(2011), 제2판 언어·국어·문화(2013), 제2판 훈민정음의 이해(2013), 근대 국어 문법의 이해—강독편(2013), 국어 어문 규범의 이해(2013), 표준 발음법의 이해(2013), 제5판 중세 국어 문법의 이해—이론편(2014), 제5판 중세 국어 문법의 이해—주해편(2014), 제5판 중세 국어 문법의 이해—강독편(2014), 제5판 중세 국어 문법의 이해—서답형 문제편(2014), 중세 국어 문법의 이해—입문편(2015), 학교문법의 이해1(2015), 학교문법의 이해2(2015), 제4판 현대 국어 문법의 이해(2015), 쉽게 읽는 월인석보 서·1·2·4·7·8(2017~2018), 쉽게 읽는 석보상절 3·6·9·11·13·19(2018~2019)

쉽게 읽는 석보상절 19(釋譜詳 第十九)

©나찬연, 2019

1판 1쇄 인쇄_2019년 12월 20일
1판 1쇄 발행_2019년 12월 30일

지은이_나찬연
펴낸이_양정섭

펴낸곳_도서출판 경진
      등록_제2010-000004호
      이메일_mykyungjin@daum.net
      사업장주소_서울특별시 금천구 시흥대로 57길(시흥동) 영광빌딩 203호
      전화_070-7550-7776 **팩스**_02-806-7282

값 19,000원

ISBN 978-89-5996-684-4 94810
ISBN 978-89-5996-563-2(set)

쉽게 읽는

석보상절 19

釋譜詳節 第十九

나찬연

경진출판
Kyungjin Publishing Co.

『석보상절』은 조선의 제7대 왕인 세조(世祖)가 왕자(수양대군, 首陽大君)인 시절에 어머니인 소헌왕후(昭憲王后)를 추모하기 위하여 1447년경에 편찬하였다.

『석보상절』에는 석가모니의 행적과 석가모니와 관련된 인물에 관한 여러 일화가 소개되어 있다. 따라서 이 책은 불교를 배우는 이들뿐만 아니라, 국어학자들이 15세기 국어를 연구하는 데에도 매우 귀중한 자료가 된다. 특히 이 책은 특히 이 책은 국어 문법 규칙에 맞게 한문을 국어로 번역하였기 때문에 문장이 매우 자연스럽다. 따라서 『월인석보』는 훈민정음으로 지은 초기의 문헌임에도 불구하고, 당대에 간행된 그 어떤 문헌보다도 자연스러운 우리말 문장으로 지은 문헌이라고 할 수 있다.

이처럼 『석보상절』이 중세 국어와 국어사 연구에 매우 중요한 역할을 하기 때문에, 일찍부터 이 책은 중세 국어 연구의 대상이 되었고 현대어로 옮기는 작업도 이루어졌다. 그 대표적인 성과가 '세종대왕기념사업회'에서 편찬한 『역주 석보상절』의 모둠책이다. 『역주 석보상절』의 간행 작업에는 허웅 선생님을 비롯한 그 분야의 대학자들이 참여하였기 때문에, 『역주 석보상절』은 그 차제로서 대단한 업적이다. 그러나 이 『역주 석보상절』는 1992년부터 순차적으로 간행되었는데, 간행된 책마다 역주한 이가 달라서 내용의 번역이나 형태소의 분석, 그리고 편집 방법이 통일되지 못한 아쉬움이 있다. 지은이는 이러한 점을 감안하여 15세기의 중세 국어를 익히는 학습자들이 『석보상절』을 쉽게 이해할 수 있도록, 현대어로 옮기는 방식과 형태소 분석 및 편집 형식을 새롭게 바꾸었다. 이러한 편찬 의도를 반영하여 이 책의 제호도 『쉽게 읽는 석보상절』로 정했다.

이 책은 중세 국어 학습자들이 『석보상절』를 쉽게 이해할 수 있는 책을 편찬하겠다는 원래의 취지를 살리기 위하여, 다음과 같은 방법으로 책의 내용과 형식을 구성하였다.

첫째, 현재 남아 있는 『석보상절』의 권 수에 따라서 이들 문헌을 현대어로 옮겼다. 이에 따라서 『석보상절』의 3, 6, 9, 11, 13, 19 등의 순서로 현대어 번역 작업이 이루진다. 둘째, 이 책에서는 『석보상절』의 원문의 영인을 페이지별로 수록하고, 그 영인 바로 아래에 현대어 번역문을 첨부했다. 셋째, 그리고 중세 국어의 문법을 익히는 이들에게 편의를 제공하기 위하여, 원문의 텍스트에 나타나는 어휘를 현대어로 풀이하고 각 어휘에 실현된 문법 형태소를 형태소 단위로 분석하였다. 넷째, 원문 텍스트에 나타나는 불교 용어를 쉽게 풀이함으로써, 불교의 교리를 모르는 일반 국어학자도 『석보상절』의 내용을 이해할 수 있도록 하였다. 다섯째, 책의 말미에 [부록]의 형식으로 [원문과 번역문의 벼리]를 실었다. 여기서는 『석보상절』의 텍스트에서 주문장의 사이에 삽입되어 있는 협주문(夾註文)을 생략하여 본문 내용의 맥락이 끊이지 않게 하였다. 여섯째, 이 책에 쓰인 문법 용어와 약어(略語)의 정의와 예시를 책머리의 '일러두기'와 [부록]에 수록하여서, 이 책을 통하여 중세 국어를 익히려는 독자에게 도움을 주었다.

이 책에 쓰인 문법 용어는 가급적 『고등학교 문법』(2010)에서 사용되는 문법 용어를 그대로 사용하였다. 다만 일부 문법 용어는 허웅 선생님의 『우리 옛말본』(1975), 고영근 선생님의 『표준중세국어문법론』(2010), 지은이의 『중세 국어 문법의 이해-이론편』에서 사용한 용어를 빌려 썼다. 중세 국어의 어휘 풀이는 대부분 '한글학회'에서 지은 『우리말 큰사전 4-옛말과 이두 편』의 내용을 참조했으며, 일부는 남광우 님의 『교학고어사전』을 참조했다. 각 어휘에 대한 형태소 분석은 지은이가 2010년에 『우리말연구』의 제27집에 발표한 「옛말 문법 교육을 위한 약어와 약호의 체계」의 논문과 『중세 국어 문법의 이해-주해편, 강독편』에서 사용한 방법을 따랐다.

그리고 불교와 관련된 어휘는 국립국어원의 인터넷판 『표준국어대사전』, 인터넷판의 『두산백과사전』, 인터넷판의 『한국민족문화대백과』, 인터넷판의 『원불교사전』, 한국불교대사전편찬위원회의 『한국불교대사전』, 홍사성 님의 『불교상식백과』, 곽철환 님의 『시공불교사전』, 운허·용하 님의 『불교사전』 등을 참조하여 풀이하였다.

이 책을 간행하는 데에는 여러 사람의 도움이 있었다. 지은이는 2014년 겨울에 대학교 선배이자 독실한 불교 신자인 정안거사(正安居士, 현 동아고등학교의 박진규 교장)를 사석에서 만났다. 그 자리에서 정안거사로부터 국어학자뿐만 아니라 일반 사람들도 부처님의 생애를 쉽게 알 수 있는 책이 필요하다는 당부의 말을 들었는데, 이 일이 계기가 되어서 『쉽게 읽는 석보상절』의 모둠책이 세상에 나오게 되었다. 그리고 고려대학교 교육대학원의 국어교육전공에 재학 중인 나벼리 군은 『석보상절』의 원문의 모습을 디지털 영상으로 제작하고 편집하는 작업을 해 주었다. 이 책을 출판해 주신 '도서출판 경진'의 양정섭 대표님께 감사의 뜻을 전한다.

2019년 10월
나찬연

차례

머리말 • 4

일러두기 • 7

1. 이 책에서 형태소 분석에 사용하는 문법적 단위에 대한 약어는 다음과 같다.

범주	약칭	본디 명칭	범주	약칭	본디 명칭
품사	의명	의존 명사	조사	보조	보격 조사
	인대	인칭 대명사		관조	관형격 조사
	지대	지시 대명사		부조	부사격 조사
	형사	형용사		호조	호격 조사
	보용	보조 용언		접조	접속 조사
	관사	관형사	어말 어미	평종	평서형 종결 어미
	감사	감탄사		의종	의문형 종결 어미
불규칙 용언	ㄷ불	ㄷ 불규칙 용언		명종	명령형 종결 어미
	ㅂ불	ㅂ 불규칙 용언		청종	청유형 종결 어미
	ㅅ불	ㅅ 불규칙 용언		감종	감탄형 종결 어미
어근	불어	불완전(불규칙) 어근		연어	연결 어미
파생 접사	접두	접두사		명전	명사형 전성 어미
	명접	명사 파생 접미사		관전	관형사형 전성 어미
	동접	동사 파생 접미사	선어말 어미	주높	상대 높임의 선어말 어미
	조접	조사 파생 접미사		객높	주체 높임의 선어말 어미
	형접	형용사 파생 접미사		상높	객체 높임의 선어말 어미
	부접	부사 파생 접미사		과시	과거 시제의 선어말 어미
	사접	사동사 파생 접미사		현시	현재 시제의 선어말 어미
	피접	피동사 파생 접미사		미시	미래 시제의 선어말 어미
	강접	강조 접미사		회상	회상 표현의 선어말 어미
	복접	복수 접미사		확인	확인 표현의 선어말 어미
	높접	높임 접미사		원칙	원칙 표현의 선어말 어미
조사	주조	주격 조사		감동	감동 표현의 선어말 어미
	서조	서술격 조사		화자	화자 표현의 선어말 어미
	목조	목적격 조사		대상	대상 표현의 선어말 어미

---

* 이 책에서 쓰인 '문법 용어'와 '약어(略語)'에 대한 자세한 내용은 [부록]에 첨부된 '문법 용어의 풀이'를 참고하기 바란다.

2. 이 책의 형태소 분석에서 사용되는 약호는 다음과 같다.

부호	기능	용례
#	어절의 경계 표시.	철수가 # 국밥을 # 먹었다.
+	한 어절 내에서의 형태소 경계 표시.	철수+-가 # 먹-+-었-+-다
( )	언어 단위의 문법 명칭과 기능 설명.	먹(먹다)-+-었(과시)-+-다(평종)
[ ]	파생어의 내부 짜임새 표시.	먹이[먹(먹다)-+-이(사접)-]+-다(평종)
	합성어의 내부 짜임새 표시.	국밥[국(국)+밥(밥)]+-을(목조)
-a	a의 앞에 다른 말이 실현되어야 함.	-다, -냐 ; -은, -을 ; -음, -기 ; -게, -으면
a-	a의 뒤에 다른 말이 실현되어야 함.	먹(먹다)-, 자(자다)-, 예쁘(예쁘다)-
-a-	a의 앞뒤에 다른 말이 실현되어야 함.	-으시-, -었-, -겠-, -더-, -느-
a(← A)	기본 형태 A가 변이 형태 a로 변함.	지(← 짓다, ㅅ불)-+-었(과시)-+-다(평종)
a(↚ A)	A 형태를 a 형태로 잘못 적음(오기)	국빱(↚ 국밥)+-을(목)
Ø	무형의 형태소나 무형의 변이 형태	예쁘-+-Ø(현시)-+-다(평종)

3. 다음은 중세 국어의 문장을 약어와 약호를 사용하여 어절 단위로 분석한 예이다.

> 불휘 기픈 남ᄀᆞᆫ ᄇᆞᄅᆞ매 아니 뮐씨 곶 됴코 여름 하ᄂᆞ니   [용가 2장]

① 불휘: 불휘(뿌리, 根)+-Ø(←-이: 주조)
② 기픈: 깊(깊다, 深)-+-Ø(현시)-+-은(관전)
③ 남ᄀᆞᆫ: 낡(← 나모: 나무, 木)+-ᄋᆞᆫ(-은: 보조사)
④ ᄇᆞᄅᆞ매: ᄇᆞᄅᆞᆷ(바람, 風)+-애(-에: 부조, 이유)
⑤ 아니: 아니(부사, 不)
⑥ 뮐씨: 뮈(움직이다, 動)-+-ㄹ씨(-으므로: 연어)
⑦ 곶: 곶(꽃, 花)
⑧ 됴코: 둏(좋아지다, 좋다, 好)-+-고(연어, 나열)
⑨ 여름: 여름[열매, 實: 열(열다, 結)-+-음(명접)]
⑩ 하ᄂᆞ니: 하(많아지다, 많다, 多)-+-ᄂᆞ(현시)-+-니(평종, 반말)

4. 단, 아래의 경우에는 예외적으로 다음과 같은 방법으로 어절의 짜임새를 분석한다.

　가. 명사, 동사, 형용사는 특별한 경우가 아니면 품사의 명칭을 표시하지 않는다. 단, 의존 명사와 보조 용언은 예외적으로 각각 '의명'과 '보용'으로 표시한다.

　　① 부톄: 부텨(부처, 佛) + - ㅣ(← -이: 주조)
　　② 괴오쇼셔: 괴오(사랑하다, 愛)- + -쇼셔(-소서: 명종)
　　③ 올ᄒᆞ시이다: 옳(옳다, 是)- + -ᄋᆞ시(주높)- + -이(상높)- + -다(평종)

　나. 한자말로 된 복합어는 더 이상 분석하지 않는다.

　　① 中國에: 中國(중국) + -에(부조, 비교)
　　② 無上涅槃을: 無上涅槃(무상열반) + -을(목조)

　다. 특정한 어미가 다른 어미의 내부에 끼어들어서 실현될 때에는 다음과 같이 표기한다. 이때 단일 형태소의 내부가 분리되는 현상은 '…'로 표시한다.

　　① 어리니잇가: 어리(어리석다, 愚: 형사)- + -잇(← -이-: 상높)- + -니…가(의종)
　　② 자거시늘: 자(자다, 宿: 동사)- + -시(주높)- + -거…늘(-거늘: 연어)

　라. 형태가 유표적으로 존재하지 않으면서도 문법적이 있는 '무형의 형태소'는 다음과 같이 'Ø'로 표시한다.

　　① 가ᄆᆞ라 비 아니 오ᄂᆞᆫ 짜히 잇거든
　　　· ᄀᆞᄆᆞ라: [가물다(동사): ᄀᆞ물(가뭄, 旱: 명사) + -Ø(동접)-]- + -아(연어)
　　② 바ᄅᆞ 自性을 ᄉᆞ뭇 아ᄅᆞ샤
　　　· 바ᄅᆞ: [바로(부사): 바ᄅᆞ(바르다, 正: 형사)- + -Ø(부접)]
　　③ 불휘 기픈 남ᄀᆞᆫ
　　　· 불휘(뿌리, 根) + -Ø(← -이: 주조)
　　④ 내 ᄒᆞ마 命終호라
　　　· 命終ᄒᆞ(명종하다: 동사)- + -Ø(과시)- + -오(화자)- + -라(← -다: 평종)

마. 무형의 형태소로 실현되는 시제 표현의 선어말 어미는 다음과 같이 표기한다.

① 동사나 형용사의 종결형과 관형사형에서 나타나는 '과거 시제 표현'의 무형의 선어말 어미는 '-Ø(과시)-'로, '현재 시제 표현'의 무형의 선어말 어미는 '-Ø(현시)-'로 표시한다.

　　㉠ 아들들히 아비 죽다 듣고
　　　　· 죽다: 죽(죽다, 死: 동사)- + -Ø(과시)- + -다(평종)
　　㉡ 엇던 行業을 지서 惡德애 떠러딘다
　　　　· 떠러딘다: 떠러디(떨어지다, 落: 동사)- + -Ø(과시)- + -ㄴ다(의종)
　　㉢ 獄은 罪 지슨 사름 가도는 싸히니
　　　　· 지슨: 짓(짓다, 犯: 동사)-+ -Ø(과시)- + -ㄴ(관전)
　　㉣ 닐굽 히 너무 오라다
　　　　· 오라(오래다, 久: 형사)- + -Ø(현시)- + -다(평종)
　　㉤ 여슷 大臣이 힝뎌기 왼 둘 제 아라
　　　　· 외(그르다, 非: 형사)- + -Ø(현시)- + -ㄴ(관전)

② 동사나 형용사의 연결형에 나타나는 과거 시제나 현재 시제 표현의 무형의 선어말 어미는 표시하지 않는다.

　　㉠ 몸앳 필 뫼화 그르세 다마 男女를 내ᅀᆞᆸ니
　　　　· 뫼화: 뫼호(모으다, 集: 동사)- + -아(연어)
　　㉡ 고히 길오 놉고 고ᄃᆞ며
　　　　· 길오: 길(길다, 長: 형사)- + -오(← -고: 연어)
　　　　· 놉고: 높(높다, 高: 형사)- + -고(연어, 나열)
　　　　· 고ᄃᆞ며: 곧(곧다, 直: 형사)- + -ᄋᆞ며(-으며: 연어)

③ 합성어나 파생어의 내부에서 실현되는 과거 시제나 현재 시제 표현의 무형의 선어말 어미는 표시하지 않는다.

　　㉠ 왼녁: [왼쪽, 左: 외(왼쪽이다, 右)- + -ㄴ(관전▷관접) + 녁(녁, 쪽: 의명)]
　　㉡ 늘그니: [늙은이: 늙(늙다, 老)- + -은(관전) + 이(이, 者: 의명)]

『석보상절』의 해제

 세종대왕은 1443년(세종 25) 음력 12월에 음소 문자(音素文字)인 훈민정음(訓民正音)의 글자를 창제하였다. 훈민정음 글자는 기존의 한자나 한자를 빌어서 우리말을 표기하는 글자인 향찰, 이두, 구결 등과는 전혀 다른 표음 문자인 음소 글자였다. 실로 글자의 역사상 유래를 찾아볼 수 없는 매우 독창적인 글자이면서도, 글자의 수가 28자에 불과하여 아주 배우기 쉬운 글자였다.

 훈민정음을 창제한 이후에 세종은 이 글자를 널리 보급하기 위하여 훈민정음의 제자 원리를 이론화하고 성리학적인 근거를 부여하는 데에 힘을 썼다. 곧, 최만리 등의 상소 사건을 통하여 사대부들이 훈민정음에 대하여 취하였던 부정적인 인식과 태도를 파악하였으므로, 이를 극복하는 적극적인 방법으로 훈민정음 글자에 대한 '종합 해설서'를 발간하기로 하였는데, 이것이 곧 『훈민정음 해례본』이다.

 이처럼 새로운 글자를 창제하고 반포하는 데에 그치는 것이 아니라, 실제로 백성들이 널리 사용할 수 있도록 하기 위하여 여러 가지 뒷받침 사업을 진행하였다. 이를 위하여 세종은 새로운 문자인 훈민정음을 이용하여 국어의 입말을 실제로 문장의 단위로 적어서 그 실용성을 시험하는 작업을 수행하였다. 그 첫 번째 노력으로『용비어천가(龍飛御天歌)』의 노랫말을 훈민정음으로 지어서 간행하였는데, 이로써 훈민정음 글자로써 국어의 입말을 실제로 적을 수 있는 가능성을 보였다. 그리고 세종의 왕비인 소헌왕후(昭憲王后) 심씨(沈氏)가 1446년(세종 28)에 사망하자, 세종은 심씨의 명복을 빌기 위하여 수양대군(훗날의 세조)에게 명하여 석가모니불의 연보인『석보상절』(釋譜詳節)을 엮게 하였다. 이에 수양대군은 김수온 등과 더불어『석가보』(釋迦譜),『석가씨보』(釋迦氏譜),『법화경』(法華經),『지장경』(地藏經),『아미타경』(阿彌陀經),『약사경』(藥師經) 등에서 뽑아 모은 글을 훈민정음으로 옮겨서 만들었다. 여기서『석보상절』이라는 책의 제호는 석가모니의 일생의 일을 가려내어서, 그 일을 자세히 기록한 것이라는 뜻이다.

 이 책이 언제 간행되었는지는 확실하지 않다. 하지만 수양대군이 지은 '석보상절 서(序)'가 세종 29년(1447)에 지어진 것으로 되어 있고, 또 권9의 표지 안에 '正統拾肆年 貳月初肆日(정통십사년 이월초사일)'이란 글귀가 적혀 있어서, 이 책이 세종 29년(1447)에서 세종 31년(1449) 사이에 만들어졌다는 것을 확인할 수 있다. 이러한 사실을 정리하면 1447년(세종 29)에 책의 내용이 완성되었고, 1449년(세종 31)에 책으로 간행된 것으로 볼 수 있다.

『석보상절』은 다른 불경 언해서(諺解書)와는 달리 문장이 매우 유려하여 15세기 당시의 국어와 국문학을 대표하는 작품으로 꼽히고 있다. 곧, 중국의 한문으로 기록된 내용을 바탕으로 쉽고 아름다운 국어의 문장으로 개작한 것이어서, 15세기 중엽의 국어 연구에 대단히 중요한 역할을 할 뿐만 아니라 국어로 된 산문 문학의 첫 작품이자 최초의 번역 불경이라는 가치가 있다.

현재 전하는 『석보상절』은 국립중앙도서관에 소장된 권6, 9, 13, 19의 초간본 4책(보물 523호), 동국대학교 도서관에 소장된 권23, 24의 초간본 2책, 호암미술관에 소장된 복각 중간본 권11의 1책, 1979년 천병식(千炳植) 교수가 발견한 복각 중간본 권3의 1책 등이 있다.

『석보상절 제십구』의 해제

　이 책에서 번역한 『석보상절』권19는 권6, 권9, 권19와 함께 간행된 초간본으로서 갑인자(甲寅字)의 활자로 찍은 것이다. 이들 초간본 4책은 현재 국립중앙도서관에서 소장하고 있으며 보물 523호로 지정되어 있다.

　『석보상절』권19의 내용은 후진(後秦) 구자국(龜玆國)의 구마라집(鳩摩羅什)이 한문으로 번역한 『묘법연화경』(妙法蓮華經)을 저본으로 하고 있다.(전8권 28품)

　『묘법연화경』은 『법화경』(法華經)이라고도 하는데, 석가모니 부처가 가야성(伽耶城)에서 도를 이루고 난 뒤에, 영산회(靈山會)를 열어서 자신이 세상에 나온 본뜻을 말한 경전이다. 이 경전은 기원 전후에 신앙심이 강하고 진보적인 사람들에 의해 서북 인도에서 최초로 소부(小部)의 것이 만들어졌고, 2차에 걸쳐 증보되었다. 『묘법연화경』은 옛날로부터 모든 경전들 중의 왕으로 인정받았고, 초기 대승경전(大乘經典)도 가장 중요한 불경으로 인정받았다. 우리나라에서는 『화엄경』(華嚴經)과 함께 한국 불교 사상을 확립하는 데에 가장 크게 영향을 미친 경전이 되었다.

　『석보상절』권19는 『묘법연화경』의 전체 7권 중에서 제6권의 제십팔의 수희공덕품(隨喜功德品), 제십구의 법사공덕품(法師功德品), 제이십의 상불경보살품(常不輕菩薩品), 제이십일의 여래신력품(如來神力品)의 내용을 훈민정음으로 언해한 것이다.

　제18권의 '수희공덕품(隨喜功德品)'은 미륵보살 마하살이 『묘법연화경』을 듣고 따라서 기뻐하면 그 복이 매우 크다는 것을 설(說)하였다. 제19권의 '법사공덕품(法師功德品)'은 『묘법연화경』을 받아 지니고 읽고 외우고 해설하고 베껴 쓰는 이에게는 눈(眼)의 공덕, 귀(耳)의 공덕, 코(鼻)의 공덕, 혀(舌)의 공덕, 몸(身)의 공덕과 마음(心)의 공덕을 갖추어 육근(六根)이 모두 청정하게 되는 것을 설하였다. 제20권의 '상불경보살품(常不輕菩薩品品)'은 상불경보살의 행(行)을 통하여 수행의 모범적인 예를 제시하였다. 곧, 상불경보살은 경전을 독송하는 데에는 전념하지 않고 다만 예배만 행하였으며, 혹시 다른 사람이 그들 모욕하거나 비난하더라도 그들을 예경(禮敬)하고 찬탄하였다. 제21권의 '여래신력품(如來神力品)'은 땅에서 솟아 나온 천 세계의 미진수(微塵數)의 보살들이 부처가 멸도(滅度)한 후에 이 『묘법연화경』을 널리 설하여 펴겠다고 서원하자, 부처님께서는 열 가지의 신력(神力)을 나타내 보이셨다.

釋譜詳節(석보상절) 第十九(제십구)

[**第十八 隨喜功德品**(수희공덕품)] 그때에 彌勒菩薩(미륵보살) 摩訶薩(마하살)이 부처께 사뢰시되, "世尊(세존)이시여, 善男子(선남자)·善女人(선여인)이 이 法華經(법화경)을 듣고, 隨喜(수희)한 사람은 福(복)을 얼마나 得(득)하겠습니까?" 부처가 이르시되, "阿逸多(아일다)야, 如來(여래)가 滅度(멸도)한 後(후)에 比丘(비구)·比丘尼(비구니)·

釋_석譜_봉詳_쌍節_졇 第_뗑十_씹九_귷

그 저긔[1] 彌_밍勒_륵菩_뽕薩_샳[2] 摩_망訶_항薩_샳[3]이 부텨씌[4] 슬ᄫᅥ 샤ᄃᆡ[5] 世_솅尊_존하[6] 善_쎤男_남子_{ᄌᆞ}[7] 善_쎤女_녕人_{ᅀᅵᆫ}[8]이 이 法_법華_{ᅘᅪᆼ}經_경 듣고 隨_쒱喜_횡ᄒᆞᆫ[9] 사ᄅᆞ믄 福_복을 언매나[10] 得_득ᄒᆞ리잇고[11] 부톄 니ᄅᆞ샤ᄃᆡ[12] 阿_항逸_잀多_당아[13] 如_셩來_링[14] 滅_몋度_똥[15]ᄒᆞᆫ 後_{ᅘᅮᆼ}에 比_뼁丘_쿻[16] 比_뼁丘_쿻尼_닝[17]

---

1) 저긔: 적(적, 때, 時: 의명) + -의(-에: 부조, 위치)

2) 彌勒菩薩: 미륵보살. 내세에 성불하여 사바세계에 나타나서 중생을 제도하리라는 보살이다. 사보살(四菩薩)의 하나이다. 인도 파라나국의 브라만 집안에서 태어나 석가모니의 교화를 받고, 미래에 부처가 될 수기(受記)를 받은 후 도솔천(兜率天)에 올라갔다.

3) 摩訶薩: 摩訶薩(마하살) + -이(주조) ※ '摩訶薩(마하살, mahā-sattva)'은 보살(菩薩)을 아름답게 이르는 말인데, 대사(大士)라는 뜻이다. 보살은 자리(自利) 이타(利他)의 대원행(大願行)을 가졌으므로 마하살이라 한다.

4) 부텨씌: 부텨(부처, 佛) + -씌(-께: 부조, 상대, 높임)

5) 슬ᄫᅥ 샤ᄃᆡ: 슯(← 숣다, ㅂ불: 사뢰다, 白)- + -ᄋᆞ샤(←-ᄋᆞ시-: 주높)- + -ᄃᆡ(←-오ᄃᆡ: 연어, 설명 계속)

6) 世尊하: 世尊(세존) + -하(-이시여: 호조, 아주 높임) ※ '世尊(세존)'은 세상에서 가장 존귀하다는 뜻이다.

7) 善男子: 선남자. 불법(佛法)에 귀의한 남자이다.

8) 善女人: 선여인. 불법(佛法)에 귀의한 여자이다.

9) 隨喜ᄒᆞᆫ: 隨喜ᄒᆞ[수희하다: 隨喜(수희: 명사) + -ᄒᆞ(동접)-]- + -∅(과시)- + -ㄴ(관전) ※ '隨喜(수희)'는 불보살이나 다른 사람의 좋은 일을 자신의 일처럼 따라서 함께 기뻐하는 것이다.

10) 언매나: 언마(얼마, 幾: 명사) + -ㅣ나(←-이나: 보조사, 선택)

11) 得ᄒᆞ리잇고: 得ᄒᆞ[득하다, 얻다: 得(득: 불어) + -ᄒᆞ(동접)-]- + -리(미시)- + -잇(←-이-: 상높, 아주 높임)- + -고(-냐: 의종, 설명)

12) 니ᄅᆞ샤ᄃᆡ: 니ᄅᆞ(이르다, 說)- + -샤(←-시-: 주높)- + -ᄃᆡ(←-오ᄃᆡ: -되, 연어, 설명 계속)

13) 阿逸多아: 阿逸多(아일다) + -아(호조, 아주 낮춤) ※ '阿逸多(아일다)'는 '미륵보살'이다.

14) 如來: 如來(여래) + -∅(←-이: 주조) ※ '如來(여래)'는 여래 십호의 하나이다. 진리로부터 진리를 따라서 온 사람이라는 뜻으로 '부처(佛)'를 달리 이르는 말이다.

15) 滅度: 멸도. 승려가 죽는 것이다.(= 열반, 涅槃)

16) 比丘: 비구. 출가하여 구족계를 받은 남자 승려이다. '구족계(具足戒)'는 비구와 비구니가 지켜야 할 계율로서, 비구에게는 250계, 비구니에게는 348계가 있다.

17) 比丘尼: 비구니. 출가하여 구족계를 받은 여자 승려이다.

尼닝 優뽕婆빵塞ᄉᆡᆨ 優뽕婆빵夷잉·와 녀나ᄆᆞᆫ 智딩慧·ᅘᅨᆼ·ᄅᆞ·ᄫᆡᆫ 사·ᄅᆞ·미 얼·우·니·와 ·며·뎌·ᄆᆞ·니【優뽕婆빵塞ᄉᆡᆨ·ᄂᆞᆫ 淸쳥淨쪙ᄒᆞᆫ 남지니오 優뽕婆빵夷잉·ᄂᆞᆫ 淸쳥淨쪙ᄒᆞᆫ 겨지비라】이 經경·을 듣·고 隨쒕喜·힁ᄒᆞ·야 法법會·ᅘᆢᆼ·로·셔 나·아 녀·느 고·대 가·쥬ᇰ·의 坊방·이어·나 뷘 겨르·ᄅᆞ·ᄫᆡᆫ ·ᄯᅡ·히어·나 자·시어·나 ᄀᆞ올·히어·나 巷ᅘᅡᆼ陌ᄆᆡᆨ·이어·나 ᄆᆞ·술·히어·나【巷ᅘᅡᆼ·ᄋᆞᆫ ᄀᆞ·올 안·ㅅ 길·히오 陌ᄆᆡᆨ·ᄋᆞᆫ 져젯·가온·딧 거·리·라】

優婆塞(우바새)·優婆夷(우바이)와 다른 智慧(지혜)로운 사람이, 어른이며 젊은이가【優婆塞(우바새)는 淸淨(청정)한 남자이요, 優婆夷(우바이)는 淸淨(청정)한 여자이다.】이 經(경)을 듣고 隨喜(수희)하여 法會(법회)로부터서 나가 다른 곳에 가서, 중(僧)의 坊(방)이거나 빈 한가로운 곳이거나 성(城)이거나 고을이거나 巷陌(항맥)이거나 마을이거나【巷(항)은 고을 안의 길이요 陌(맥)은 시장의 가운데의 거리이다.】

優_흫婆_빠塞_싱¹⁸⁾ 優_흫婆_빠夷_잉¹⁹⁾와 녀나믄²⁰⁾ 智_딩慧_휑ᄅᆞ빈]²¹⁾ 사ᄅᆞ미 얼우니며²²⁾ 져므니²³⁾【優_흫婆_빠塞_싱ᄂᆞᆫ 淸_쳥淨_쩡ᄒᆞᆫ 남지니오²⁴⁾ 優_흫婆_빠夷_잉ᄂᆞᆫ 淸_쳥淨_쩡ᄒᆞᆫ 겨지비라²⁵⁾】 이 經_경 듣고 隨_쒕喜_힁ᄒᆞ야 法_법會_휑로셔²⁶⁾ 나아 녀느²⁷⁾ 고대²⁸⁾ 가 쥬의²⁹⁾ 坊_방이어나³⁰⁾ 뷘³¹⁾ 겨르ᄅᆞ빈³²⁾ 싸히어나³³⁾ 자시어나³⁴⁾ ᄀᆞ올히어나³⁵⁾ 巷_형陌_믹³⁶⁾이어나 ᄆᆞᅀᆞᆯ히어나³⁷⁾【巷_형ᄋᆞᆫ ᄀᆞ올 앓 길히오 陌_믹ᄋᆞᆫ 져잿³⁸⁾ 가온ᄃᆡ 거리라 】

---

18) 優婆塞: 우바새. 속세에 있으면서 불교를 믿는 남자이다.

19) 優婆夷: 우바이. 속세에 있으면서 불교를 믿는 여자이다.

20) 녀나믄: [다른, 有餘(관사): 년(←녀느: 여느, 他, 명사) + 남(남다, 餘: 동사)- + -은(관전▷관접)]

21) 智慧ᄅᆞ빈: 智慧ᄅᆞ빈[지혜롭다: 智慧(지혜: 명사) + -ᄅᆞ빈(←-ᄅᆞᆸ-: 형접)-]- + -Ø(현시)- + -ㄴ(관전)

22) 얼우니며: 얼운[어른, 長: 얼(얼다, 배필로 삼다, 婚)- + -우(사접)- + -ㄴ(관전▷관접)] + -이며(접조)

23) 져므니: 져므니[젊은이, 幼: 졈(젊다, 어리다, 幼: 형사)- + -은(관전▷관접) + 이(이, 者: 의명)] + -Ø(←-이: 주조)

24) 남지니오: 남진(남자, 男) + -이(서조)- + -오(←-고: 연어, 나열)

25) 겨지비라: 겨집(여자, 女) + -이(서조)- + -Ø(현시)- + -라(←-다: 평종)

26) 法會로셔: 法會(법회) + -로(부조, 방향) + -셔(-서: 보조사, 위치 강조)

27) 녀느: 다른, 他(관사)

28) 고대: 곧(곳, 處) + -애(-에: 부조, 위치)

29) 쥬의: 즁(중, 僧) + -의(관전)

30) 坊이어나: 坊(방, 승방) + -이어나(-이거나: 보조사, 선택) ※ '즁의 坊'은 '승방(僧坊)'을 이르는데, '승방(僧坊)'은 승려가 불상을 모시고 불도(佛道)를 닦으며 교법을 펴는 집이다.

31) 뷘: 뷔(비다, 空)- + -Ø(과시)- + -ㄴ(관전)

32) 겨르ᄅᆞ빈: 겨르ᄅᆞ빈[한가롭다, 閑: 겨르(←겨를: 겨를, 暇, 명사) + -ᄅᆞ빈(←-ᄅᆞᆸ-: 형접)-]- + -Ø(현시)- + -ㄴ(관전)

33) 싸히어나: 싸ㅎ(곳, 地) + -이어나(-이거나: 보조사, 선택)

34) 자시어나: 잣(성, 城) + -이어나(-이거나: 보조사, 선택)

35) ᄀᆞ올히어나: ᄀᆞ올ㅎ(고을, 邑) + -이어나(-이거나: 보조사, 선택)

36) 巷陌: 항맥. 도회지의 거리이다.

37) ᄆᆞᅀᆞᆯ히어나: ᄆᆞᅀᆞᆯㅎ(마을, 聚落) + -이어나(-이거나: 보조사, 선택)

38) 져잿: 져재(시장, 市) + -ㅅ(-의: 관조)

·라 제 ᄃᆞ론 ·양 ·오·로 어버·시·며 아·ᄉᆞ·미·며 이·든 벋·ᄃᆞ·려 ·ᄒᆡᆷ·ᄭᅥᆺ ·펴 ·물·어 닐·어·든 이 사·ᄅᆞ·미·며 ·룸·ᄃᆞᆯ·히 듣·고 隨(쎵)喜(힝) ·ᄒᆞ·야 ·ᄯᅩ ·옮·겨 ᄀᆞ·ᄅᆞ·쳐·든 ·녀·나·ᄆᆞᆫ 사·ᄅᆞ·미 듣·고 ·ᄯᅩ 隨(쎵)喜(힝) ·ᄒᆞ·야 ·옮·겨 ᄀᆞ·ᄅᆞ·쳐 이·러·히 ·올·마 ·슌·차·힛·차 가·면 阿(항)逸(잃)多(당) ·야 그 ·슌·차·힛·차 善(쎤)男(남)子(ᄌᆞᆼ) 善(쎤)女(녕)人(신)·의 隨(쎵)喜(힝) 功(꿍)德(득) ·을 ·내 ·닐·오·리·니 ·네 이·대 드·르·라

자기가 들은 양으로 어버이며 친척이며 좋은 벗더러 힘껏 퍼뜨려 이르면, 이 사람들이 듣고 隨喜(수희)하여 또 옮겨 가르치면, 다른 사람이 듣고 또 隨喜(수희)하여 옮겨 가르쳐서 이렇게 옮아 쉰째 가면, 阿逸多(아일다)야, 그 쉰째의 善男子(선남자)·善女人(선여인)의 隨喜(수희) 功德(공덕)을 내가 이르겠으니, 네가 잘 들어라.

제³⁹⁾ 드론⁴⁰⁾ 야으로⁴¹⁾ 어버싀며⁴²⁾ 아ᅀᆞ미며⁴³⁾ 이든⁴⁴⁾ 벋드려⁴⁵⁾ 힚 ᄀᆞ
장⁴⁶⁾ 불어⁴⁷⁾ 닐어든⁴⁸⁾ 이 사ᄅᆞᆷ들히⁴⁹⁾ 듣고 隨_쎵喜_횡ᄒᆞ야 쏘⁵⁰⁾ 옮겨⁵¹⁾
ᄀᆞᄅᆞ쳐든⁵²⁾ 녀나ᄆᆞᆫ 사ᄅᆞ미 듣고 쏘 隨_쎵喜_횡ᄒᆞ야 옮겨 ᄀᆞᄅᆞ쳐 이러히⁵³⁾
올마 쉰차히⁵⁴⁾ 가면 阿_항逸_잃多_당아 그 쉰차힛 善_쎤男_남子_중 善_쎤女_녕人_{ᅀᅵᆫ}의 隨_쎵喜_횡 功_공德_득⁵⁵⁾을 내⁵⁶⁾ 닐오리니⁵⁷⁾ 네⁵⁸⁾ 이대⁵⁹⁾ 드르라⁶⁰⁾

---

39) 제: 저(저, 자기, 其: 인대, 재귀칭) + -ㅣ(←-의: 관전, 의미상 주격)

40) 드론: 들(← 듣다, ㄷ불: 듣다, 聞)- + -Ø(과시)- + -오(대상)- + -ㄴ(관전)

41) 야으로: 양(양, 如, 樣: 의명) + -으로(부조, 방편)

42) 어버싀며: 어버싀[어버이, 父母: 어버(←아비: 아버지, 父) + 싀(←어싀: 어머니, 母)] + -며(←-이며: 접조)

43) 아ᅀᆞ미며: 아ᅀᆞᆷ(친척, 宗親) + -이며(접조)

44) 이든: 읻(좋다, 善)- + -Ø(현시)- + -은(관전)

45) 벋드려: 벋(벗, 友) + -드려(-더러, -에게: 부조, 상대)

46) 힚 ᄀᆞ장: 힘(힘, 力) + -ㅅ(-의: 관조) # ᄀᆞ장(까지: 의명) ※ '힚 ᄀᆞ장'은 '힘껏'으로 옮긴다.

47) 불어: 불(← 부르다: 퍼뜨리다, 演)- + -어(연어)

48) 닐어든: 닐(← 니르다: 이르다, 說)- + -어든(-거든: 연어, 조건) ※ '불어 닐어든'은 '연설(演說)'을 직역한 표현인데, 도리(道理), 교의(敎義), 의의(意義) 따위를 진술하는 것이다.

49) 사ᄅᆞᆷ들히: 사ᄅᆞᆷ들ㅎ[사람들, 諸人等: 사ᄅᆞᆷ(사람, 人) + -들ㅎ(-들: 복접)] + -이(주조)

50) 쏘: 또, 又(부사)

51) 옮겨: 옮기[옮기다, 轉: 옮(옮다, 移: 자동)- + -기(사접)-]- + -어(연어)

52) ᄀᆞᄅᆞ쳐든: ᄀᆞᄅᆞ치(가르치다, 敎)- + -어든(-거든: 연어, 조건)

53) 이러히: [이렇게, 如是(부사): 이러ㅎ(← 이러ᄒᆞ다: 이러하다, 형사)- + -이(부접)]

54) 쉰차히: [쉰째, 第五十(수사, 서수): 쉰(쉰, 五十: 수사, 양수) + -차히(-째: 접미, 서수)]

55) 功德: 공덕. 좋은 일을 행한 덕으로 훌륭한 결과를 가져오게 하는 능력이다. 종교적으로 순수한 것을 진실공덕(眞實功德)이라 이르고, 세속적인 것을 부실공덕(不實功德)이라 한다.

56) 내: 나(나, 我: 인대, 1인칭) + -ㅣ(←-이: 주조)

57) 닐오리니: 닐(← 니르다: 이르다, 說)- + -오(화자)- + -리(미시)- + -니(연어, 설명 계속)

58) 네: 너(너, 我: 인대, 2인칭) + -ㅣ(←-이: 주조)

59) 이대: [잘, 善(부사): 읻(좋다, 善: 형사)- + -애(부접)]

60) 드르라: 들(← 듣다, ㄷ불: 듣다, 聽)- + -으라(명종, 아주 낮춤)

르·라四百·ᄇᆡᆨ萬·먼億·ᅙᅳᆨ 阿항僧ᄉᆡᆼ祇끵 世·솅界·갱예 六·륙趣·츙 衆·즁生ᄉᆡᆼ이 卵·란生ᄉᆡᆼ과 胎ᄐᆡᆼ生ᄉᆡᆼ과 濕·십生ᄉᆡᆼ과 化·황生ᄉᆡᆼ과 【卵·란生ᄉᆡᆼ은 알 까 나ᄂᆞᆫ 거시오 胎ᄐᆡᆼ生ᄉᆡᆼ은 ᄇᆡ야 나ᄂᆞᆫ 거시오 濕·십生ᄉᆡᆼ은 축축ᄒᆞᆫ ᄃᆡ셔 나ᄂᆞᆫ 거시오 化·황生ᄉᆡᆼ은 飜펀生ᄉᆡᆼᄒᆞ야 아ᄂᆞᆫ 거시라】 얼굴 잇ᄂᆞᆫ 것과 얼굴 업슨 것과 有·ᅌᅮᇢ想·샹과 無뭉想·샹과 非빙有·ᅌᅮᇢ想·샹과 非빙無뭉想·샹과 발 업슨 것과 두 발 ᄐᆞᆫ 것과

四百萬億(사백만억) 阿僧祇(아승기)의 世界(세계)에 六趣(육취) 衆生(중생)이 卵生(난생)과 胎生(태생)과 濕生(습생)과 化生(화생)과 【卵生(난생)은 알을 까서 나는 것이요, 胎生(태생)은 배어서 나는 것이요, 濕生(습생)은 축축한 데에서 나는 것이요, 化生(화생)은 飜生(번생)하여 아는 것이다. 】 형상(形象)이 있는 것과 형상이 없는 것과 有想(유상)과 無想(무상)과 非有想(비유상)과 非無想(비무상)과 발이 없는 것과 두 발을 타고난 것과

四_ㅿ百_빅萬_먼億_흑 阿_항僧_승祇_낑⁶¹⁾ 世_솅界_갱예 六_륙趣_츙⁶²⁾ 衆_즁生_싱이 卵_롼生_싱⁶³⁾과 胎_팅生_싱⁶⁴⁾과 濕_십生_싱⁶⁵⁾과 化_황生_싱⁶⁶⁾과【卵_롼生_싱은 알 빠⁶⁷⁾ 날 씨오⁶⁸⁾ 胎_팅生_싱은 비야⁶⁹⁾ 날 씨오 濕_십生_싱은 축축흔 딕셔⁷⁰⁾ 날 씨오 化_황生_싱은 翻_편生_싱ᄒ야⁷¹⁾ 날 씨라】 얼굴⁷²⁾ 잇ᄂᆞᆫ 것⁷³⁾과 얼굴 업슨 것⁷⁴⁾과 有_ᇢ想_샹⁷⁵⁾과 無_뭉想_샹⁷⁶⁾과 非_빙有_ᇢ想_샹⁷⁷⁾과 非_빙無_뭉想_샹⁷⁸⁾과 발 업슨 것과 두 발 튼⁷⁹⁾ 것과

---

61) 阿僧祇: 아승기. 산스크리트 아상가(asanga)를 음역한 말로, 수리적으로는 10의 56승을 뜻한다. 갠지스강의 모래 수를 뜻하는 항하사(恒河沙)보다 더 많은 수를 이르는 말이다.

62) 六趣: 육취. 불교에서 중생이 깨달음을 증득하지 못하고 윤회할 때에 자신이 지은 업(業)에 따라 태어나는 세계를 6가지로 나눈 것이다. 악업(惡業)을 쌓은 사람이 가는 '지옥도(地獄道)·아귀도(餓鬼道)·축생도(畜生道)'와 선업(善業)을 쌓은 사람이 가는 '아수라도(阿修羅道)·인간도(人間道)·천상도(天上道)'가 있다.

63) 卵生: 난생. 사생(四生)의 하나이다. 생물이 알에서 태어나는 것이다.

64) 胎生: 태생. 사생(四生)의 하나이다. 생물이 모태(母胎)로부터 태어나는 것이다.

65) 濕生: 습생. 사생(四生)의 하나이다. 생물이 습한 곳에서 태어나는 것으로, 뱀이나 개구리 따위가 습생하는 생물이다.

66) 化生: 화생. 사생(四生)의 하나이다. 다른 물건에 기생하지 않고 스스로 업력에 의하여 갑자기 화성(化成)하는 생물을 이른다.

67) 빠: 까(까다, 破)- + -아(연어)

68) 씨오: ㅆ(← ᄉ: 것, 者, 의명) + -이(서조)- + -오(← -고: 연어)

69) 비야: 비(배다, 孕)- + -야(← -아: 연어)

70) 딕셔: 딕(데, 處: 의명) + -∅(← -익: -에, 부조, 위치) + -셔(-셔: 보조사, 위치 강조)

71) 翻生ᄒ야: 翻生ᄒ[번생하다: 翻生(번생: 명사) + -ᄒ(동접)-]- + -야(← -아: 연어) ※ '翻生(번생)'은 변화하여 태어나는 것이다.

72) 얼굴: 형상, 形.

73) 얼굴 잇ᄂᆞᆫ 것: 육체를 가진 존재로서 욕계(欲界)와 색계(色界)의 중생을 말한다.

74) 얼굴 업슨 것: 육체가 없이 '수(受)·상(想)·행(行)·식(識)'만 있는 존재로서, 무색계(無色界)의 중생을 말한다.

75) 有想: 생각이 있는 것이다.

76) 無想: 생각이 없는 것이다.

77) 非有想: 비유상. 유상(有想)을 초월한 것이다.

78) 非無想: 비무상. 무상(無想)을 초월한 것이다.

79) 튼: ᄐ(타다, 타고 나다, 가지다, 持)- + -∅(과시)- + -ㄴ(관전)

네 발톤 것과 발한 것과 이러틋훈 衆

生들훌사룸이 福

야제맛드는거슬다주딕 衆

다閣浮提예구독훈金

瑠璃와硨磲瑪瑙珊瑚

칠힁

寶琥珀宮殿樓閣

이大施主ㅣ여든회를이야

네 발을 타고 난 것과 발이 많은 것과, 이렇듯 한 衆生(중생)들에게 사람이 福(복)을 求(구)하느라고 하여 제가 좋아하는 것을 다 주되, 衆生(중생)마다 閣浮提(염부제)에 가득한 金(금)·銀(은)·瑠璃(유리)·硨磲(차거)·瑪瑙(마노)·珊瑚(산호)·琥珀(호박)과 象(상, 코끼리)과 말과 수레와 七寶(칠보)의 宮殿(궁전)·樓閣(누각)들을 주어서, 이 大施主(대시주)가 여든 해를 이 모양으로

네 발 튼 것과 발 한[80] 것과 이러틋 흔[81] 衆중生싱들홀[82] 사르미 福복

求꿑ᄒ노라[83] ᄒ야 제[84] 맛드논[85] 거슬 다 주딕[86] 衆중生싱마다 閻염浮뿔

提똉예[87] ᄀᄃᆨ흔[88] 金금 銀은 瑠륳璃링[89] 硨챵磲껑[90] 瑪망瑙놀[91] 珊산瑚홍[92]

琥홍珀픽[93]과 象썅과 몰와 술위와[94] 七칧寶봉[95] 宮궁殿뗜 樓륳閣각 들홀[96]

주어 이 大땡施싱主즁[97]ㅣ 여든 히를 이 야ᅌᆞ로[98]

---

80) 한: 하(많다, 多)- + -Ø(현시)- + -ㄴ(관전)

81) 이러틋 흔: 이러ᄒ[← 이러ᄒ다(이러하다, 如是: 형사): 이러(이러: 불어) + -ᄒ(형접)-] + -듯
(연어, 흡사) # ᄒ(하다: 보용, 흡사)- + -Ø(현시) + -ㄴ(관전)

82) 衆生들홀: 衆生들ᄒ[중생들, 衆生數者: 衆生(중생) + -들ᄒ(-들: 복접)] + -올(-에게: 목조, 의미
상 부사격)

83) 求ᄒ노라: 求ᄒ[구하다: 求(구: 불어) + -ᄒ(동접)-] + -노라(-느라고: 연어, 목적)

84) 제: 저(저, 자기, 其: 인대, 재귀칭) + -ㅣ(←-의: 관전, 의미상 주격) ※ 이때의 '제'는 평성이므
로 관형격이지만, 관형절 속에서 의미상으로 주격으로 해석된다.

85) 맛드논: 맛들[좋아하거나 즐기다, 娛樂: 맛(맛, 味) + 들(들다, 入)-]- + -ㄴ(←-ᄂᆞ-: 현시)- + -
오(대상)- + -ㄴ(관전)

86) 주딕: 주(주다, 給與)- + -딕(←-오딕: 연어, 설명 계속)

87) 閻浮提예: 閻浮提(염부제) + -예(←-에: 부조, 위치) ※ '閻浮提(염부제)'는 염부나무가 무성한 땅
이라는 뜻으로, 수미사주(須彌四洲)의 하나이다. 수미산(須彌山)의 남쪽 칠금산과 대철위산 중간
바다 가운데에 있다는 섬으로 삼각형을 이루고, 가로 넓이 칠천 유순(七千由旬)이라 한다.

88) ᄀᄃᆨ흔: ᄀᄃᆨᄒ[가득하다, 滿: ᄀᄃᆨ(가득, 滿: 부사) + -ᄒ(형접)-] + -Ø(현시)- + -ㄴ(관전)

89) 瑠璃: 유리. 황금색의 작은 점이 군데군데 있고 거무스름한 푸른색을 띤 광물이다.

90) 硨磲: 차거(musāra-galva). 백산호(白珊瑚) 또는 대합(大蛤)이다.

91) 摩尼: 마니. '보주(寶珠)'를 일상적으로 이르는 말이다. 불행과 재난을 없애 주고 더러운 물을 깨
끗하게 하며, 물을 변하게 하는 따위의 덕이 있다.

92) 珊瑚: 산호. 깊이 100~300미터의 바다 밑에 많은 산호충이 모여 높이 50cm 정도의 나뭇가지
모양의 군체를 이룬다. 개체가 죽으면 골격만 남는다. 속을 가공하여 장식물을 만든다.

93) 琥珀: 호박. 지질 시대 나무의 진 따위가 땅속에 묻혀서 탄소, 수소, 산소 따위와 화합하여 굳어진
누런색 광물이다. 투명하거나 반투명하고 광택이 있으며, 장식품이나 절연재 따위로 쓴다.

94) 술위와: 술위(수레, 車) + -와(←-과: 접조)

95) 七寶: 칠보. 일곱 가지 주요 보배이다. 무량수경에서는 금·은·유리·파리·마노·거거·산호를 이르
며, 법화경에서는 금·은·마노·유리·거거·진주·매괴를 이른다.

96) 들홀: 들ᄒ(들, 等: 의명) + -올(목조)

97) 大施主: 큰 보시(布施)를 행하는 주인이다.

98) 야ᅌᆞ로: 양(양, 모양, 樣: 의명) + -ᄋᆞ로(-으로: 부조, 방편)

로布<봉>施<싱>ᄒᆞ고 너기ᄃᆡ【大<땡>施<싱>主<쥬>는 큰 布<봉>施<싱>ᄒᆞᄂᆞᆫ 마리라】 내 ᄒᆞ마 衆<즁>生<싱>이ᄅᆞᆯ 즐거ᄫᆞᆫ 거슬 布<봉>施<싱>호ᄃᆡ 제 ᄠᅳ뎃 즐거ᄫᆞᆫ 야ᅌᆞᆯ 조차 호니 이 衆<즁>生<싱>이 다 늘거 쟈ᇰᄎᆞ 주그리니 내 佛<뿛>法<법>으로 ᄀᆞᄅᆞ쳐 引<인>導<뚕>호리라 ᄒᆞ고 이 衆<즁>生<싱>ᄋᆞᆯ 모도아 法<법>化<황>ᄅᆞᆯ 펴 ᄀᆞᄅᆞ쳐 利<링>益<혁> ᄃᆞ외여 깃부믈 뵈야

布施(보시)하고 여기되【大施主(대시주)는 '큰 布施(보시하는 임자이다.'라고 하는 말이다.】, "내가 이미 衆生(중생)에게 즐거운 것을 布施(보시)하되, (중생들이) 자기의 뜻에 즐거운 양(樣)을 좇아서 하니, 이 衆生(중생)이 다 늙어 곧 죽겠으니 내가 佛法(불법)으로 가르쳐서 引導(인도)하리라." 하고, 이 衆生(중생)을 모아 法化(법화)를 펴서 가르쳐 利益(이익)이 되어 기쁨을 보여

布_봉施_싱ㅎ고⁹⁹⁾ 너교ᄃᆡ¹⁾【大_땡施_싱主_즁ᄂᆞᆫ 큰 布_봉施_싱ᄒᆞᄂᆞᆫ 님자히라²⁾ ᄒᆞᄂᆞᆫ³⁾ 마리라 】 내 ᄒᆞ마⁴⁾ 衆_즁生_싱이 그에⁵⁾ 즐거ᄫᆞᆫ⁶⁾ 거슬 布_봉施_싱호ᄃᆡ 제 ᄠᅳ데⁷⁾ 맛드논 야ᅌᆞᆯ 조차⁸⁾ 호니⁹⁾ 이 衆_즁生_싱이 다 늘거 ᄒᆞ마¹⁰⁾ 주그리니¹¹⁾ 내 佛_뿛法_법으로 ᄀᆞᄅᆞ쳐 引_인導_뚱호리라¹²⁾ ᄒᆞ고 이 衆_즁生_싱을 모도아¹³⁾ 法_법化_황¹⁴⁾를 펴아 ᄀᆞᄅᆞ쳐 利_링益_혁ᄃᆞ외여¹⁵⁾ 깃부믈¹⁶⁾ 뵈야¹⁷⁾

---

99) 布施ᄒᆞ고: 布施ᄒᆞ[보시하다: 布施(보시: 명사) + -ᄒᆞ(동접)-] + -고(연어, 나열) ※ '布施(보시)'는 자비심으로 남에게 재물이나 불법을 베푸는 것이다.

1) 너교ᄃᆡ: 너기(여기다, 作念)- + -오ᄃᆡ(-되: 연어, 설명 계속)

2) 님자히라: 님자ㅎ(임자, 主) + -이(서조)- + -Ø(현시)- + -라(←-다: 평종)

3) ᄒᆞᄂᆞᆫ: ᄒᆞ(하다, 曰)- + -ㄴ(←-ᄂᆞ-: 현시)- + -오(대상)- + -ㄴ(관전)

4) ᄒᆞ마: 이미, 已(부사)

5) 衆生이 그에: 衆生(중생) + -이(관조) # 그에(거기에, 彼處: 의명) ※ '衆生이 그에'는 '衆生에게'로 의역하여 옮긴다.

6) 즐거ᄫᆞᆫ: 즐길[← 즐겁다, ㅂ불(즐겁다, 喜): 즑(즐거워하다, 歡: 동사)- + -업(형접)-] + -Ø(현시)- + -은(관전)

7) ᄠᅳ데: ᄠᅳᆮ(뜻, 意) + -에(부조, 위치)

8) 조차: 좇(좇다, 隨)- + -아(연어)

9) 호니: ᄒᆞ(하다, 爲)- + -오(화자)- + -니(연어, 설명 계속, 이유)

10) ᄒᆞ마: 곧, 장차, 將(부사) ※ 'ᄒᆞ마'는 문맥에 따라서 '이미(已)'의 뜻과 '장차, 곧(將)'의 뜻으로도 쓰인다.

11) 주그리니: 죽(죽다, 死)- + -으리(미시)- + -니(연어, 설명 계속)

12) 引導호리라: 引導ᄒᆞ[← 引導ᄒᆞ다(인도하다): 引導(인도: 명사) + -ᄒᆞ(동접)-] + -오(화자)- + -리(미시)- + -라(←-다: 평종)

13) 모도아: 모도[모으다, 集: 몯(모이다, 集: 자동)- + -오(사접)-] + -아(연어)

14) 法化: 법화. 불도(佛道)로써 교화(敎化)하는 것이다.

15) 利益ᄃᆞ외여: 利益ᄃᆞ외[이익되다: 利益(이익: 명사) + -ᄃᆞ외(되다, 爲: 동접)-] + -여(←-어: 연어)

16) 깃부믈: 깃ㅂ[← 깃브다(기쁘다, 喜): 깃(← 깄다: 기뻐하다, 歡, 동사)- + -브(형접)-] + -움(명전) + -을(목조)

17) 뵈야: 뵈[보이다, 示: 보(보다, 見: 타동)- + -ㅣ(←-이-: 사접)-] + -야(←-아: 연어)

함께 다 須陁洹道(수다원도)·斯陁含道(사다함도)·阿那含道(아나함
道(아라한도)를 得(득)하게 하면, (그것이) 네 뜻에는 어떠하냐? 이 大施主(대
시주)의 功德(공덕)이 많으냐 적으냐?” 彌勒(미륵)이 사뢰되, “이 사람의 功
德(공덕)이 그지없으며 가(邊)가 없으니, 이 施主(시주)가 衆生(중생)에게 一
切(일체)의 즐거운 것을 布施(보시)할 만하여도

ᄒᆞᄢᅴ[18] 다 須슝陁땅洹Ʂᅙᅯᆫ道뚈[19] 斯스陁땅含ᅘᅡᆷ道뚈[20] 阿항那낭含ᅘᅡᆷ道뚈[21] 阿항羅랑漢한道뚈[22]를 得득긔[23] ᄒᆞ면 네 ᄠᅳ데 엇더뇨[24] 이 大땡施싱主즁의 功공德득이 하녀[25] 져그녀[26] 彌밍勒륵[27]이 ᄉᆞᆲᄫᅡ샤ᄃᆡ 이 사ᄅᆞ미 功공德득이 그지업스며[28] ᄀᆞᆺ[29] 업스니 이 施싱主즁ㅣ 衆즁生ᄉᆡᆼ이 그에 一ᅙᅵᇙ切쳉 즐거ᄫᅳᆫ 것 布봉施싱홀 만[30] ᄒᆞ야도[31]

---

18) ᄒᆞᄢᅴ: [함께, 咸(부사): ᄒᆞᆫ(관사, 양수) + ᄣᅴ(← ᄣᅡ(때, 時: 의명) + -의(-에: 부조, 위치)]

19) 須陁洹道: 수다원도. 성문 사과(聲聞四果), 곧 소승(小乘)의 교법을 수행하는 성문(聲聞)의 수행자들이 얻는 네 가지 성위(聖位) 가운데 최초의 경지이다. 사체(四諦)를 깨달아 욕계(欲界)의 탐(貪)·진(瞋)·치(癡)의 삼독(三毒)을 버리고, 성자(聖者)의 무리에 들어가는 성문(聲聞)의 지위이다. ※ 불법 수행의 정도에 따라 얻는 지위를 수타환(須陁洹)·사타함(斯陁含)·아나함(阿那含)·아라한(阿羅漢)이라 붙이는데, 이것을 성문 사과(聲聞四果)라 한다.

20) 斯陁含道: 사타함도. 성문 사과의 둘째이다. 욕계(欲界)의 수혹 구품(修惑九品) 중 위의 육품(六品)을 끊은 이가 얻는 증과(證果)이다.

21) 阿那含道: 아나함도. 성문 사과의 셋째이다. 욕계(欲界)에서 죽어 색계(色界)·무색계(無色界)에 태어나고는 번뇌(煩惱)가 없어져서 욕계에는 다시 돌아오지 아니한다는 뜻이다.

22) 阿羅漢道: 아라한도. 소승(小乘)의 교법을 수행하는 성문(聲聞)의 수행자들이 얻는 네 가지 성위(聖位) 가운데 최고의 경지이다. 욕계·색계·무색계의 모든 번뇌를 완전히 끊어 열반을 성취한 성자이다.

23) 得긔: 得[← 得ᄒᆞ다(득하다, 얻다): 得(득: 불어) + -ᄒᆞ(동접)-]- + -긔(-게: 연어, 사동)

24) 엇더뇨: 엇더[← 엇더ᄒᆞ다(어떠하다, 何): 엇더(어떠, 何: 불어) + -ᄒᆞ(형접)-]- + -Ø(현시)- + -뇨(-냐: 의종, 설명)

25) 하녀: 하(많다, 多)- + -Ø(현시)- + -녀(-냐: 의종, 설명)

26) 져그녀: 젹(적다, 少)- + -Ø(현시)- + -으녀(-냐: 의종, 설명)

27) 彌勒: 미륵. 미륵보살. 내세에 성불하여 사바세계에 나타나서 중생을 제도하리라는 보살이다. 사보살(四菩薩)의 하나이다. 인도 파라나국의 브라만 집안에서 태어나 석가모니의 교화를 받고, 미래에 부처가 될 수기(受記)를 받은 후 도솔천(兜率天)에 올라갔다.

28) 그지업스며: 그지없[그지없다, 無量: 그지(한도, 限: 명사) + 없(없다, 無: 형사)-]- + -으며(연어, 나열)

29) ᄀᆞᆺ: 가, 邊.

30) 만: 만(의명, 가치)

31) ᄒᆞ야도: ᄒᆞ(하다: 보용, 가치) + -야도(← -아도: 연어, 양보)

野도功(공)德(득)이 그지업스니 ᄒᆞ몰며 阿(항)羅(랑)漢(한)果(광)ᄅᆞᆯ 得(득) 니잇가 부텨 니ᄅᆞ샤ᄃᆡ 내 이제 分(분)明(명)히 너ᄃᆞ려 닐오리라 이 사ᄅᆞ미 一切(쳉)ᄅᆞᆯ 즐거ᄫᆞᆫ 거스로 四(ᄉᆞ)百(뵉)萬(먼)億(ᅙᅳᆨ) 阿(항)僧(승)祇(낑) 世(솅)界(갱) 六(륙)趣(츙) 衆(즁)生(ᄉᆡᆼ) 이그에 布(봉)施(싱)ᄒᆞ고 쏘 阿(항)羅(랑)漢(한)果(광)ᄅᆞᆯ 得(득)게 ᄒᆞ혼 功(공)

功德(공덕)이 그지없으니, 하물며 阿羅漢果(아라한과)를 得(득)하게 함입니까?" 부처가 이르시되, "내가 이제 分明(분명)히 너더러 이르리라. 이 사람이 一切(일체)의 즐거운 것으로 四百萬億(사백만억) 阿僧祇(아승기)의 世界(세계)의 六趣(육취)의 衆生(중생)에게 布施(보시)하고 또 阿羅漢果(아라한과)를 得(득)하게 한 功德(공덕)이,

功_공德_득이 그지업스니 ᄒᆞ믈며³²⁾ 阿_항羅_랑漢_한果_광ᄅᆞᆯ 得_득긔 호미ᄯᆞ니잇가³³⁾ 부톄 니ᄅᆞ샤ᄃᆡ³⁴⁾ 내 이제³⁵⁾ 分_분明_명히³⁶⁾ 너ᄃᆞ려³⁷⁾ 닐오리라³⁸⁾ 이 사ᄅᆞ미 一_힗切_쳉 즐거ᄫᅳᆫ 거스로 四_{ᄉᆞᆼ}百_빅萬_먼億_흑 阿_항僧_승祇_낑 世_솅界_갱 六_륙趣_츙³⁹⁾ 衆_즁生_{ᄉᆡᆼ}이 그에 布_봉施_싱ᄒᆞ고 ᄯᅩ 阿_항羅_랑漢_한果_광ᄅᆞᆯ 得_득게 ᄒᆞ욘⁴⁰⁾ 功_공德_득이

---

32) ᄒᆞ믈며: 하물며, 況(부사)

33) 호미ᄯᆞ니잇가: ᄒᆞ(← ᄒᆞ다: 보용, 사동)- + -옴(명전) + -이ᄯᆞᆫ(보조사, 강조) + -이(서조)- + -Ø(현시)- + -잇(←-이-: 상높, 아주 높임)- + -가(-냐: 의종, 판정) ※ '홈미ᄯᆞ니잇가'는 영탄적·설의적인 성격을 띠는 의문형이다. 곧, '아라한과를 得(득)하게 한 것이 그 공덕이 그지없음은 말할 필요도 없다.'의 뜻으로 쓰였다. 현대어에는 '得긔 호미ᄯᆞ니잇가'에 직접적으로 대응되는 표현이 없으므로, 여기서는 '得(득)하게 한 것입니까?'로 의역하여 옮긴다.

34) 니ᄅᆞ샤ᄃᆡ: 니ᄅᆞ(이르다, 說)- + -샤(←-시-: 주높)- + -ᄃᆡ(←-오ᄃᆡ: -되, 연어, 설명 계속)

35) 이제: [이제, 今(부사): 이(이, 此: 관사, 지시, 정칭) + ㅅ(← 적: 때, 時, 의명) + -ㅣ(←-의: -에, 부조, 위치)]

36) 分明히: [분명히(부사): 分明(분명: 명사) + -ᄒᆞ(←-ᄒᆞ-: 형접)- + -이(부접)]

37) 너ᄃᆞ려: 너(너, 汝: 인대, 2인칭) + -ᄃᆞ려(-더러, -에게: 부조, 상대)

38) 닐오리라: 닐(← 니ᄅᆞ다: 이르다, 說)- + -오(화자)- + -리(미시)- + -라(←-다: 평종)

39) 六趣: 육취. 불교에서 중생이 깨달음을 증득하지 못하고 윤회할 때 자신이 지은 업(業)에 따라 태어나는 세계를 6가지로 나눈 것으로, '지옥도(地獄道)·아귀도(餓鬼道)·축생도(畜生道)'와 '아수라도(阿修羅道)·인간도(人間道)·천상도(天上道)'를 말한다.

40) ᄒᆞ욘: ᄒᆞ(하다: 보용, 사동)- + -Ø(과시)- + -요(←-오-: 대상)- + -ㄴ(관전)

쉰째의 사람이 法華經(법화경)의 한 偈(게)를 듣고 隨喜(수희)한 功德(공덕)과 같지 못하여, 百分(백분)·千分(천분)·百千萬億分(백천만억분)에 하나도 못 미치겠으니, (이것은) 算數(산수)와 譬喩(비유)로도 못 알 바이다. 阿逸多(아일다)야, 쉰째 사람의 功德(공덕)도 오히려 無量無邊(무량무변)한 阿僧祇(아승기)이니, 하물며 처음의 會中(회중)에서

쉰찻⁴¹⁾ 사ᄅᆞ미⁴²⁾ 法법華ᅘᆞᆼ經경 ᄒᆞᆫ 偈꼥⁴³⁾ 듣고 隨쓍喜힁ᄒᆞᆫ 功공德득에

근디⁴⁴⁾ 몯ᄒᆞ야⁴⁵⁾ 百ᄇᆡᆨ分분 千쳔分분 百ᄇᆡᆨ千쳔萬먼億흑分분에 ᄒᆞ나토⁴⁶⁾ 몯⁴⁷⁾

미츠리니⁴⁸⁾ 算솬數숭⁴⁹⁾ 譬핑喻융⁵⁰⁾로 몯 아롫⁵¹⁾ 배라⁵²⁾ 阿ᅙᅡᆼ逸ᅙᅵᇙ多당아

쉰찻 사ᄅᆞ미 功공德득도 오히려 無뭉量량無뭉邊변⁵³⁾ 阿ᅙᅡᆼ僧ᄉᆞᆼ祇낑어니⁵⁴⁾

ᄒᆞᄆᆞᆯ며 처섬⁵⁵⁾ 會ᅘᆞᆼ中듕에셔⁵⁶⁾

---

41) 쉰찻: 쉰차[쉰째, 第五十(수사, 양수): 쉰(쉰, 五十: 수사, 양수) + -차(-째: 접미, 서수)] + -ㅅ(-의: 관조)

42) 사ᄅᆞ미: 사ᄅᆞᆷ(사람, 人) + -이(관조, 의미상 주격) ※ '사ᄅᆞ미'는 관형절 속에서 관형격으로 쓰였는데, 여기서는 '사ᄅᆞ미'를 의미상으로 주격으로 보아서 '사람이'로 옮긴다.

43) 偈: 게. 부처의 공덕이나 가르침을 찬탄하는 노래 글귀이다.(= 가타, 伽陀)

44) 근디: 근(← ᄀᆞᇀ다 ← ᄀᆞᆮᄒᆞ다: 같다, 如)- + -디(-지: 연어, 부정)

45) 몯ᄒᆞ야: 몯ᄒᆞ[못하다, 不能(보용, 부정): 몯(못, 不: 부사, 부정) + -ᄒᆞ(동접)-]- + -야(← -아: 연어)

46) ᄒᆞ나토: ᄒᆞ나ᄒᆞ(하나, 一: 수사, 양수) + -도(보조사, 강조)

47) 몯: 못, 不(부사)

48) 미츠리니: 및(미치다, 及)- + -으리(미시)- + -니(연어, 설명 계속)

49) 算數: 산수. 수를 헤아리는 것이다.

50) 譬喻: 비유. 어떤 현상이나 사물을 직접 설명하지 아니하고 다른 비슷한 현상이나 사물에 빗대어서 설명하는 일이다.

51) 아롫: 알(알다, 知)- + -오(대상)- + -ᇙ(관전)

52) 배라: 바(바, 것, 所: 의명) + -ㅣ(← -이-: 서조)- + -Ø(현시)- + -라(← -다: 평종)

53) 無量無邊: 무량무변. 헤아릴 수 없고 끝도 없이 많음을 이르는 말이다.

54) 阿僧祇어니: 阿僧祇(아승기) + -Ø(← -이-: 서조)- + -어(← -거-: 확인)- + -니(연어, 설명 계속)

55) 처섬: [처음, 初: 첫(← 첫: 첫, 관사) + -엄(명접)]

56) 會中에서: 會中(회중) + -에(부조, 위치) + -셔(-서: 보조사, 위치 강조) ※ '會中(회중)'은 모임을 갖는 도중이나 모임에 온 모든 사람이다.

·며 ·술·위·며 보·ᄇᆡ·옛·더·를 어드·며 天宮·도 (天텬宮궁)
으·로 後·生 (後ᅙᅮᇂ生ᄉᆡᆼ)
·나 아·니한 ᄉᆞᅀᅵ·를 드·러·도 이 功德 (功공德득)
·위·ᄒᆞ·야 쥬ᇰ·의 坊·의 가 안ᄌᆞ·나 (坊방)
阿逸多 (阿항逸잃多당) 아·야 뫼·나 사ᄅᆞ·미 이 셔·나 ·거 經 (經경)
僧祇 (僧승祇낑) ·라 가·줄·비·디 몯ᄒᆞ·리·라 (항)
·목 이·ᄡᅥ더·우·미 無量無邊 (無뭉量량無뭉邊변) 阿
에·셔 듣·고 隨喜 (隨쒱喜훵) ·ᄒᆞ·ᄂᆞ·니ᅀᆞ·녀 그 福

(법화경을) 듣고 隨喜(수희)한 이(= 사람)이랴? (처음의 회중에서 법화경을 듣고 수희한 사람이) 그 福(복)이 또 나은 것이 無量無邊(무량무변)한 阿僧祇(아승기)이라서, (대시주의 복과) 비교하지 못하리라. 또 阿逸多(아일다)야, 아무나 사람이 이 經(경)을 위하여 중(僧)의 坊(방)에 가 앉거나 서거나 짧은 사이를 (경을) 들어도, 이 功德(공덕)으로 後生(후생)에 좋은 象(상, 코끼리)이며 말이며 수레며 보배로 만든 가마를 얻으며, 天宮(천궁)도

듣고 隨_쒱喜_힁ㅎᄂ니ᄮ녀⁵⁷⁾ 그 福_복이 쏘 더우미⁵⁸⁾ 無_뭉量_량無_뭉邊_변 阿_항僧_승祇_낑라⁵⁹⁾ 가줄비디⁶⁰⁾ 몯ᄒ리라 쏘 阿_항逸_잃多_당아 아뫼나⁶¹⁾ 사ᄅ미 이 經_경 위ᄒ야 쥬의 坊_방의⁶²⁾ 가 안쩌나⁶³⁾ 셔거나⁶⁴⁾ 아니한⁶⁵⁾ ᄉᆡᅀᆡᄅᆞᆯ⁶⁶⁾ 드러도 이 功_공德_득으로 後_훻生_싱애 됴ᄒᆫ⁶⁷⁾ 象_쌍이며 ᄆᆞ리며⁶⁸⁾ 술위며⁶⁹⁾ 보비옛⁷⁰⁾ 더을⁷¹⁾ 어드며 天_텬宮_궁⁷²⁾도

---

57) 隨喜ᄒᄂ니ᄮ녀: 隨喜ᄒ[수희하다: 隨喜(수희: 명사) + -ᄒ(동접)-]- + -Ø(과시)- + -ㄴ(관전) # 이(이, 者: 의명) + -ᄮ(←-이ᄮ: 보조사, 강조) + -이(서조)- + -Ø(현시)- + -어(←-아←-가: 의종, 판정) ※ '隨喜ᄒᄂ니ᄮ녀'는 '隨喜(수희)한 사람이랴?'로 의역하여 옮긴다.

58) 더우미: 더(←더으다: 낫다, 勝)- + -움(명전) + -이(주조) ※ '더우미'는 『묘법연화경』의 '勝(승)'을 번역한 것으로 '낫다'로 의역하여 옮긴다.

59) 阿僧祇라: 阿僧祇(아승기) + -Ø(←-이-: 서조)- + -Ø(현시)- + -라(←-아: 연어)

60) 가줄비디: 가줄비(비교하다, 比)- + -디(-지: 연어, 부정)

61) 아뫼나: 아모(아무, 某: 인대, 부정칭) + -ㅣ나(-이나: 보조사, 선택)

62) 坊의: 坊(방) + -의(-에: 부조, 위치) ※ '坊(방)'은 '승방(僧坊), 곧 승려가 불상을 모시고 불도(佛道)를 닦으며 교법을 펴는 집이다.

63) 안쩌나: 앉(←앉다: 앉다, 坐)- + -거나(연어, 선택)

64) 셔거나: 셔(서다, 立)- + -거나(연어, 선택)

65) 아니한: 아니하[많지 아니하다, 不多: 아니(아니, 不: 부사) + 하(많다, 多)-]- + -Ø(현시)- + -ㄴ(관전)

66) ᄉᆡᅀᆡᄅᆞᆯ: ᄉᆡᅀᆡ(사이, 間) + -ᄅᆞᆯ(목조) ※ '아니한 ᄉᆡᅀᆡ'는 『묘법연화경』의 '須臾(수유)'를 번역한 것으로, '잠시(= 짧은 시간)'를 나타낸다.

67) 됴ᄒᆫ: 둏(좋다, 好)- + -Ø(현시)- + -ᄋᆞᆫ(관전)

68) ᄆᆞ리며: ᄆᆞᆯ(말, 馬) + -이며(접조)

69) 술위며: 술위(수레, 車) + -며(←-이며: 접조)

70) 보비옛: 보비(보배, 寶) + -예(←-에: 부조, 위치) + -ㅅ(-의: 관조) ※ '보비옛'은 '보배로 만든'으로 의역하여 옮긴다.

71) 더을: 덩(가마, 輦輿) + -을(목조)

72) 天宮: 천궁. 하늘 궁전, 곧 하늘에 있는 궁전이다.

ᄯᅡ리·라 ᄊᆞᄅᆞ·미 講강法법 ᄒᆞᄂ
ᄂᆞᆫ ᄯᅡ해 안자 이셔 다ᄅᆞᆫ 사ᄅᆞ·미 ·오나·ᄃᆞᆫ 勸권
ᄒᆞ·야 안자 듣·긔 커·나 제 座쫭ᄅᆞᆯ ᄂᆞᆫ호아 안·치·면
·이 사ᄅᆞ·ᄆᆡ 功공德득·이 後ᅘᅮᇢ生상·애 帝뎅釋셕 앗ᄂᆞᆫ ᄊᆞ히어·나
梵뻠王왕 앗ᄂᆞᆫ ᄊᆞ히어·나 轉뒨輪륜聖셩王왕 앗ᄂᆞᆫ ᄊᆞᄒᆞᆯ
得득ᄒᆞ·리·라 阿ᄒᆞᆼ逸잃多당 ᄯᅩ 아ᄊᆞ사ᄅᆞ·미 ᄂᆞᆷ·ᄃᆞ·려 닐·오ᄃᆡ 經겅이

타리라. 또 사람이 講法(강법)하는 곳에 앉아 있어서, 다른 사람이 오거든 勸(권)하여 앉아서 듣게 하거나 자기의 座(좌)를 나누어 앉히면, 이 사람의 功德(공덕)이 後生(후생)에 帝釋(제석)이 앉는 곳이거나 梵王(범왕)이 앉는 곳이거나 轉輪聖王(전륜성왕)이 앉는 곳을 得(득)하리라. 阿逸多(아일다)야, 또 사람이 남더러 이르되, "經(경)이

툰리라⁷³⁾ 쏘 사ᄅᆞ미 講_강法_법⁷⁴⁾ᄒᆞᄂᆞᆫ 싸해⁷⁵⁾ 안자 이셔⁷⁶⁾ 다ᄅᆞᆫ⁷⁷⁾ 사ᄅᆞ미

오나ᄃᆞᆫ⁷⁸⁾ 勸_권ᄒᆞ야 안자 듣긔⁷⁹⁾ 커나⁸⁰⁾ 제⁸¹⁾ 座_쫭ᄅᆞᆯ ᄂᆞᆫ호아⁸²⁾ 안치면⁸³⁾

이 사ᄅᆞ미 功_공德_득이 後_{ᅘᅮᇢ}生_{ᄉᆡᆼ}애 帝_뎅釋_셕⁸⁴⁾ 앗ᄂᆞᆫ⁸⁵⁾ 싸히어나⁸⁶⁾ 梵_뻠王<sub>

왕</sub>⁸⁷⁾ 앗ᄂᆞᆫ 싸히어나 轉_둰輪_륜聖_셩王_왕⁸⁸⁾ 앗ᄂᆞᆫ 싸ᄒᆞᆯ 得_득ᄒᆞ리라 阿_{ᅙᅡᆼ}逸_잃

多_당아 쏘 사ᄅᆞ미 ᄂᆞᆷᄃᆞ려⁸⁹⁾ 닐오ᄃᆡ⁹⁰⁾ 經_겅이

---

73) 툰리라: 투(타다, 오르다, 乘)- + -리(미시)- + -라(←-다: 평종)

74) 講法: 강법. 불법(佛法)을 설명(강의)하는 것이다.

75) 싸해: 싸ᄒᆞ(곳, 處) + -애(-에: 부조, 위치)

76) 이셔: 이시(있다: 보용, 완료 지속)- + -어(연어)

77) 다ᄅᆞᆫ: [다른, 有(관사): 다ᄅᆞ(다르다, 異)- 형사)- + -ㄴ(관전▷관접)]

78) 오나ᄃᆞᆫ: 오(오다, 來)- + -나ᄃᆞᆫ(-거든: 연어, 조건)

79) 듣긔: 듣(듣다, 聽)- + -긔(-게: 연어, 사동)

80) 커나: ᄒᆞ(← ᄒᆞ다: 보용, 사동)- + -거나(연어, 선택)

81) 제: 저(저, 자기, 己: 인대, 재귀칭) + -ㅣ(←-의: 관조)

82) ᄂᆞᆫ호아: ᄂᆞᆫ호(나누다, 分)- + -아(연어)

83) 안치면: 안치[앉히다, 슈坐: 앉(앉다, 坐)- + -히(사접)-]- + -면(연어, 조건)

84) 帝釋: 제석. 십이천(十二天)의 하나이다. 수미산 꼭대기에 있는 도리천의 임금으로, 사천왕과 삼십이천을 통솔하면서 불법과 불법에 귀의하는 사람을 보호하고, 아수라의 군대를 정벌한다고 한다.

85) 앗ᄂᆞᆫ: 앗(← 앉다 ← 앉다: 앉다, 坐)- + -ᄂᆞ(현시)- + -ㄴ(관전)

86) 싸히어나: 싸ᄒᆞ(곳, 處) + -이어나(-이거나: 연어, 선택)

87) 梵王: 범왕. 색계(色界) 초선천(初禪天)의 우두머리이다. 제석천(帝釋天)과 함께 부처를 좌우에서 모시는 불법 수호의 신이다.

88) 轉輪聖王: 전륜성왕. 인도 신화 속의 임금. 정법(正法)으로 온 세계를 통솔한다고 한다. 여래(如來)의 32상(相)을 갖추고 칠보(七寶)를 가지고 있으며 하늘로부터 금, 은, 동, 철의 네 윤보(輪寶)를 얻어 이를 굴리면서 사방을 위엄으로 굴복시킨다.

89) ᄂᆞᆷᄃᆞ려: ᄂᆞᆷ(남, 餘人) + -ᄃᆞ려(-더러: 부조, 상대)

90) 닐오ᄃᆡ: 닐(← 니ᄅᆞ다: 이르다, 語)- + -오ᄃᆡ(-되: 연어, 설명 계속)

[6뒤]

있되, 이름이 法華(법화)이니 함께 가서 듣자.” 하거든, 그 말을 듣고 (법화경을) 잠시 들어도 이 사람의 功德(공덕)이 後生(후생)에 陁羅尼菩薩(다라니보살)과 한 곳에 나겠으니, 根源(근원)이 날카로워 智慧(지혜)가 있어서 百千萬(백천만) 世(세)에 벙어리가 아니 되며, 입내가 없으며, 혀의 病(병)이 없으며, 입의 病(병)이 없으며, 이가 검지 아니하며 이쇼딕⁹¹⁾ 일후미⁹²⁾ 法_법華_황 l 니 흔딕⁹³⁾ 가 듣져⁹⁴⁾ 호야든⁹⁵⁾ 그 말 듣고 아니한 스싀를 드러도 이 사른미 功_공德_득이 後_흏生_싱애 陁_땅羅_랑 尼_닝菩_뽕薩_삻⁹⁶⁾와 흔 고대⁹⁷⁾ 나리니 根_군源_원⁹⁸⁾이 놀카바⁹⁹⁾ 智_딩慧_휑호야¹⁾ 百_빅千_천萬_먼 世_솅예²⁾ 버워리³⁾ 아니 드외며 입내⁴⁾ 업스며 혓 病_뼝 업스며 입 病_뼝 업스며 니 검디 아니호며

---

91) 이쇼딕: 이시(있다, 有)- + -오딕(-되: 연어, 설명 계속)

92) 일후미: 일훔(이름, 名) + -이(주조)

93) 흔딕: [한데, 함께, 與(부사): 흔(한, 一: 관사, 양수) + 딕(데, 곳, 處: 의명)]

94) 듣져: 듣(듣다, 聽)- + -져(-자: 청종, 아주 낮춤)

95) 호야든: 호(하다, 言)- + -야든(←-아든: -거든, 연어, 조건)

96) 陁羅尼菩薩: 다라니보살. 태어날 때에 다라니(陁羅尼)를 얻은 보살(菩薩)이다. ※ '다라니(陁羅尼, dhāraṇi)'는 범문을 번역하지 아니하고 음(音) 그대로 외는 일이다. 자체에 무궁한 뜻이 있어 이를 외는 사람은 한없는 기억력을 얻고, 모든 재액에서 벗어나는 등 많은 공덕을 받는다고 한다. 선법(善法)을 갖추어 악법을 막는다는 뜻을 번역하여, 총지(總持)·능지(能持)·능차(能遮)라고도 이른다.

97) 고대: 곧(곳, 處: 의명) + -애(-에: 부조, 위치)

98) 根源: 근원.(= 근기, 根機). 교법(敎法)을 받을 수 있는 중생의 능력이다.

99) 놀카바: 놀캅[← 놀캅다(날카롭다, 利): 놀ㅎ(날, 刀) + -갑(형접)-] + -아(연어)

1) 智慧호야: 智慧호[지혜가 있다: 智慧(지혜) + -호(형접)-] + -야(←-아: 연어) ※ '智慧(지혜)'는 사물의 도리나 선악을 분별하는 마음의 작용이다. 육바라밀의 하나이며 반야(般若, prajñā)를 가리키는데, 분별과 분석을 초월한 종합적이며 전인적 인식이다. 실천적으로는 주관과 객관, 자와 타의 대립을 초월한 고차원의 주체적 입장을 나타낸다.

2) 世예: 世(세, 세상) + -예(←-에: 부조, 위치)

3) 버워리: 버워리[벙어리, 瘖瘂: 버우(벙어리가 되다: 동사)- + -어리(명접)] + -Ø(←-이: 보조)

4) 입내: 입내[입냄새, 口臭: 입(입, 口) + 내(냄새, 臭)] + -Ø(←-이: 주조)

·르·며 셩·긔·디 아·니ᄒᆞ·며 이·저·디·며 ·ᄲᅭ·러 ·디·디 아·니ᄒᆞ·며 ·굽·디 아·니ᄒᆞ·며 입·시·우·리 드·리·디 아·니ᄒᆞ·며 ·ᄒᆞᆯ·믜·디 아·니ᄒᆞ·며 ·혈·믓·ᄒᆞᆳ·디 아·니ᄒᆞ·며 ·두·텁·디 아·니ᄒᆞ·야 믈·읫 아·치·ᄫᅡᆫ·야 ·이 업·스·며 곳·히 平뼝ᄒᆞ·고 엷·디 아·니ᄒᆞ·며 ·뷔·트·디

누르며 성기지 아니하며 이지러지며 뽑혀서 떨어지지 아니하며 잘못 나며 굽지 아니하며, 입술이 아래로 처지지 아니하며 움츠러지지 아니하며 쭈글쭈글하지 아니하며 부스럼이 나서 터지지 아니하며 비뚤어지지 아니하며 두텁지 아니하며 검지 아니하여 모든 싫어할 만한 모습이 없으며, 코가 평평하고 넓지 아니하며 비틀어지지

누르며 성긔디⁵⁾ 아니ᄒ며 이저디며⁶⁾ 쎕듣디⁷⁾ 아니ᄒ며 그르⁸⁾ 나며 굽디 아니ᄒ며 입시우리⁹⁾ 드리디¹⁰⁾ 아니ᄒ며 읈디¹¹⁾ 아니ᄒ며 디드디¹²⁾ 아니ᄒ며 헐믓디¹³⁾ 아니ᄒ며 이저디디 아니ᄒ며 기우디¹⁴⁾ 아니ᄒ며 두텁디¹⁵⁾ 아니ᄒ며 크디 아니ᄒ며 검디 아니ᄒ야 믈읫¹⁶⁾ 아치얼븐¹⁷⁾ 야이¹⁸⁾ 업스며 고히¹⁹⁾ 平뼝코²⁰⁾ 엷디 아니ᄒ며 뷔트디²¹⁾

---

5) 성긔디: 성긔(성기다, 듬성듬성하다, 疏)- + -디(-지: 연어, 부정)

6) 이저디며: 이저디[이지러지다, 缺: 잊(이지러지다, 缺)- + -어(연어) + 디(지다: 보용, 피동)-]- + -며(연어, 나열)

7) 쎕듣디: 쎕듣[뽑혀서 떨어지다, 落: 쎕(뽑다, 拔)- + 듣(떨어지다, 落)-]- + -디(-지: 연어, 부정)

8) 그르: [잘못, 不(부사): 그르(그르다, 誤: 형사)- + -Ø(부접)]

9) 입시우리: 입시울[입술, 脣: 입(입, 口) + 시울(가장자리, 邊)] + -이(주조)

10) 드리디: 드리(드리우다, 아래로 처지다, 下垂)- + -디(-지: 연어, 부정)

11) 읈디: 읈(← 읈다: 움츠러지다, 褰縮)- + -디(-지: 연어, 부정) ※ '읈다'는 몸이 몹시 오그라지거나 작아지는 것이다.

12) 디드디: 디드(← 디들다: 찌들다, 쭈글쭈글하다, 麤澀)- + -디(-지: 연어, 부정)

13) 헐믓디: 헐믓[헐어서 무너지다, 瘡腍: 헐(헐다, 瘡)- + 믓(부서지다, 腍)-]- + -디(-지: 연어, 부정) ※ 『묘법연화경』에는 '헐믓디'가 '瘡腍(창진)'으로 기술되어 있는데, 부스럼이 나며 터지는 것을 이른다.

14) 기우디: 기우(← 기울다: 기울다, 비뚤어지다, 喎斜)- + -디(-지: 연어, 부정)

15) 두텁디: 두텁(두텁다, 厚)- + -디(-지: 연어, 부정)

16) 믈읫: 모든, 諸(관사)

17) 아치얼븐: 아치얼브[← 아쳗브다(싫어할 만하다, 밉다, 可惡): 아쳗(싫어하다, 惡: 동사)- + -브(형접)-]- + -Ø(현시)- + -ㄴ(관전)

18) 야이: 양(모습, 樣) + -이(주조)

19) 고히: 곻(코, 鼻) + -이(주조)

20) 平ᅙ코: 平ᅙ[← 平ᅙ다(평하다, 평평하다): 平(평: 불어) + -ᅙ(형접)-]- + -고(연어, 나열)

21) 뷔트디: 뷔트[← 뷔틀다(비틀어지다, 비틀다, 匧): 뷔(비-: 접두)- + 틀(틀다, 匧)-]- + -디(-지: 연어, 부정) ※ '뷔틀다'는 자동사와 타동사로 두루 쓰인 능격 동사인데, 여기서는 자동사인 비'틀어지다'의 뜻으로 쓰였다.

아니하며, 낯빛이 검지 아니하며 좁고 길지 아니하며 꺼지어 굽지 아니하여 一切(일체)의 미운 相(상)이 없어, 입술과 혀와 어금니와 이가 다 좋으며, 코가 길고 높고 곧으며, 낯이 둥그렇고, 눈썹이 높고 길며, 이마가 넓고 平正(평정)하여 사람의 相(상)이 갖추어져 있고, 世世(세세)에 나되 부처를 보아 法(법)을 듣고 가르치는 말을 信(신)하여 아니ᄒᆞ며 ᄂᆞᆺ비치²²⁾ 검디 아니ᄒᆞ며 좁고 기디 아니ᄒᆞ며 ᄢᅥ디여²³⁾ 굽디

아니ᄒᆞ야 一_잃切_촁 믜ᄫᆞᆫ²⁴⁾ 相_샹이 업서 입시울와 혀와 엄과²⁵⁾ 니왜²⁶⁾

다 됴ᄒᆞ며²⁷⁾ 고히 길오 놉고 고ᄃᆞ며 ᄂᆞ치 두렵고²⁸⁾ ᄎᆞ며²⁹⁾ 눈서비³⁰⁾

놉고 길며 니마히³¹⁾ 넙고 平_뼝正_졍ᄒᆞ야³²⁾ 사ᄅᆞ미 相_샹이 ᄀᆞ자고³³⁾ 世_솅世_솅예³⁴⁾ 나ᄃᆡ³⁵⁾ 부텨를 보아 法_법 듣고 ᄀᆞᄅᆞ치논³⁶⁾ 마를 信_신ᄒᆞ야

---

22) ᄂᆞᆺ비치: ᄂᆞᆺ빛[낯빛, 顔色: ᄂᆞᆺ(← 낯: 낯, 面) + 빛(빛, 色)] + -이(주조)

23) ᄢᅥ디여: ᄢᅥ디(꺼지다, 窈)- + -어(연어)

24) 믜ᄫᆞᆫ: 믷(← 밉다, ㅂ불: 밉다, 不可喜)- + -∅(현시)- + -은(관전)

25) 엄과: 엄(어금니, 牙) + -과(접조)

26) 니왜: 니(이, 齒) + -와(접조) + -ㅣ(← -이: 주조)

27) 됴ᄒᆞ며: 둏(좋다, 好)- + -ᄋᆞ며(연어, 나열)

28) 두렵고: 두렵(둥그렇다, 圓)- + -고(연어, 나열) ※ '두렵다'는 [둘(둘다, 周)- + -이(사접)- + -업(형접)-]의 방식으로 형성된 파생 형용사로 추정된다. 다만, '두리다'가 단독으로 쓰인 예를 발견할 수가 없다.

29) ᄎᆞ며: ᄎᆞ(차다, 滿)- + -며(연어, 나열) ※『묘법연화경』에는 '나치 두렵고 ᄎᆞ며'를 '面貌圓滿'으로 기술하고 있다.

30) 눈서비: 눈섭[눈썹, 眉: 눈(눈, 目) + 섭(섶, 草木)] + -이(주조)

31) 니마히: 니마ㅎ(이마, 額) + -이(주조)

32) 平正ᄒᆞ야: 平正ᄒᆞ[평정하다: 平正(평정: 명사) + -ᄒᆞ(형접)-]- + -야(← -아: 연어) ※ '平正(평정)'은 넓고 반듯한 것이다.

33) ᄀᆞ자고: ᄀᆞᆽ(← ᄀᆞ자다: 갖추어져 있다, 具足)- + -고(연어, 나열)

34) 世世예: 世世(세세) + -예(← -에: 부조, 위치) ※ '世世예'는 '태어나는 세상마다'의 뜻으로 쓰였다.

35) 나ᄃᆡ: 나(나다, 生)- + -ᄃᆡ(← -오ᄃᆡ: 연어, 설명 계속)

36) ᄀᆞᄅᆞ치논: ᄀᆞᄅᆞ치(가르치다, 敎)- + -ㄴ(← -ᄂᆞ-: 현시)- + -오(대상)- + -ㄴ(관전)

받으리라. 阿逸多(아일다)야, 한 사람을 勸(권)하여 가서 法(법)을 듣게 하여도 功德(공덕)이 이러하니, 하물며 一心(일심)으로 (법을) 들어 읽으며 외워서 大衆(대중)에게 남을 위하여 가려내어 이르며 말대로 修行(수행)한 사람이야?"【 이까지는 隨喜功德品(수희공덕품)이니, 이 品(품)과 法師功德品(법사공덕품)과 常不輕菩薩品(상불경보살품)까지는 正宗(정종)을 들어 지닌 功德(공덕)을 널리 나타내시어, 功(공)의 앝으며

[8앞]

바ᄃᆞ리라[37] 阿앙逸잃多당아 ᄒᆞᆫ 사ᄅᆞᄆᆞᆯ 勸퀀ᄒᆞ야 가 法법을 듣긔[38] ᄒᆞ야도 功공德득[39]이 이러커니[40] ᄒᆞᄆᆞᆯ며 一힗心심ᄋᆞ로 드러 닐그며[41] 외와[42] 大땡衆즁의 거긔[43] ᄂᆞᆷ 위ᄒᆞ야 ᄀᆞᆯᄒᆡ내[44] 니르며 말 다히[45] 修슣行행ᄒᆞᄂᆞ니ᄯᆞ녀[46] 【 잇 ᄀᆞ자ᅌᆞᆫ[47] 隨쒱喜힁功공德득品픔이니 이 品픔과 法법師ᄉᆞᆼ功공德득品픔과 常썅不붏輕켱菩뽕薩삻品픔ㅅ ᄀᆞ자ᅌᆞᆫ 正졍宗종[48]ᄋᆞᆯ 드러 디닌[49] 功공德득을 너비[50] 나토샤[51] 功공ᄋᆡ[52] 녀트며[53]

37) 바ᄃᆞ리라: 받(받다, 受)- + -ᄋᆞ리(미시)- + -라(←-다: 평종)

38) 듣긔: 듣(듣다, 聽)- + -긔(-게: 연어, 사동)

39) 功德: 공덕. 좋은 일을 행한 덕으로 훌륭한 결과를 가져오게 하는 능력이다. 종교적으로 순수한 것을 진실공덕(眞實功德)이라 이르고, 세속적인 것을 부실공덕(不實功德)이라 한다.

40) 이러커니: 이러ㅎ[←이러ᄒᆞ다(이러하다, 如此): 이러(이러: 불어) + -ᄒᆞ(형접)-]- + -거(확인)- + -니(연어, 설명 계속)

41) 닐그며: 닑(읽다, 讀)- + -으며(연어, 나열)

42) 외와: 외오(외우다, 誦)- + -아(연어)

43) 大衆의 거긔: 大衆(대중) + -의(관조) # 거긔(거기에, 此處: 의명) ※ '大衆의 거긔'는 '大衆(대중)에게'로 의역하여 옮긴다.

44) ᄀᆞᆯᄒᆡ내: ᄀᆞᆯᄒᆡ내[가려내어, 분별하여, 分別(부사): ᄀᆞᆯᄒᆡ(가리다, 分)- + 나(나다, 出)- + -ㅣ(←-이-: 사접)- + -Ø(부접)]

45) 말 다히: 말(말, 說) # 다히(대로: 의명)

46) 修行ᄒᆞᄂᆞ니ᄯᆞ녀: 修行ᄒᆞ[수행하다: 修行(수행: 명사) + -ᄒᆞ(동접)-]- + -Ø(과시)- + -ㄴ(관전) # 이(이, 者: 의명) + -ᄯᆞᆫ(←-이ᄯᆞᆫ: 보조사, 강조) + -이(서조)- + -Ø(현시)- + -어(←-아←-가: -냐, 의종, 판정) ※ '修行ᄒᆞᄂᆞ니ᄯᆞ녀'는 '修行(수행)한 사람이야?'로 의역하여 옮긴다.

47) 잇 ᄀᆞ자ᅌᆞᆫ: 이(이, 此: 지대, 정칭) + -ㅅ(-의: 관조) # ᄀᆞ장(까지: 의명) + -ᄋᆞᆫ(보조사, 주제)

48) 正宗: 정종. 창시자의 정통을 이어받은 종파이다.

49) 디닌: 디니(지니다, 持)- + -Ø(과시)- + -ㄴ(관전)

50) 너비: [널리, 演(부사): 넙(넓다, 廣: 형사)- + -이(부접)]

51) 나토샤: 나토[나타내다, 現: 낟(나타나다, 現: 자동)- + -오(사접)-]- + -샤(←-시-: 주높)- + -Ø(←-아: 연어)

52) 功ᄋᆡ: 功(공) + -ᄋᆡ(-의: 관조, 의미상 주격)

53) 녀트며: 녙(얕다, 淺)- + 으며(연어, 나열)

깊음을 따라서 暫持(잠지)하며 圓持(원지)하며 精持(정지)하는 차례(次第)가 있나니라.
正宗(정종)은 正(정)한 마루이니 法華經(법화경)을 일렀니라. 暫持(잠지)는 잠깐 지니는
것이다. 圓持(원지)는 갖추어 지니는 것이다. 精持(정지)는 精微(정미)하게 지니는 것이
다. 隨喜(수희)라 한 뜻은 一心(일심)으로 들어 읽으며, 말대로 修行(수행)을 못하여도 들
은 양으로 남을 위하여 이르는 것을 즐기며, 가르치는 것을 따라서 오래지 아니한 사이
이나 듣는 것을 기뻐하여도, 또 勝福(승복)을 得(득)하므로 暫持(잠지) 功德(공덕)이 되느
니라. 】

[第十九 法師功德品(제십구 법사공덕품)] 그때에 부처가 常精進菩薩(상정
진보살) 摩訶薩(마하살)더러 이르시되, "善男子(선남자)

기푸믈⁵⁴⁾ 조차⁵⁵⁾ 暫_쨤持_띵ᄒ며⁵⁶⁾ 圓_원持_띵ᄒ며⁵⁷⁾ 精_졍持_띵ᄒ논⁵⁸⁾ 次_{ᄎᆞᆼ}第_똉⁵⁹⁾ 잇ᄂᆞ니라 正_졍宗_종은 正_졍ᄒᆞᆫ ᄆᆞᆯ리니⁶⁰⁾ 法_법華_{ᅘᅪᆼ}經_경을 니르니라⁶¹⁾ 暫_쨤持_띵ᄂᆞᆫ 잢간⁶²⁾ 디닐 씨라 圓_원持_띵ᄂᆞᆫ ᄀᆞ초⁶³⁾ 디닐 씨라 精_졍持_띵ᄂᆞᆫ 精_졍微_밍히⁶⁴⁾ 디닐 씨라 隨_쒕喜_{ᄒᆡᆼ}라 혼 ᄠᅳ든 一_{ᅙᅵᆭ}心_심으로 드러 닐그며 말 다히 修_슣行_{ᅘᅢᆼ} 몯ᄒᆞ야도 드룬⁶⁵⁾ 야ᄋᆞ로⁶⁶⁾ ᄂᆞᆷ 위ᄒᆞ야 닐오믈⁶⁷⁾ 즐기며⁶⁸⁾ ᄀᆞᄅᆞ쵸믈 조차 아니한 ᄉᆞᅀᅵ나 드루믈⁶⁹⁾ 깃거ᄒᆞ야도⁷⁰⁾ ᄯᅩ 勝_싱福_복⁷¹⁾을 得_득홀씨 暫_쨤持_띵 功_공德_득이 ᄃᆞ외ᄂᆞ니라 】 그 저긔 부톄 常_쌍精_졍進_진菩_뽕薩_삻⁷²⁾ 摩_망訶_항薩_삻ᄃᆞ려 니ᄅᆞ샤디 善_쎤男_남子_{ᄌᆞᆼ}

---

54) 기푸믈: 깊(깊다, 深) + -움(명전) + -을(목조)

55) 조차: 좇(좇다, 따르다, 隨)- + -아(연어)

56) 暫持ᄒ며: 暫持ᄒ[잠지하다: 暫持(잠지: 명사) + -ᄒ(동접)-]- + -며(연어, 나열) ※ '暫持(잠지)'는 잠시 가지는 것이다.

57) 圓持ᄒ며: 圓持ᄒ[원지하다: 圓持(원지: 명사) + -ᄒ(동접)-]- + -며(연어, 나열) ※ '圓持(원지)'는 두루 갖추어 가지는 것이다.

58) 精持ᄒ논: 精持ᄒ[정지하다: 精持(정지: 명사) + -ᄒ(동접)-]- + -ᄂ(←-ᄂᆞ-: 현시)- + -오(대상)- + -ㄴ(관전) ※ '精持(정지)'는 정밀하고 상세하게 지니는 것이다.

59) 次第: 次第(차제, 차례) + -Ø(←-이: 주조)

60) ᄆᆞᆯ리니: 몰ᄅ(← ᄆᆞᄅᆞ: 마루, 용마루) + -이(서조)- + -니(연어, 설명 계속)

61) 니르니라: 니르(이르다, 說)- + -Ø(과시)- + -니(원칙)- + -라(←-다: 평종)

62) 잢간: [잠깐, 暫間(부사): 잠(잠, 暫) + -ㅅ(관조, 사잇) + 간(간, 間)]

63) ᄀᆞ초: [갖추, 고루 있는 대로(부사): ᄀᆞᆽ(갖추어져 있다, 具: 형사)- + -호(사접) + -Ø(부접)]

64) 精微히: [정미히, 정미하게(부사): 精微(정미: 불어) + -ᄒ(←-ᄒᆞ-: 형접)- + -이(부접)] ※ '精微(정미)'는 정밀하고 자세한 것이다.

65) 드룬: 들(← 듣다, ㄷ불: 듣다, 聽)- + -Ø(과시)- + -우(대상)- + -ㄴ(관전)

66) 야ᄋᆞ로: 양(양, 樣: 의명) + -ᄋᆞ로(부조, 방편)

67) 닐오믈: 닐(← 니ᄅᆞ다: 이르다, 說)- + -옴(명전) + -을(목조)

68) 즐기며: 즐기[즐기다, 樂(타동): 즑(즐거워하다, 歡: 자동)- + -이(사접)-]- + -며(연어, 나열)

69) 드루믈: 들(← 듣다, ㄷ불: 듣다, 聽)- + -움(명전) + -을(목조)

70) 깃거ᄒᆞ야도: 깃거ᄒᆞ[기뻐하다, 歡: 깄(기뻐하다, 歡)- + -어(연어) + ᄒ(하다: 보용)-]- + -야도(←-아도: 연어, 양보)

71) 勝福: 승복. 훌륭한 복(福)이다.

72) 常精進菩薩: 상정진보살. 말 그대로 끊임없이 용맹정진(勇猛精進)하는 보살이다.

> 남子ᄌᆞ善쎤女녕人ᅀᅵᆫ이 이 法법華ᅘᅪ
> 經경을 바다 디녀 닐거나 외오거나
> 다이 니를거나 쓰거나 ᄒᆞ면 이 사ᄅᆞ미 당
> 겨 닐거나 ᄒᆞ 쓰거나 ᄒᆞ면 ᄃᆞ이 八八百ᄇᆡᆨ 眼안功공德득과【눈 眼안】
> 귀 千천二ᅀᅵᆼ百ᄇᆡᆨ 耳ᅀᅵᆼ功공德득과
> 라ᄂᆞᆫ 千천二ᅀᅵᆼ百ᄇᆡᆨ 鼻ᄈᆞᆼ功공德득과
> 라히 八八百ᄇᆡᆨ 舌쎯功공德득과【고ㅎ 鼻ᄈᆞᆼ】
> 라온 혜 八八百ᄇᆡᆨ 身신功공德득과【몸 身신】

善女人(선여인)이 이 法華經(법화경)을 받아 지녀 읽거나 외우거나 풀어 이르거나 쓰거나 하면, 이 사람이 마땅히 八百(팔백) 眼功德(안공덕)【眼(안)은 눈이다.】千二百(천이백) 耳功德(이공덕)과【耳(이)는 귀이다.】八百(팔백) 鼻功德(비공덕)과【鼻(비)는 코이다.】千二百(천이백) 舌功德(설공덕)과【舌(설)은 혀이다.】八百(팔백) 身功德(신공덕)과【身(신)은 몸이다.】

善_쎤女_녕人_신이 이 法_법華_황經_경을 바다 디녀⁷³⁾ 닑거나⁷⁴⁾ 외오거나 사겨⁷⁵⁾ 니르거나⁷⁶⁾ 쓰거나 ᄒᆞ면 이 사ᄅᆞ미 당다이⁷⁷⁾ 八_밣百_빅 眼_안功_공德_득과⁷⁸⁾【眼_안ᄋᆞᆫ 누니라⁷⁹⁾】千_쳔二_싱百_빅 耳_싱功_공德_득과【耳_싱ᄂᆞᆫ 귀라⁸⁰⁾】八_밣百_빅 鼻_뼁功_공德_득과【鼻_뼁ᄂᆞᆫ 고히라⁸¹⁾】千_쳔二_싱百_빅 舌_쎯功_공德_득과【舌_쎯ᄋᆞᆫ 혜라⁸²⁾】八_밣百_빅 身_신功_공德_득과【身_신ᄋᆞᆫ 모미라⁸³⁾】

---

73) 디녀: 디니(지니다, 持)- + -어(연어)

74) 닑거나: 닑(읽다, 讀)- + -거나(연어, 선택)

75) 사겨: 사기(새기다, 풀이하다, 解)- + -어(연어)

76) 사겨 니르거나: '사겨 니르거나'는 『묘법연화경』에 기술된 '解說'을 직역한 것인데, '풀어서 이르거나'로 의역하여 옮긴다.

77) 당다이: 마땅히, 當(부사)

78) 眼功德과: 眼功德(안공덕) + -과(접조) ※ '眼功德(안공덕)'은 눈으로 짓는 공덕이다.

79) 누니라: 눈(눈, 眼) + -이(서조)- + -Ø(현시)- + -라(←-다: 평종)

80) 귀라: 귀(귀, 耳) + -Ø(←-이-: 서조)- + -Ø(현시)- + -라(←-다: 평종)

81) 고히라: 고ㅎ(코, 鼻) + -이(서조)- + -Ø(현시)- + -라(←-다: 평종)

82) 혜라: 혀(혀, 舌) + -ㅣ(←-이-: 서조)- + -Ø(현시)- + -라(←-다: 평종)

83) 모미라: 몸(몸, 身) + -이(서조)- + -Ø(현시)- + -라(←-다: 평종)

千二百(천이백) 意功德(의공덕)을 得(득)하여【意(의)는 뜻이다.】, 이 功德(공덕)으로 六根(육근)을 莊嚴(장엄)하여 다 淸淨(청정)하게 하리라.【法華經(법화경)을 지니는 사람이 부처의 知見(지견)을 열면 보며 들으며 아는 것이 다 眞覺(진각)이며, 實相(실상)을 證(증)하면 色(색)·香(향)·味(미)·觸(촉)이 다 眞法(진법)이다. 眞覺(진각)으로 眞法(진법)을 對(대)하면 萬象(만상)을 꿰뚫어 비추며 大千(대천)을 한 가지로 보므로, 圓持功(원지공)이 이루어져서 六根(육근)의 淸淨(청정)한 功德(공덕)을 得(득)하리라. 數(수)가 一千二百(일천이백)이며 八百(팔백)이 되는 것은

千천二싱百빅 意힁功궁德득을 得득ᄒᆞ야【意힁는 ᄠᅳ디라⁸⁴⁾】 이 功궁德득으로 六륙根ᄀᆞᆫ⁸⁵⁾을 莊장嚴엄ᄒᆞ야⁸⁶⁾ 다 淸쳥淨쪙케 ᄒᆞ리라【法법華ᅘᅪ經경 디닐 사ᄅᆞ미 부텻 知딩見견⁸⁷⁾을 열면 보며 드르며 아로미⁸⁸⁾ 다 眞진覺각이며 實씷相샹을 證징ᄒᆞ면⁸⁹⁾ 色ᄉᆡᆨ香향味밍觸쵹⁹⁰⁾이 다 眞진法법이라 眞진覺각ᄋᆞ로 眞진法법을 對됭ᄒᆞ면 萬먼象썅ᄋᆞᆯ ᄉᆞ뭇⁹¹⁾ 비취며⁹²⁾ 大땡千쳔⁹³⁾을 ᄒᆞᆫ 가지로 볼씨 圓원持띵功궁이 이러⁹⁴⁾ 六륙根ᄀᆞᆫ 淸쳥淨쪙 功궁德득을 得득ᄒᆞ리라 數숭ㅣ 一ᅙᅵᆶ千쳔二싱百빅이며 八밣百빅 ᄃᆞ외논⁹⁵⁾ 주른⁹⁶⁾

---

84) ᄠᅳ디라: ᄠᅳᆮ(뜻, 意) + -이(서조)- + -Ø(현시)- + -라(←-다: 평종)

85) 六根: 육근. 육식(六識)을 낳는 '눈·귀·코·혀·몸·뜻'의 여섯 가지 근원이다. ※ '육식(六識)'은 육경(六境)을 지각(知覺)하는 '안식(眼識), 비식(鼻識), 설식(舌識), 신식(身識), 의식(意識)'을 총칭(總稱)하는 말이다.

86) 莊嚴ᄒᆞ야: 莊嚴ᄒᆞ[장엄하다: 莊嚴(장엄: 명사) + -ᄒᆞ(동접)-]- + -야(←-아: 연어) ※ '莊嚴(장엄)'은 악한 것으로부터 몸을 삼가는 일이다.

87) 知見: 지견. 지식과 견문을 아울러 이르는 말이다.

88) 아로미: 알(알다, 知)- + -옴(명전) + -이(주조)

89) 證ᄒᆞ면: 證ᄒᆞ[증하다, 깨닫다: 證(증: 불어) + -ᄒᆞ(동접)-]- + -면(연어, 조건)

90) 色香味觸: 색향미촉. '색깔, 냄새, 맛, 촉각'이다.

91) ᄉᆞ뭇: [완전히, 꿰뚫어, 貫(부사): ᄉᆞ뭇(←ᄉᆞ뭋다: 꿰뚫다, 통하다, 동사)- + -Ø(부접)]

92) 비취며: 비취(비추다, 照)- + -며(연어, 나열)

93) 大千: 대천. '대천세계(大千世界)' 혹은 '삼천대천세계(三千大千世界)'를 줄인 말로 석가모니의 교화가 미친 지역을 가리킨다. 불교에서는 수미산을 중심으로 하여 사대부주(四大部洲)의 일월이 비추는 곳을 합쳐서 하나의 소세계(小世界)로, 천 개의 소세계를 소천세계(小千世界)로, 천 개의 소천세계를 중천세계(中千世界)로, 천 개의 중천세계를 대천세계로 생각한다.

94) 이러: 일(이루어지다, 成)- + -어(연어)

95) ᄃᆞ외논: ᄃᆞ외(되다, 化)- + -ㄴ(←-ᄂᆞ-: 현시)- + -오(대상)- + -ㄴ(관전)

96) 주른: 줄(줄, 것, 者: 의명) + -은(보조사, 주제)

界갱른 衆중生싱이 世솅界갱ᄂᆞᆫ 器킝世솅界갱ᄅᆞᆯ 브터 잇ᄂᆞ니 거즛 이ᄅᆞ로 이러 界갱 ᄃᆞ외ᄂᆞᆯᄊᆡ 四方방이 잇고 모미 遷쳔流륳ᄒᆞ야 가ᄆᆞᆯᄊᆡ 三삼世솅 잇ᄂᆞ니 世솅와 界갱와 둘히 서르 涉셥ᄒᆞ야 三삼世솅 四方방이 열둘이 ᄃᆞ외오 열둘이 流륳變변ᄒᆞ야 三삼疊뎝이면 一千二百 一ᇙ千쳔二ᅀᅵᆼ百ᄇᆡᆨ이 ᄃᆞ외리라 圓持띵ᄒᆞᆫ 功공德득이 이르면 根근마다 各각各각 ᄡᅮ믈 오ᄋᆞ로 ᄒᆞᆯᄊᆡ 一千二百 功德이 이시려니와 그 中듀ᇰ에 ᄯᅩ 됴ᄒᆞ며 구주믈 一定뎌ᇰᄒᆞ면

衆生(중생)의 世界(세계)는 器世界(기세계)를 말미암아 있나니, 거짓의 일로 이루어서 界(계)가 되므로 四方(사방)이 있고, 몸이 遷流(천류)하여 가므로 三世(삼세)가 있나니, 世(세)와 界(계)와 두 가지의 것이 서로 涉(섭)하여 三世(삼세) 四方(사방)이 열둘이 되고, 열둘이 流變(유변)하여 三疊(삼첩)이면 一千二百(일천이백)이 되리라. 圓持(원지)한 功(공)이 이루어지면 根(근)마다 各各(각각) 씀을 온전하게 하므로 一千二百(일천이백) 功德(공덕)이 있으려니와, 그 中(중)에서 또 좋음과 사나움을 一定(일정)한다면, 눈은 앞과 곁을 보고 뒤를 못 보며, 코는 숨이 나며 들 때에 (냄새를) 맡고 사이에는 못 맡으며, 몸은 서로 어울리면 알고 따로 나면 모르나니, 이것이 다 '세 分(분)으로부터 하나'(= 3분의 일)가 없으므로

衆_즁生_싱이 世_솅界_갱는 器_킝世_솅界_갱⁹⁷⁾를 브터⁹⁸⁾ 잇느니 거즛⁹⁹⁾ 일로 일위 界_갱¹⁾ 드

욀씨 四_숭方_방이 잇고 모미 遷_쳔流_륳²⁾ᄒᆞ야 갈씨 三_삼世_솅³⁾ 잇느니 世_솅와 界_갱와 두

가짓 거시 서르 涉_쎱⁴⁾ᄒᆞ야 三_삼世_솅 四_숭方_방이 열둘히 드외오 열둘히 流_륳變_변⁵⁾ᄒᆞ

야 三_삼疊_뗩⁶⁾이면 一_힗千_쳔二_싱百_빅이 드외리라 圓_원持_띵혼 功_공이 일면 根_근마다

各_각各_각 뿌믈⁷⁾ 오올올씨⁸⁾ 一_힗千_쳔二_싱百_빅 功_공德_득이 이시려니와⁹⁾ 그 中_듕에 또

느룸과¹⁰⁾ 사오나봄과를¹¹⁾ 一_힗定_뗭홀 딘댄¹²⁾ 누는 앒과¹³⁾ 곁과를¹⁴⁾ 보고 뒤흘 몯 보며

고흔 수미 나며 드로매 맏고¹⁵⁾ 스싀를 몯 마트며 모믄 서르 어울면 알오 닫¹⁶⁾ 나면

모르느니 이 다 세 分_분으로 ᄒᆞ나히 업슬씨

---

97) 器世界: 기세계. 모든 중생이 살고 있는 산하(山河), 대지(大地) 따위를 이른다.(= 國土世間)

98) 브터: 븥(말미암다, 비롯하다, 따르다, 始)- + -어(연어)

99) 거즛: 거짓, 假.

1) 界: 계. 경계, 공간의 구분이다.

2) 遷流: 천류. 자꾸 바뀌어 흘러 가는 것이다.

3) 三世: 삼세. 전세(前世), 현세(現世), 내세(來世)의 세 가지이다.

4) 涉: 섭. 관계하는 것이다.

5) 流變: 유변. 발전하고 변화하는 것이다.

6) 三疊: 삼첩. '첩(疊)'은 겁(劫)의 시간 속에서, 한 중생이 과거·현재·미래의 3세(世)가 동·서·남·북 의 사방(四方)을 각각 천류(遷流)하는 시간이다. 삼첩은 일첩의 100배가 되는 시간이다.

7) 뿌믈: ㅄ(← 쁘다: 쓰다, 用)- + -움(명전) + -을(목조)

8) 오올올씨: 오을오[온전하게 하다, 全: 오을(온전하다, 全: 형사)- + -오(사접)-]- + -ㄹ씨(-므로: 연어, 이유)

9) 이시려니와: 이시(있다, 有)- + -리(미시)- + -어니와(← 거니와: 연어, 인정 첨가)

10) 느룸과: 늘(낫다, 뛰어나다, 勝)- + -움(명전) + -과(접조)

11) 사오나봄과를: 사오낳(← 사오납다, ㅂ불: 사납다, 猛)- + -옴(명전) + -과(접조) + -를(목조)

12) 一定홀 딘댄: 一定ㅎ[일정하다, 하나로 정하다: 一定(일정: 명사) + -ㅎ(동접)-]- + -ㅭ(관전) # ᄃ(← ᄃᆞ: 것, 의명) + -이(서조)- + -ㄴ댄(-으면: 연어, 조건) ※ '하나로 정하면'으로 의역한다.

13) 앒과: 앒(← 앞: 앞, 前) + -과(접조)

14) 곁과를: 곁(← 곁: 곁, 傍) + -과(접조) + -를(목조)

15) 맏고: 맏(← 맏다: 맏다, 嗅)- + -고(연어, 나열)

16) 닫: 따로, 別(부사)

八百(팔백) 功德(공덕)뿐이다. 이는 權(권)으로 世間(세간)에 있는 數(수)에 따라서 대충 이를 따름이니, 보통의 눈으로 色(색)을 對(대)하되 부처의 知見(지견)을 열며, 보통의 귀로 소리를 듣되 實相(실상)을 得(득)하면, 많은 티끌이 가리지 아니하며, 十方(시방)이 훤하여 萬象(만상)이 逃亡(도망)하지 못하며, 大千世界(대천세계)를 갖추 비추겠으니, 千二百(천이백)과 八百(팔백)의 功德(공덕)이야말로 議論(의논)할 것이 없으리라. 經(경)에 이르시되, "父母(부모)가 낳으신 눈이 三千世界(삼천세계)를 다 보리라." 하시니, 어찌 三分(삼분)이 못 갖추어져서 八百(팔백)의 사나운 일이 있으리오? 그러므로 이 體(체)는 本來(본래) 數(수)가 없는 것을 알 것이니라. 象(상)은 모습이니, 萬象(만상)은 一切(일체)의

八_밣百_빅 功_공德_득 쑨니라¹⁷⁾ 이는 權_권¹⁸⁾으로 世_솅間_간앳 數_숭를 브터¹⁹⁾ 어둘²⁰⁾ 니를 ᄯᆞ르미니²¹⁾ 샹녯²²⁾ 누느로 色_{ᄉᆡᆨ}을 對_됭호ᄃᆡ 부텻 知_딩見_견을 열며 샹녯 귀로 소리를 드로ᄃᆡ 實_씷相_샹을 得_득ᄒᆞ면 한 드트리²³⁾ ᄀᆞ리디²⁴⁾ 아니ᄒᆞ며 十_씹方_방²⁵⁾이 훤ᄒᆞ야 萬_먼象_쌍이 逃_똘亡_망티 몯ᄒᆞ며 大_땡千_쳔世_솅界_갱를 ᄀᆞ초²⁶⁾ 비취리니 千_쳔二_{ᅀᅵᆼ}百_빅

八_밣百_빅 功_공德_득이ᅀᅡ²⁷⁾ 議_읭論_론ᄒᆞᆯ 줄 업스리라 經_경에 니르샤ᄃᆡ 父_뿡母_뭏 나ᄒᆞ 샨²⁸⁾ 누니 三_삼千_쳔界_갱를 다 보리라 ᄒᆞ시니 어듸쩐²⁹⁾ 三_삼分_분이 몬 ᄀᆞ자 八_밣百_빅 사오나ᄇᆞᆯ 이리 이시리오 그럴ᄊᆡ³⁰⁾ 이 體_톙는 本_본來_{ᄅᆡᆼ} 數_숭 업슨 ᄃᆞᆯ 아롫³¹⁾ 디니라³²⁾ 象_쌍은 양지니³³⁾ 萬_먼象_쌍은 一_힗切_쳉

---

17) 쑨니라: 쑨(뿐: 의명) + -이(서조)- + -Ø(현시)- + -라(←-다: 평종)

18) 權: 권. 일시적인 방편이다.

19) 브터: 븥(붙다, 따르다, 기대다, 의지하다, 依)- + -어(연어)

20) 어둘: 대충, 若(부사)

21) ᄯᆞ르미니: 짜름(따름: 의명) + -이(서조)- + -니(연어, 설명 계속, 이유)

22) 샹녯: 샹네(보통, 常) + -ㅅ(-의: 관조)

23) 드트리: 드틀(티끌, 塵) + -이(주조)

24) ᄀᆞ리디: ᄀᆞ리(가리다, 蔽)- + -디(-지: 연어, 부정)

25) 十方: 시방. 사방(四方), 사우(四隅), 상하(上下)를 통틀어 이르는 말이다.

26) ᄀᆞ초: [갖추, 具(부사): ᄀᆞᆽ(갖추어져 있다: 형사)- + -호(사접)- + -Ø(부접)] ※ 'ᄀᆞ초'는 '고루 있는 대로'의 뜻을 나타낸다.

27) 功德이ᅀᅡ: 功德(공덕) + -이(주조) + -ᅀᅡ(-야, -이야말로: 보조사, 한정 강조)

28) 나ᄒᆞ샨: 낳(낳다, 産)- + -ᄋᆞ샤(←-ᄋᆞ시-: 주조)- + -Ø(과시)- + -Ø(←-오-: 대상)- + -ㄴ (관전)

29) 어듸쩐: [어찌, 何(부사): 어듸(어디, 何: 부사) + -쩐(강접)]

30) 그럴ᄊᆡ: [그러므로, 然(부사): 그러(그러: 불어) + -Ø(←-ᄒᆞ-: 형접)- + -ㄹᄊᆡ(-므로: 연어 ▷ 부접)

31) 아롫: 알(알다, 知)- + -오(대상)- + -ᇙ(관전)

32) 디니라: ᄃ(←ᄃᆞ: 것, 의명) + -이(서조)- + -Ø(현시)- + -니(원칙)- + -라(←-다: 평종)

33) 양지니: 양ᄌᆞ(모습, 樣子) + -ㅣ(←-이-: 서조)- + -니(연어, 설명 계속)

相·을 다 니르·니·라 衆·즁生·ᄉᆡᆼ 世·솅·ᄂᆞᆫ 生ᄉᆡᆼ老·롤病·뼝死:ᄉᆞᆼㅣ·오 衆·즁生·ᄉᆡᆼ 界·갱·ᄂᆞᆫ 前쪈後:ᄒᆞᇢ左:장右:ᄋᆛㅣ·오 器·킝世·솅·ᄂᆞᆫ 成쎵住·뜡壞:ᄒᆡᆼ空콩·이·오 器·킝界·갱·ᄂᆞᆫ 東동西솅南남北·븍·이·라 거·즛 이·로 이·러 界·갱 ᄃᆞ욀·ᄊᆡ 四·ᄉᆞ方방·이 잇·다 ᄒᆞ·논 거·슨 妄·망量·량·ᄋᆞ·로 相·이 이·러 相곳 일·면 左:장右:ᄋᆛ·와 前쪈後:ᄒᆞᇢㅣ 一·힗定·뗭·히 이·실·ᄊᆡ 四·ᄉᆞ方방·이 잇·다 ᄒᆞ·니·라 몸·이 遷쳔流륳·ᄒᆞ·야 갈·ᄊᆡ 三삼世·솅 잇·다 ᄒᆞ·논 거·슨 오·라·디 아·니·ᄒᆞᆫ ᄉᆞᅀᅵ·예·도 머·므·러 잇·디 몯·ᄒᆞ·야 時씽節·졇·이 올·마 흘·러 가·면 一·힗定·뗭·히 디·난 時씽節·졇·와 이·젯 時씽節·졇·와 아·니 왯·ᄂᆞᆫ 時씽節·졇·왜 이·실·ᄊᆡ 三삼世·솅 잇·다 ᄒᆞ·니·라 遷쳔·은 올·ᄆᆞᆯ 씨·오 流륳·ᄂᆞᆫ 흘·를 씨·니 時씽節·졇·이 올·마 흘·러 갈·ᄊᆡ

형상을 다 일렀니라. 衆生(중생)의 世(세)는 生老病死(생로병사)이요, 衆生(중생)의 界(계)는 前後左右(전후좌우)이요, 器世(기세)는 成住壞空(성주괴공)이요, 器界(기계)는 東西南北(동서남북)이다. 거짓의 일로 이루어서 界(계)가 되므로 '四方(사방)이 있다.'고 하는 것은 妄量(망량)으로 형상이 이루어지고, 형상만 이루어지면 左右(좌우)와 前後(전후)가 반드시 있으므로 '四方(사방)이 있다.'고 하였니라. '몸이 遷流(천류)하여 가므로 三世(삼세)가 있다.'고 하는 것은 오래지 않은 사이에도 머물러 있지 못하여, 時節(시절)이 옮아 흘러 가면 반드시 지난 時節(시절)과 이제의 時節(시절)과 아니 와 있는 時節(시절)이 있으므로, '三世(삼세)가 있다.'고 하였니라. 遷(천)은 옮는 것이요 流(유)는 흐르는 것이니, 時節(시절)이 옮아 흘러가므로 얼구를³⁴⁾ 다 니르니라 衆_즁生_싱이 世_솅는 生_싱老_롤病_뼝死_숭ㅣ오 衆_즁生_싱이 界_갱는 前_쪈後_흏左_장右_웋ㅣ오 器_킝世_솅³⁵⁾는 成_쎵住_뜡壞_횃空_콩³⁶⁾이오 器_킝界_갱³⁷⁾는 東_동西_솅南_남北_븍이라 거즛 일로 일워 界_갱 드욀씨 四_숭方_방이 잇다 호문 妄_망量_량³⁸⁾으로 얼구리 일오 얼굴옷³⁹⁾ 일면 左_장右_웋 前_쪈後_흏ㅣ 모로매 이실씨 四_숭方_방이 잇다 ᄒᆞ니라 모미 遷_쳔流_륳ᄒᆞ야 갈씨 三_삼世_솅 잇다 호문 아니한 스싀도 머므러 잇디 몯ᄒᆞ야 時_씽節_졇이 올마⁴⁰⁾ 흘러 가면 모로매⁴¹⁾ 디나건⁴²⁾ 時_씽節_졇와 이젯⁴³⁾ 時_씽節_졇와 아니 왯ᄂᆞ⁴⁴⁾ 時_씽節_졇이 이실씨 三_삼世_솅 잇다 ᄒᆞ니라 遷_쳔은 올믈 씨오 流_륳는 흐를 씨니 時_씽節_졇이 올마 흘러갈씨

---

34) 얼구를: 얼굴(모습, 형상, 貌) + −을(목조)

35) 器世: 기세. 중생(유정)이 살아가는 시간이다.

36) 成住壞空: 성주괴공. 불교의 시간관인 사겁(四劫)으로, '성겁(成劫)·주겁(住劫)·괴겁(壞劫)·공겁(空劫)'을 줄여서 말할 때에 쓰는 말이다. 불교에서 우주가 시간적으로 무한하여 무시무종(無始無終)인 가운데 생성소멸 변화하는 것을 설명하는 개념으로 사겁(四劫)을 말하며, 그것을 줄여서 성주괴공(成住壞空)이라고 한다. 첫째, '성겁(成劫)'은 세계가 파괴되어 없어진 후 아주 오랜 세월이 지나 다시 세계가 생기고 인류가 번식하는 기간이다. 둘째, '주겁(住劫)'은 인류가 세계에 안주하는 기간이다. 셋째, '괴겁(壞劫)'은 세계가 무너져 멸망하는 기간이다. 넷째, '공겁(空劫)'은 이 세계가 무너져 사라지고 다음 세계에 이르기까지의 20중겁(中劫)을 이른다.

37) 器界: 기계. 중생(유정)이 살아가는 공간이다.

38) 妄量: 망량. 허망한 생각이다.

39) 얼굴옷: 얼굴(모습, 형상) + −옷(←−곳: 보조사, 한정 강조)

40) 올마: 옮(옮다, 移)− + −아(연어)

41) 모로매: 반드시, 必(부사)

42) 디나건: 디나(지나다, 過)− + −거(확인)− + −ㄴ(관전)

43) 이젯: 이제[이때, 此時: 이(이, 此: 관사) + 제(때, 時: 의명)] + −ㅅ(−의: 관조)

44) 왯ᄂᆞ: 오(오다, 來)− + −아(연어) + 잇(← 이시다: 있다, 보용, 완료 지속)− + −ㄴ(←−ᄂᆞ−: 현시)− + −오(대상)− + −ㄴ(관전) ※ '왯ᄂᆞ'은 '와 잇ᄂᆞ'이 축약된 형태이다.

遷流(천류)이라고 하였니라. 變(변)은 고쳐서 되는 것이니 형상이 있는 것은 長常(장상)한 가지로 있지 못하여서 고쳐서 되나니, 流(유)는 세(世)에 붙은 말이요 變(변)은 界(계)에 붙은 말이다. 疊(첩)은 거듭 쌓는 것이니 층(層)이라 하듯 한 말이다. 이 體(체)라 하는 것은 六根(육근)의 體(체)이니 마음을 일렀니라. 三世(삼세) 四方(사방)이 열둘이 되는 것은 四方(사방)에 各各(각각) 三世(삼세)씩 헤아린 數(수)이다. 한 氣韻(기운)으로부터서 十二世(십이세)가 되는 것이 一疊(일첩)이요, 十二世(십이세)로부터서 一百二十世(일백이십세)가 되는 것이 二疊(이첩)이요, 一百二十世(일백이십세)로부터서 一千二百世(일천이백세)가 되는 것이 三疊(삼첩)이다. 世(세)로 界(계)를 涉(섭)하여 헤아려도 한가지며

遷_쳔流_륳 ㅣ 라 ᄒᆞ니라 變_변은 고텨⁴⁵⁾ ᄃᆞ욀 씨니 얼굴 잇ᄂᆞᆫ 거슨 長_땽常_쌍⁴⁶⁾ ᄒᆞᆫ 가지라⁴⁷⁾ 잇디 몯ᄒᆞ야 고텨 ᄃᆞ외ᄂᆞ니 流_륳는 世_솅예 브튼 마리오 變_변은 界_갱에 브튼 마리라 疊_뗩은 굴포⁴⁸⁾ ᄡᅡᄒᆞᆯ⁴⁹⁾ 씨니 층이라⁵⁰⁾ ᄒᆞ듯 ᄒᆞᆫ 마리라 이 體_톙라 호ᄆᆞᆫ 六_륙根_근이 體_톙니 ᄆᆞᅀᆞᆷ⁵¹⁾ 니ᄅᆞ니라 三_삼世_솅 四_{ᄉᆞᆼ}方_방이 열둘 ᄃᆞ외요ᄆᆞᆫ⁵²⁾ 四_{ᄉᆞᆼ}方_방애 各_각各_각 三_삼世_솅옴⁵³⁾ 혜욘⁵⁴⁾ 數_숭 ㅣ 라 ᄒᆞᆫ 氣_킝韻_운ᄋᆞ로셔⁵⁵⁾ 十_씹二_{ᅀᅵᆼ}世_솅 ᄃᆞ외요미 一_{ᅵᆶ}疊_뗩⁵⁶⁾이오 十_씹二_{ᅀᅵᆼ}世_솅로셔 一_{ᅵᆶ}百_빅二_{ᅀᅵᆼ}十_씹世_솅 ᄃᆞ외요미 二_{ᅀᅵᆼ}疊_뗩⁵⁷⁾이오 一_{ᅵᆶ}百_빅二_{ᅀᅵᆼ}十_씹世_솅로셔 一_{ᅵᆶ}千_쳔二_{ᅀᅵᆼ}百_빅世_솅 ᄃᆞ외요미 三_삼疊_뗩⁵⁸⁾이라 世_솅로 界_갱를 涉_쎱⁵⁹⁾ᄒᆞ야 혜여도⁶⁰⁾ ᄒᆞᆫ가지며⁶¹⁾

---

45) 고텨: 고티[고치다, 改: 곧(곧다, 直: 형사)- + -히(사접)-]- + -어(연어)

46) 長常: 장상, 항상(부사)

47) ᄒᆞᆫ 가지라: ᄒᆞᆫ(한, 一: 관사, 양수) # 가지(가지, 種: 의명)] + -라(←-로: 부조, 방편) ※ 'ᄒᆞᆫ 가지라'는 'ᄒᆞᆫ 가지로'를 오각한 형태이다.

48) 굴포: [거푸, 잇따라 거듭, 反復(부사): 굵ㅎ(←굵ᄒᆞ다: 겹쳐지다, 疊, 동사)- + -오(부접)]

49) ᄡᅡᄒᆞᆯ: ᄡᅡᇂ(쌓다, 積)- + -ᄋᆞᆯ(관전)

50) 층이라: 층(층, 層) + -이(서조)- + -Ø(현시)- + -라(←-다: 평종)

51) ᄆᆞᅀᆞᆷ: ᄆᆞᅀᆞᆷ(마음, 心) + -ᄋᆞᆯ(목조)

52) ᄃᆞ외요ᄆᆞᆫ: ᄃᆞ외(되다, 化)- + -욤(←-옴: 명전) + -ᄋᆞᆫ(보조사, 주제)

53) 三世옴: 三世(삼세) + -옴(←-곰: -씩, 보조사, 각자)

54) 혜욘: 혜(헤아리다, 量)- + -Ø(과시)- + -오(←-요: 대상)- + -ㄴ(관전)

55) 氣韻ᄋᆞ로셔: 氣韻(기운) + -ᄋᆞ로(부조, 방향) + -셔(-서: 보조사, 위치 강조)

56) 一疊: 일첩. 겁(劫)의 시간 속에서, 한 중생(衆生)의 과거(過去)·현재(現在)·미래(未來)의 3세(世)가 동·서·남·북의 사방(四方)을 각각 천류(遷流)하는 시간이다. 모두 12세(世)가 있다.

57) 二疊: 이첩. 겁(劫)의 시간 속에서, 일첩(一疊)이 열 번 거듭 천류(遷流)하는 시간이다. 이는 1백 20세(世)에 해당한다.

58) 三疊: 삼첩. 겁(劫)의 시간 속에서 이첩(二疊)이 열 번 거듭 흘러가는 시간이다. 일첩(一疊)의 100배로, 1200세(世)에 해당한다.

59) 涉: 섭. 관계하는 것이다.

60) 혜여도: 혜(헤아리다, 量)- + -여도(←-어도: 연어, 양보)

61) ᄒᆞᆫ가지며: ᄒᆞᆫ가지[한가지, 同: ᄒᆞᆫ(한, 一: 관사, 양수) + 가지(가지, 種: 의명)] + -Ø(←-이: 서조)- + -Ø(현시)- + -며(연어, 나열)

界(계)로 世(세)를 涉(섭)하여 헤아려도 한가지이니, 世(세)로 界(계)를 涉(섭)하게 이르
면 한 氣韻(기운)이 流(유)하여 三世(삼세)가 이루어지고, 三世(삼세)가 각각 流(유)하여
十世(십세)씩 되면 三十世(삼십세)가 이루어지고, 各各(각각) 流(유)하여 十世(십세)씩 되
면 三百世(삼백세)가 이루어지겠으니, 三世(삼세)에 각각 四方(사방)을 갖추 헤아려서 十
二界(십이계)가 이루어지면 一疊(일첩)이요, 三十世(삼십세)에 각각 四方(사방)을 갖추
헤아려 一百二十世(일백이십세)가 이루어지면 二疊(이첩)이요, 三百世(삼백세)에 各各
(각각) 四方(사방)을 갖추 헤아려 一千二百界(일천이백계)가 이루어지면 三疊(삼첩)이다.
界(계)로써 世(세)를 涉(섭)하게 이를 것이면, 二儀(이의)가 位(위)하여

界갱로 世솅를 涉셥ᄒᆞ야 혜여도 ᄒᆞ가지니 世솅로 界갱를 涉셥ᄒᆞ게 닐옳 딘댄⁶²⁾ ᄒᆞᆫ 氣킝韻ᅟᅮᆫ이 流륳ᄒᆞ야 三삼世솅 일오⁶³⁾ 三삼世솅 各각各각 流륳ᄒᆞ야 十씹世솅옴 ᄃᆞ외면 三삼十씹世솅 일오 三삼十씹世솅 各각各각 流륳ᄒᆞ야 十씹世솅옴 ᄃᆞ외면 三삼百빅世솅 일리니⁶⁴⁾ 三삼世솅예 各각各각 四ᄉᆞᆼ方방ᄋᆞᆯ ᄀᆞ초⁶⁵⁾ 혜여 十씹二ᅀᅵᆼ界갱 일면 一ᅵᆶ疊떱이오 三삼十씹世솅예 各각各각 四ᄉᆞᆼ方방ᄋᆞᆯ ᄀᆞ초 혜여 一ᅵᆶ百빅二ᅀᅵᆼ十씹界갱 일면 二ᅀᅵᆼ疊떱이오 三삼百빅世솅예 各각各각 四ᄉᆞᆼ方방ᄋᆞᆯ ᄀᆞ초 혜여 一ᅵᆶ千쳔二ᅀᅵᆼ百빅界갱 일면 三삼疊떱이라 界갱로 世솅를 涉셥ᄒᆞ게 닐옳 딘댄 二ᅀᅵᆼ儀ᅌᅵᆼ⁶⁶⁾ 位ᅱᆼᄒᆞ야⁶⁷⁾

---

62) 닐옳 딘댄: 닐(←니르다: 이르다, 다다르다, 至)-+-오(대상)-+-ᇙ(관전) # ㄷ(←ᄃᆞ: 것, 의명)+-이(서조)-+-ㄴ댄(-면: 연어, 조건) ※ '닐옳 딘댄'을 문법 형태소 고려하여 그대로 직역하면 '이를 것이면'으로 옮겨야 한다.

63) 일오: 일(이루어지다, 成)-+-오(←-고: 연어, 나열)

64) 일리니: 일(이루어지다, 成)-+-리(미시)-+-니(연어, 설명 계속)

65) ᄀᆞ초: [갖추, 고루 있는 대로(부사): ᄀᆞᆽ(가지고 있다, 具: 형사)-+-호(사접)-+-Ø(부접)]

66) 二儀: 이의. 두 가지의 모습(法道)이다. 여기서는 하늘(天)과 땅(地)을 이른다.

67) 位ᄒᆞ야: 位ᄒᆞ[위하다, 자리잡다: 位(위, 자리: 명사)+-ᄒᆞ(동접)-]-+-야(←-아: 연어) ※ '位(위)'는 일정한 자리에 서는 것이다.

四方(사방)이 서고, 四方(사방)이 各各(각각) 變(변)하여 十方(십방)씩 되면 四十方(사십방)이 이루어지고, 四十方(사십방)이 各各(각각) 變(변)하여 十方(십방)씩 되면 四百方(사백방)이 이루어지겠으니, 四方(사방)에 各各(각각) 三世(삼세)를 갖추 헤아려 十二世(십이세)가 이루어지면 一疊(일첩)이요, 四十方(사십방)에 各各(각각) 三世(삼세)를 갖추 헤아려 一百二十世(일백이십세)가 이루어지면 二疊(이첩)이요, 四百方(사백방)에 各各(각각) 三世(삼세)를 갖추 헤아려 一千二百世(일천이백세)가 이루어지면 三疊(삼첩)이다. 一世(일세)가 流(유)하여 十世(십세)가 되는 것은 三世(삼세)가 절로 三世(삼세)가 되지 못하여 一氣(일기)를 의지하여 일어나나니, 一氣(일기)로부터서 流(유)하여 三世(삼세)가 되면 그 三世(삼세)도

四_{ᄉᆞᆼ}方_방이 셔고⁶⁸⁾ 四_{ᄉᆞᆼ}方_방이 各_각各_각 變_변ᄒᆞ야 十_씹方_방곰 ᄃᆞ외면 四_{ᄉᆞᆼ}十_씹方_방이 일오 四_{ᄉᆞᆼ}十_씹方_방이 各_각各_각 變_변ᄒᆞ야 十_씹方_방곰 ᄃᆞ외면 四_{ᄉᆞᆼ}百_빅方_방이 일리니 四_{ᄉᆞᆼ}方_방애 各_각各_각 三_삼世_셍를 ᄀᆞ초 혜여 十_씹二_{ᅀᅵᆼ}世_셍 일면 一_{ᄒᆞᆯ}疊_뗩이오 四_{ᄉᆞᆼ}十_씹方_방애 各_각各_각 三_삼世_셍를 ᄀᆞ초 혜여 一_{ᄒᆞᆯ}百_빅二_{ᅀᅵᆼ}十_씹世_셍 일면 二_{ᅀᅵᆼ}疊_뗩이오 四_{ᄉᆞᆼ}百_빅方_방애 各_각各_각 三_삼世_셍를 ᄀᆞ초 혜여 一_{ᄒᆞᆯ}千_천二_{ᅀᅵᆼ}百_빅世_셍 일면 三_삼疊_뗩이라 一_{ᄒᆞᆯ}世_셍 流_륳를ᄒᆞ야 十_씹世_셍 ᄃᆞ외논⁶⁹⁾ 고ᄃᆞᆫ⁷⁰⁾ 三_삼世_셍 절로⁷¹⁾ 三_삼世_셍 ᄃᆞ외디 몯ᄒᆞ야 一_{ᄒᆞᆯ}氣_킝⁷²⁾를 브터⁷³⁾ 니ᄂᆞ니⁷⁴⁾ 一_{ᄒᆞᆯ}氣_킝로셔 流_륳를ᄒᆞ야 三_삼世_셍 ᄃᆞ외면 그 三_삼世_셍도

---

68) 셔고: 셔(서다, 立)- + -고(연어, 나열)

69) ᄃᆞ외논: ᄃᆞ외(되다, 爲)- + -ㄴ(←-ᄂᆞ-: 현시)- + -오(대상)- + -ㄴ(관전)

70) 고ᄃᆞᆫ: 곧(것, 者: 의명) + -ᄋᆞᆫ(보조사, 주제)

71) 절로: 절(← 저: 저, 自, 인대, 재귀칭) + -로(부조, 방편)

72) 一氣: 일기. 만물(萬物)의 원기(元氣)이다.

73) 브터: 븥(붙다, 의지하다, 말미암다, 附)- + -어(연어)

74) 니ᄂᆞ니: 니(← 닐다: 일어나다, 起)- + -ㄴ(←-ᄂᆞ-: 현시)- + -니(연어, 설명 계속) ※ '니ᄂᆞ니'는 '니ᄂᆞ니'를 오각한 형태이다.

各各(각각) 三世(삼세)가 갖추어져 있으므로, 九世(구세)가 이루어지겠으니, 처음부터 난 一氣(일기)를 못 버리므로 十世(십세)가 되느니라. 一方(일방)이 變(변)하여 十方(십방)이 되는 것은, 四方(사방)이 절로 四方(사방)이 되지 못하여 二儀(이의)를 못 버리므로 十方(십방)이 되느니라. 二儀(이의)는 두 모습이니 하늘과 땅을 일렀니라. 位(위)는 '一定(일정)한 곳에 섰다.'라고 하듯 한 뜻이다. "疊(첩)을 어찌 셋만 일렀느냐?"고 한다면, 한 氣韻(기운)으로 三世(삼세)가 되므로 三疊(삼첩)만 일렀니라. 】 이 善男子(선남자)·

各각各각 三삼世솅 ᄀᆞ줄씨⁷⁵⁾ 九굴世솅 일리니 처섬브터⁷⁶⁾ 난 一힗氣킝를 몯 ᄇᆞ릴씨⁷⁷⁾ 十씹世솅 ᄃᆞ외ᄂᆞ니라⁷⁸⁾ 一힗方방이 變변ᄒᆞ야 十씹方방 ᄃᆞ외논 고ᄃᆞᆫ 四ᄉᆞᆼ方방이 절로 四ᄉᆞᆼ方방이 ᄃᆞ외디 몯ᄒᆞ야 二ᅀᅵᆼ儀읭를 브터 나ᄂᆞ니 二ᅀᅵᆼ儀읭 位윙ᄒᆞ야 四ᄉᆞᆼ方방이 셔면 그 四ᄉᆞᆼ方방애 네 모히⁷⁹⁾ 조ᄎᆞᆯ씨⁸⁰⁾ 八밣方방에 일리니 처섬브터 난 二ᅀᅵᆼ儀읭를 몯 ᄇᆞ릴씨 十씹方방이 ᄃᆞ외ᄂᆞ니라 二ᅀᅵᆼ儀읭ᄂᆞᆫ 두 양지니⁸¹⁾ 하ᄂᆞᆯ콰⁸²⁾ ᄯᅡ콰를⁸³⁾ 니르니라 位윙ᄂᆞᆫ 一힗定뗭ᄒᆞᆫ 고대⁸⁴⁾ 셔다⁸⁵⁾ ᄒᆞ듯 ᄒᆞᆫ ᄠᅳ디라 疊뗩을⁸⁶⁾ 엇뎨⁸⁷⁾ 세 쟌 닐어뇨⁸⁸⁾ ᄒᆞ란ᄃᆡ⁸⁹⁾ ᄒᆞᆫ 氣킝韻운으로 三삼世솅 ᄃᆞ욀씨 三삼疊뗩 쟌 니르니라 】 이 善쎤男남子ᄌᆞᆼ

---

75) ᄀᆞ줄씨: ᄀᆞᆽ(갖추어져 있다, 具)- + -ᄋᆞᆯ씨(-ᄆᆞ로: 연어, 이유)

76) 처섬브터: 처섬[처음, 始: 첫(← 첫: 첫, 관사) + -엄(명접)] + -브터(-부터: 보조사, 비롯함) ※ '-브터'는 [븥(붙다, 附: 동사)- + -어(연어 ▷ 조접)]의 방식으로 형성된 파생 조사이다.

77) ᄇᆞ릴씨: ᄇᆞ리(버리다, 捨)- + -ㄹ씨(← -ᄋᆞᆯ씨: -ᄆᆞ로, 연어, 이유)

78) ᄃᆞ외ᄂᆞ니라: ᄃᆞ외(되다, 爲)- + -ᄂᆞ(현시)- + -니(원칙)- + -라(← -다: 평종)

79) 모히: 모ㅎ(모퉁이, 角) + -이(주조)

80) 조ᄎᆞᆯ씨: 좇(좇다, 따르다, 從)- + -ᄋᆞᆯ씨(-ᄆᆞ로: 연어, 이유)

81) 양지니: 양ᄌᆞ(양자, 모습, 養子) + -ㅣ(← -이: 서조)- + -니(연어, 설명 계속)

82) 하ᄂᆞᆯ콰: 하ᄂᆞᆯㅎ(하늘, 天) + -과(접조)

83) ᄯᅡ콰를: ᄯᅡㅎ(땅, 地) + -과(접조) + -를(목조)

84) 고대: 곧(곳, 處) + -애(-에: 부조, 위치)

85) 셔다: 셔(서다, 立)- + -Ø(과시)- + -다(평종)

86) 疊: 첩.

87) 엇뎨: 어찌, 何(부사)

88) 닐어뇨: 닐(← 니르다: 이르다, 曰)- + -어(확인)- + -뇨(-냐: 의종, 설명)

89) ᄒᆞ란ᄃᆡ: ᄒᆞ(하다, 曰)- + -란ᄃᆡ(-을진대, -을 것이면: 연어, 조건)

女녕人인이 父뽕母뭉 나혼 淸쳥淨쪙ᄒᆞᆫ 肉숙眼안ᄋᆞ로 三삼千쳔大땡千쳔世솅界갱ㅅ 안팟긔 잇ᄂᆞᆫ 뫼히며 수프리며 ᄀᆞᄅᆞ미며 바ᄅᆞ리며 아래로 阿항鼻뼹地띵獄옥애 니르며 우흐로 有ᅌᅮᆷ頂뎡에 니르리 보며 ᄯᅩ 그 가온딧 一ᅙᅵᇙ切촁 衆즁生ᅀᅵᆼ과 業ᅌᅥᆸ의 因ᅙᅵᆫ緣원果광報ᄫᅩ로 나ᄂᆞᆫ 딋를 다 보아 알리라

善女人(선여인)이 父母(부모)가 낳으신 淸靜(청정)한 肉眼(육안)으로, 三千大千世界(삼천대천세계)의 안팎에 있는 산이며 수풀이며 강이며 바다며 아래로 阿鼻地獄(아비지옥)에 이르며 위로 有頂(유정)에 이르도록 보며, 또 그 가운데에 있는 一切(일체)의 衆生(중생)과, 業(업)의 因緣(인연)과 果報(과보)로 나는 데(處)를 다 보아서 알리라.

善_썬女_녕人_신이 父_뿡母_뭏 나ᄒᆞ샨⁹⁰⁾ 淸_쳥淨_쪙흔 肉_슉眼_안⁹¹⁾ᄋᆞ로 三_삼千_천大_땡 千_천世_솅界_갱⁹²⁾ 안팟긔⁹³⁾ 잇ᄂᆞᆫ 뫼히며⁹⁴⁾ 수프리며⁹⁵⁾ ᄀᆞᄅᆞ미며⁹⁶⁾ 바ᄅᆞ리며⁹⁷⁾ 아래로 阿_항鼻_삥地_띵獄_옥⁹⁸⁾애 니르며 우흐로⁹⁹⁾ 有_읗頂_뎡¹⁾에 니르리²⁾ 보며 ᄯᅩ 그 가온딧³⁾ 一_힗切_쳉 衆_즁生_{ᄉᆡᆼ}과⁴⁾ 業_업의⁵⁾ 因_힌緣_원⁶⁾ 果_광報_봏⁷⁾로 나ᄂᆞᆫ 딕를⁸⁾ 다 보아 알리라 비록

---

90) 나ᄒᆞ샨: 낳(낳다, 生)- + -ᄋᆞ샤(←-ᄋᆞ시-: 주높)- + -Ø(과시)- + -Ø(←-오-: 대상)- + -ㄴ(관전)

91) 肉眼: 육안. 오안(五眼)의 하나이다. 사람의 육신에 갖추어진 눈으로서, 단지 눈에 보이는 것만을 볼 수 있다.

92) 三千大千世界: 삼천대천세계. 소천, 중천, 대천의 세 종류의 천세계가 이루어진 세계이다. 이 끝없는 세계가 부처 하나가 교화하는 범위가 된다.

93) 안팟긔 : 안퐊[안팎, 內外: 안ㅎ(안, 內) + 밝(밖, 外)] + -의(-에: 부조, 위치)

94) 뫼히며: 뫼ㅎ(산, 山) + -이며(접조)

95) 수프리며: 수플[수풀, 林: 숳(숲, 林) + 플(풀, 草)] + -이며(접조)

96) ᄀᆞᄅᆞ미며: ᄀᆞᄅᆞᆷ(강, 江) + -이며(접조)

97) 바ᄅᆞ리며: 바ᄅᆞᆯ(바다, 海) + -이며(접조)

98) 阿鼻地獄: 아비지옥(avīci-). 팔열지옥(八熱地獄)의 하나이다. 아비(阿鼻)는 고통의 '간격이 없다'는 뜻이므로, '무간지옥(無間地獄)'이라고도 한다. 아버지를 죽인 자, 어머니를 죽인 자, 아라한을 죽인 자, 승가의 화합을 깨뜨린 자, 부처의 몸에 피를 나게 한 자 등, 지극히 무거운 죄를 지은 자가 죽어서 가게 된다는 지옥이다. 여기서는 살가죽을 벗겨 불 속에 집어넣거나 쇠매(鐵鷹)가 눈을 파먹는 따위의 고통을 끊임없이 받는다고 한다.

99) 우흐로: 우ㅎ(위, 上) + -으로(부조, 방편)

1) 有頂: 유정. 유정천(有頂天) 곧, 구천(九天) 가운데 가장 높은 하늘이다.

2) 니르리: [이르도록, 至(부사): 니를(이르다, 至: 동사)- + -이(부접)]

3) 가온딧: 가온딕(가운데, 中) + -ㅅ(-의: 관조)

4) 衆生과: '衆生'은 목적어로서 그에 호응하는 서술어는 그 뒤에 실현된 '보아 알리다'이다.

5) 業의: 업(業) + -의(관조) ※ '업(業)'은 미래에 선악의 결과를 가져오는 원인이 된다고 하는, 몸과 입과 마음으로 짓는 선악의 소행이다.

6) 因緣: 인연(hetu-pratyaya). 어떤 결과를 일으키는 직접 원인이나 내적 원인이 되는 인(因)과, 간접 원인이나 외적 원인 또는 조건이 되는 연(緣)이다. 그러나 넓은 뜻으로는 직접 원인이나 내적 원인, 간접 원인이나 외적 원인 또는 조건을 통틀어 인(因) 또는 연(緣)이라 한다.

7) 果報: 과보. 인과응보(因果應報)의 줄임말. 원인이 되는 업으로 초래된 결과이다. 상생(相生)의 선업을 지으면 선과를 받게 되고, 상극(相剋)의 악업을 지으면 악과를 받게 된다.

8) 딕를: 딕(데, 處) + -를(목조)

録天眼·을得·호야·도肉·육
·히世生界·갱여·아래·로阿·힣鼻·삥地·띵千쳔百·빅耳싱功공德·득·을得·득·호·리·니·히라·쇼딕常쌍精정進·진眼·안·을得·득·호·야·도肉·육
·히世생界·갱여·아·래·로阿항鼻삥地·띵千쳔·이淸청淨쪙·호귀·로三삼千쳔大·땡千쳔·이이經경·을바·다·디녀·닑·거·나외·오·거·이사·겨니·르·거·나·쓰·거·나·호·면千쳔·이이經경·을바·다디·녀닑·거·나외·오·거나·사·겨니·르·거·나·쓰·거·나·호·면千쳔·이·이아善·쎤男·남子·중善·쎤女·녕人·신

비록 天眼(천안)을 得(득)하지 못하여도 肉眼(육안)의 힘이 이러하니라. 또 常精進(상정진)아, 善男子(선남자)·善女人(선여인)이 이 經(경)을 받아 지녀 읽 거나 외우거나 풀어서 이르거나 쓰거나 하면 千二百(천이백) 耳功德(이공덕) 을 得(득)하겠으니, 이 淸淨(청정)한 귀로 三千大千世界(삼천대천세계)에 아래 로 阿鼻地獄(아비지옥)에

66   석보상절 제십구

비록 天_텬眼_안⁹⁾을 得_득디¹⁰⁾ 몯ᄒ야도¹¹⁾ 肉_슉眼_안ㅅ 히미 이러ᄒ니라¹²⁾ ᄯ 常_쌍精_졍進_진아¹³⁾ 善_쎤男_남子_ᄌ 善_쎤女_녕人_{ᅀᅵᆫ}이 이 經_경을 바다 디녀 닑거 나 외오거나 사겨 니르거나¹⁴⁾ 쓰거나 ᄒ면 千_쳔二_{ᅀᅵᆼ}百_{ᄇᆡᆨ} 耳_{ᅀᅵᆼ}功_공德_득¹⁵⁾ 을 得_득ᄒ리니 이 淸_쳥淨_쪙ᄒᆫ 귀로 三_삼千_쳔大_땡千_쳔世_셍界_갱예 아래로 阿_항鼻_뼁地_띵獄_옥애

---

9) 天眼: 천안. 오안의 하나. 육안으로 볼 수 없는 것을 환히 보는 신통한 마음의 눈이다. 천도(天道) 에 나거나 선정(禪定)을 닦아서 얻게 되는 눈이다.

10) 得디: 得[← 得ᄒ다(득하다, 얻다): 得(득: 불어) + -ᄒ(동접)-]- + -디(-지: 연어, 부정)

11) 몯ᄒ야도: 몯ᄒ[못하다, 未(보용, 부정): 몯(못: 부사, 부정) + -ᄒ(동접)-]- + -야도(← -아도: 연 어, 양보)

12) 이러ᄒ니라: 이러ᄒ[이러하다, 如此: 이러(이러: 불어) + -ᄒ(형접)-]- + -Ø(현시)- + -니(원칙)- + -라(← -다: 평종)

13) 常精進아: 常精進(상정진) + -아(호조, 아주 낮춤) ※ '常精進(상정진)'은 상정진보살(常精進菩 薩)이다. 이름 그대로 끊임없이 정진하는 보살이다. 정진이란 작은 것을 소홀히 하지 않는 마음 으로 노력하는 수행 태도를 말한다. 이 보살은 용맹정진하여 중생들에게 부처의 가르침을 몸으 로 전한다.

14) 사겨 니르거나: '사겨 니르거나'는 『묘법연화경』에 기술된 '解說'을 직역한 것인데, '풀어서 이르 거나'로 의역하여 옮긴다.

15) 耳功德: 이공덕. 귀로 짓는 공덕이다.

獄옥애니르며우흐로有頂뎡에니

르리그룔ㄷ르리니象썅種종種종

과소리가온딧안팟긋말쏨

리쇠소리술웟소리우는소리시름

야한숨디난소리골와랏소리갓뫂소

라쇠뭅소리바룳소리우슴소리말앐

소리뤂룷소리남지니소리겨지비소

리싸히소리랏나히소리法뱁소리法

이르며 위로 有頂(유정)에 이르도록, 그 가운데의 안팎에 있는 種種(종종)의 말씀과 소리를 듣겠으니, 象(상, 코끼리)의 소리, 말의 소리, 소의 소리, 수레의 소리, 우는 소리, 시름하여 한숨짓는 소리, 소라의 소리, 가죽 북의 소리, 쇠북의 소리, 방울 소리, 웃음소리, 말씀의 소리, 풍류의 소리, 남자의 소리, 여자의 소리, 사내아이의 소리, 계집아이의 소리, 法(법) 소리, 法(법)

니르며 우흐로 有$_{웅}$頂$_{뎡}$에 니르리 그 가온딧 안팟깃[16] 種$_{죵}$種$_{죵}$ 말쏨과

소리를 드르리니[17] 象$_{썅}$이[18] 소리 물 쏘리[19] 쇠[20] 소리 술윗[21] 소리

우는 소리 시름ᄒ야[22] 한숨디ᄂ[23] 소리 골와랏[24] 소리 갓붑[25] 소리

쇠붑[26] 소리 바옰[27] 소리 우슮[28] 소리 말쑴 소리 풍륫[29] 소리 남지늬

소리 겨지븨 소리 싸히[30] 소리 갓나히[31] 소리 法$_{법}$ 소리 法$_{법}$

---

16) 안팟깃: 안팎[안팎, 內外: 안ㅎ(안, 內) + 밨(밖, 外)] + -의(-에: 부조, 위치) + -ㅅ(-의: 관조)
   ※ '안팟긔'는 '안팎에 있는'으로 의역하여 옮긴다.

17) 드르리니: 들(← 듣다, ㄷ불: 듣다, 聞)- + -으리(미시)- + -니(연어, 설명 계속)

18) 象이: 象(상, 코끼리) + -이(-의: 관조)

19) 물 쏘리: 물(말, 馬) + -ㅅ(-의: 관조) # 소리(소리, 聲)

20) 쇠: 쇼(소, 牛) + -ㅣ(← -의: 관조)

21) 술윗: 술위(수레, 車) + -ㅅ(-의: 관조)

22) 시름ᄒ야: 시름ᄒ[시름하다, 걱정하다, 愁: 시름(시름, 걱정, 愁: 명사) + -ᄒ(동접)-]- + -야(← -아: 연어)

23) 한숨디ᄂ: 한숨딘[← 한숨딯다 ← 한숨딯다: 하(크다, 大)- + -ㄴ(관전) + 숨(숨, 息) + 딯(짓다, 作)-]- + -ᄂ(현시)- + -ㄴ(관전) ※ '한숨딯ᄂ → 흔숨딜ᄂ → 한숨딘ᄂ'의 변동에는 평파열음화와 비음화가 적용되었다.

24) 골와랏: 골왈(소라, 螺) + -ㅅ(-의: 관조)

25) 갓붑: [가죽으로 만든 북: 갓(← 갗: 가죽, 皮) + 붑(북, 鼓)]

26) 쇠붑: [쇠로 만든 북: 쇠(쇠, 鐵) + 붑(북, 鼓)]

27) 바옰: 바올(방울, 鈴) + -ㅅ(-의: 관조)

28) 우슮: [웃음, 笑: 웆(← 웃다, ㅅ불: 웃다, 笑: 동사)- + -움(명접)] + -ㅅ(-의: 관조)

29) 풍륫: 풍류(풍류, 樂) + -ㅅ(-의: 관조)

30) 싸히: 싸히(사나이, 남자 아이, 童子) + -이(관조)

31) 갓나히: 갓나히[여자 아이, 童女: 가(접두)- + 싸히(사나이, 童子)] + -이(관조)

아닌 소리, 괴로운 소리, 즐거운 소리, 凡夫(범부)의 소리, 聖人(성인)의 소리, 기쁜 소리, 아니 기쁜 소리, 하늘의 소리, 龍(용)의 소리, 夜叉(야차)의 소리, 乾闥婆(건달바)의 소리, 阿修羅(아수라)의 소리, 迦樓羅(가루라)의 소리, 緊那羅(긴나라)의 소리, 摩睺羅迦(마후라가)의 소리, 불의 소리, 물소리, 바람의 소리, 地獄(지옥) 소리, 畜生(축생)의 아닌 소리 셜븐³²⁾ 소리 즐거븐 ³³⁾ 소리 凡_뻠夫_붕³⁴⁾ㅅ 소리 聖_셩人_신ㅅ

소리 깃븐³⁵⁾ 소리 아니 깃븐 소리 하ᄂᆞᆳ 소리 龍_룡ㅅ 소리 夜_양叉_창

ㅅ³⁶⁾ 소리 乾_껀闥_턿婆_뻉³⁷⁾ㅅ 소리 阿_항修_슣羅_랑³⁸⁾ㅅ 소리 迦_강樓_룰羅_랑³⁹⁾ㅅ

소리 緊_긴那_낭羅_랑⁴⁰⁾ㅅ 소리 摩_망睺_훟羅_랑迦_강⁴¹⁾ㅅ 소리 븘⁴²⁾ 소리 믌소

리⁴³⁾ ᄇᆞᄅᆞᆷ⁴⁴⁾ 소리 地_띵獄_옥⁴⁵⁾ 소리 畜_튷生_싱⁴⁶⁾ㅅ

---

32) 셜븐: 셟(← 셟다, ㅂ불: 괴롭다, 苦)- + -Ø(현시)- + -은(관전)

33) 즐거븐: 즐겁[← 즐겁다, ㅂ불(즐겁다, 樂): 즑(즐거워하다, 歡: 동사)- + -업(형접)-]- + -Ø(현시)- + -은(관전)

34) 凡夫(범부): 번뇌에 얽매여 생사를 초월하지 못하는 사람이다.

35) 깃븐: 깃브[기쁘다, 喜: 깃(← 깄다: 기뻐하다, 歡, 동사)- + -브(형접)-]- + -Ø(현시)- + -ㄴ (관전)

36) 夜叉ㅅ: 夜叉(야차) + -ㅅ(-의: 관조) ※ '夜叉(야차)'는 염마청(閻魔廳)에서 염라대왕의 명을 받아 죄인을 벌하는 옥졸이다. ※ '염마청(閻魔廳)'은 염라국에 있는 법정으로, 죽은 사람이 생전에 지은 죄상을 문초한다고 한다.

37) 乾闥婆: 건달바(Gandharva). 팔부중의 하나이다. 수미산 남쪽의 금강굴에 살며 제석천(帝釋天) 의 아악(雅樂)을 맡아보는 신으로, 술과 고기를 먹지 않고 향(香)만 먹으며 공중으로 날아다닌다고 한다.

38) 阿修羅: 아수라. 팔부중(八部衆)의 하나이다. 싸우기를 좋아하는 귀신으로, 항상 제석천(帝釋天) 과 싸움을 벌인다.

39) 迦樓羅: 가루라. 팔부중의 하나로서, 불경에 나오는 상상의 큰 새이다. 매와 비슷한 머리에는 여의주가 박혀 있으며 금빛 날개가 있는 몸은 사람을 닮고 불을 뿜는 입으로 용을 잡아먹는다고 한다.

40) 緊那羅: 긴나라. 팔부중의 하나이다. 인도 신화에 나오는, 악기를 연주하고 노래하며 춤추는 신으로, 사람의 머리에 새의 몸 또는 말의 머리에 사람의 몸을 하는 등 그 형상이 일정하지 않다.

41) 摩睺羅迦: 마후라가. 팔부중의 하나이다. 몸은 사람과 같고 머리는 뱀과 같은 신이다.

42) 븘: 블(불, 火) + -ㅅ(-의: 관조)

43) 믌소리: 믌소리[물소리: 믈(물, 水) + -ㅅ(-의: 관조) + 소리(소리, 聲)]

44) ᄇᆞᄅᆞᆷ: ᄇᆞᄅᆞᆷ(바람, 風) + -ㅅ(-의: 관조)

45) 地獄: 지옥. 죄업을 짓고 매우 심한 괴로움의 세계에 난 중생이나 그런 중생의 세계, 또는 그런 생존이다. 섬부주의 땅 밑, 철위산의 바깥 변두리 어두운 곳에 있다고 한다. 팔대 지옥, 팔한 지옥 따위의 136종이 있다.

46) 畜生: 축생. 사람의 집에서 치는 짐승이다. 중생으로서 악업(惡業)을 짓고 우치(愚癡)가 많은 이는 죽어서 축생도(畜生道)에 태어난다 한다.

ㅅ소리 餓아鬼귕
ㅅ소리比뼝
ㅅ소리 丘쿨尼닝
ㅅ소리 比뼝丘쿨
ㅅ소리辟벽支징佛뿛
ㅅ소리聲셩聞문
ㅅ소리菩뽕薩삻
ㅅ소리부텻소리조ᄅᆞ혀닐곰
ᄅᆞ니르건댄 三삼千쳔大땡千쳔世셍
界갱中듕에 一ᅙᅵᆯ切쳉 안팟긔잇ᄂᆞᆫ소
리ᄃᆞᆯ호ᄇᆡ록 天텬耳ᅀᅵᆼᄅᆞᆯ몯得득ᄒᆞ야
도父뿡母뭏나ᄒᆞ샨淸쳥淨쪙ᄒᆞᆫ샹녯

소리, 餓鬼(아귀)의 소리, 比丘(비구)의 소리, 比丘尼(비구니)의 소리, 聲聞(성문)의 소리, 辟支佛(벽지불)의 소리, 菩薩(보살)의 소리, 부처의 소리 (등등). 要約(요약)해서 이른다면, 三千大千世界(삼천대천세계) 中(중)에 一切(일체)의 안팎에 있는 소리들을, 비록 天耳(천이)를 못 得(득)하여도, 父母(부모)가 낳으신 淸淨(청정)한 보통의 소리 餓_앙鬼_귕⁴⁷⁾ㅅ 소리 比_삥丘_쿻⁴⁸⁾ㅅ 소리 比_삥丘_쿻尼_닝⁴⁹⁾ㅅ 소리 聲_셩聞_문⁵⁰⁾ㅅ 소리 辟_벽支_징佛_뿛⁵¹⁾ㅅ 소리 菩_뽕薩_삻⁵²⁾ㅅ 소리 부텻 소리 조ᅀᆞ르빅⁵³⁾ 고드로⁵⁴⁾ 니르건댄⁵⁵⁾ 三_삼千_쳔大_땡千_쳔世_솅界_갱 中_듕에 一_힗切_쳉 안팟긔 잇는 소리돌홀⁵⁶⁾ 비록 天_텬耳_{ᅀᅵᆼ}⁵⁷⁾를 몯 得_득ᄒ야도 父_뽕母_뭏 나ᄒ샨⁵⁸⁾ 淸_쳥淨_쪙ᄒᆫ 샹녯⁵⁹⁾

---

47) 餓鬼: 아귀. 육도(六道)의 하나이다. 악업을 짓고, 탐욕을 부려 아귀하게 마르고 배가 엄청나게 큰데, 목구멍이 바늘구멍 같아서 음식을 먹을 수 없기 때문에 떨어진 귀신 세계이다. 늘 굶주림으로 괴로워한다고 한다. 아귀는 복은 짓지 아니하고 복을 바라며, 명예나 재물이나 무엇이나 저만 소유하고자 허덕이는 세계를 가리킨다.

48) 比丘: 비구. 출가하여 구족계를 받은 남자 승려이다. ※ '구족계(具足戒)'는 비구와 비구니가 지켜야 할 계율이다. 비구에게는 250계, 비구니에게는 348계가 있다.

49) 比丘尼: 비구니. 출가하여 구족계를 받은 여자 승려이다.

50) 聲聞: 성문. 설법을 듣고 사제(四諦)의 이치를 깨달아 아라한이 되고자 하는 불제자이다.

51) 辟支佛: 벽지불. 부처의 가르침에 기대지 않고 스스로 도를 깨달은 성자(聖者)이다.

52) 菩薩: 보살. 위로는 깨달음을 구(求)하고 아래로는 중생(衆生)을 교화(敎化)하는, 부처의 버금이 되는 성인(聖人)이다.

53) 조ᅀᆞ르빅: 조ᅀᆞ르빅[종요롭다, 要: 조ᅀᆞᆯ(요체, 요점: 명사) + -르빅(←-룹-: 형접)-]- + -Ø(현시)- + -ㄴ(관전) ※ '조ᅀᆞ르빅다'는 없어서는 안 될 정도로 매우 긴요한 것이다.

54) 고드로: 곧(것, 者: 의명) + -ᄋᆞ로(부조, 방편)

55) 니르건댄: 니르(이르다, 言)- + -거(확인)- + -ㄴ댄(-면: 연어, 조건) ※ 『묘법연화경』에서는 '조ᅀᆞ르빅 고드로 니르건댄'가 '以要言之'로 기술되어 있다. 여기서는 '요약해서 이른다면'으로 의역하여 옮긴다.

56) 소리돌홀: 소리돌ᄒ[소리들, 諸聲: 소리(소리, 聲) + -돌ᄒ(-들, 諸: 복접)] + -을(목조)

57) 天耳: 천이. 색계의 제천인(諸天人)이 지닌 귀이다. 육도(六道) 중생의 말과 모든 음향을 듣는다고 한다.

58) 나ᄒ샨: 낳(낳다, 生)- + -ᄋᆞ샤(←-ᄋᆞ시-: 주높)- + -Ø(과시)- + -Ø(←-오-: 대상)- + -ㄴ(관전)

59) 샹녯: 샹녜(보통, 常) + -ㅅ(-의: 관조)

귀·로 다 드·러 아·라 이·러트·시 種종種종·ㅅ 音흠聲셩·을 ·ᄀᆞᆯ·ᄒᆡ·요·ᄃᆡ 耳根·이 ·ᄒᆞ·야디·디 아·니ᄒᆞ·리·라 【耳根·이 ·ᄒᆞ·야디·디 아·니ᄒᆞ·리·라 ᄒᆞ·샤·ᄆᆞᆫ 비·록 種종種종·을 ·ᄀᆞᆯ·ᄒᆡ·야 드·러·도 耳根·이 그어·긔 本본來ᄅᆡ·ㅅ 相샹·이 ᄒᆞᆫ 가·지·라 ·ᄒᆞ·야디·ᄂᆞ·니 업·스·며 섯·근 ·디 업·스·니 그·ᄀᆞᆺ 귀·옛 實相·이·라 】 ·ᄯᅩ 常썅精졍進진·아 善쎤男남子ᄌᆞ 善쎤女녕人ᅀᅵᆫ·이 이 經경·을 바·다 디·녀 닐·거·나 외·오·나 사·겨 닐·어·나 ·쓰·거·나 ᄒᆞ·면 八

귀로 다 들어 알아서, 이렇듯이 種種(종종)의 音聲(음성)을 가리되, 耳根(이 근)은 헐어지지 아니하리라. 【 "耳根(이근)이 헐어지지 아니하리라."고 하신 것은, 비록 種種(종종)을 가려서 들어도, 耳根(이근)이 거기에서 本來(본래)의 相(상)이 한 가지 이므로 헐어지는 것이 없으며 섞인 것이 없으니, 그것이 귀에 대한 實相(실상)이다. 】 또 常精進(상정진)아, 善男子(선남자)·善女人(선여인)이 이 經(경)을 받아 지녀 읽거나 외오거나 새겨 이르거나 쓰거나 하면,

귀로 다 드러 아라 이러트시⁶⁰⁾ 種_죵種_죵⁶¹⁾ 音_흠聲_셩을 골ᄒᆞ요디⁶²⁾ 耳_{ᅀᅵᆼ}根_근⁶³⁾은 허디⁶⁴⁾ 아니ᄒᆞ리라【耳_{ᅀᅵᆼ}根_근이 허디 아니 ᄒᆞ리라 ᄒᆞ샤ᄆᆞᆫ⁶⁵⁾ 비록 種_죵種_죵을 골ᄒᆞ야⁶⁶⁾ 드러도 耳_{ᅀᅵᆼ}根_근이 그어긔⁶⁷⁾ 本_본來_{ᄅᆡᆼ}ㅅ 相_샹⁶⁸⁾이 ᄒᆞᆫ 가질ᄊᆡ⁶⁹⁾ 허루미⁷⁰⁾ 업스며 섯근⁷¹⁾ 거시 업스니 긔⁷²⁾ 귀옛⁷³⁾ 實_씷相_샹이라⁷⁴⁾】 ᄯᅩ 常_쌍精_졍進_진아 善_쎤男_남子_중 善_쎤女_녕人_{ᅀᅵᆫ}이 이 經_경을 바다 디녀 닑거나 외오거나 사겨 니르거나 쓰거나 ᄒᆞ면

---

60) 이러트시: 이러ᇰ[← 이러ᄒᆞ다(이러하다, 如是): 이러(이러: 불어) + -ᄒᆞ(형접)-]- + -듯이(연어, 흡사)

61) 種種: 종종. 여러 가지이다.

62) 골ᄒᆞ요디: 골ᄒᆞ이(← 골히다: 가리다, 分別)- + -오디(-되: 연어, 설명 계속)

63) 耳根: 이근. 오근(五根)의 하나로서, 청각 기관인 귀를 이르는 말이다. ※ '오근(五根)'은 바깥 세상을 인식하는 다섯 가지 감각 기관이나, 그런 다섯 가지 기능이다. 시각을 일으키는 안근(眼根), 청각을 일으키는 이근(耳根), 후각을 일으키는 비근(鼻根), 미각을 일으키는 설근(舌根), 촉각을 일으키는 신근(身根)을 이른다.

64) 허디: 허(← 헐다: 헐어지다, 헐다, 壞)- + -디(-지: 연어, 부정) ※ '허디'는 자동사(= 헐어지다)와 타동사(= 헐다)로 두루 쓰이는 능격 동사인데, 여기서는 자동사로 쓰였다.

65) ᄒᆞ샤ᄆᆞᆫ: ᄒᆞ(하다, 曰)- + -샤(←-시-: 주높)- + -ㅁ(←-옴: 명전) + -ᄋᆞᆫ(보조사, 주제)

66) 골ᄒᆞ야: 골ᄒᆞ이(← 갈히다: 가리다, 分別)- + -아(연어)

67) 그어긔: 거기에, 此處(지대, 정칭)

68) 相: 상. 겉으로 드러나는 모습이다.

69) ᄒᆞᆫ 가질ᄊᆡ: ᄒᆞᆫ(한, 一: 관사, 양수) # 가지(가지, 類: 의명) + -Ø(←-이-: 서조)- + -ㄹᄊᆡ(-므로: 연어, 이유)

70) 허루미: 헐(헐다, 壞)- + -움(명전) + -이(주조)

71) 섯근: 섯(섞이다, 섞다, 混)- + -Ø(과시)- + -은(관전) ※ '섯근'은 자동사(= 섞이다)와 타동사(= 섞다)로 두루 쓰이는 능격 동사인데, 여기서는 자동사로 쓰였다.

72) 긔: 그(그것, 此: 지대, 정칭) + -ㅣ(←-이: 주조)

73) 귀옛: 귀(귀, 耳) + -예(←-에: 부조, 위치) + -ㅅ(-의: 관전) ※ '귀옛'은 '귀에 대한'으로 의역하여 옮긴다.

74) 實相이라: 實相(실상) + -이(서조)- + -Ø(현시)- + -라(←-다: 평종) ※ '實相(실상)'은 모든 것의 있는 그대로의 참모습이다.

百·뵉 鼻·삥 功공 德·득·을 이·우·리·니 ·이 淸청淨·쪙 鼻·삥 根근·으·로 三삼千쳔大·때千쳔世·솅界·갱·예 잇·논 ·우·콰 아·래·와 안팟긧 種·죵種·죵 香향·올 마·투·리·니 須슝曼만那낭華향香향 【須슝曼만那낭·는 ·쁘·데 마·자·호·논·마·리·라】 闍提똉華향香향 【闍提·는 金錢쪈華향 ㅣ·라】 末·밇利·링華향香향 瞻점蔔·뽁華향香향 【瞻점蔔·뽁·은 누·른 고·지·라 ·혼·마·리·라】 波방羅랑羅랑華향香향

八百(팔백) 鼻功德(비공덕)을 이루겠으니, 이 淸淨(청정)한 鼻根(비근)으로 三千大千世界(삼천대천세계)에 있는 위와 아래와 안팎에 있는 種種(종종)의 香(향)을 맡겠으니, 須曼那華香(수만나화향) 【須曼那(수만나)는 '뜻에 잘 맞았다.'고 하는 말이다. 】·闍提華香(사제화향) 【闍提(사제)는 金錢華(금전화)이다. 】·末利華香(말리와향)·瞻蔔華香(첨복화향) 【瞻蔔(첨복)은 '누른 꽃이라'고 한 말이다. 】·波羅羅華香(바라라화향)·

八_방百_빅 鼻_삥功_공德_득⁷⁵⁾을 일우리니 이 淸_청淨_쪙ᄒᆞᆫ 鼻_삥根_근⁷⁶⁾ᄋᆞ로 三_삼千_천大_땡千_천世_솅界_갱옛 우콰⁷⁷⁾ 아래와 안팟긧⁷⁸⁾ 種_죵種_죵 香_향ᄋᆞᆯ 마ᄐᆞ리니⁷⁹⁾ 須_슝曼_만那_낭華_횅⁸⁰⁾香_향【須_슝曼_만那_낭ᄂᆞᆫ ᄠᅳ데⁸¹⁾ 이대⁸²⁾ 맛다⁸³⁾ ᄒᆞ논 마리라】 闍_쌍提_똉華_횅⁸⁴⁾香_향【闍_쌍提_똉ᄂᆞᆫ 金_금錢_쪈華_횅ㅣ라】 末_맗利_링華_횅⁸⁵⁾ 香_향 瞻_졈蔔_뽁華_횅⁸⁶⁾香_향【瞻_졈蔔_뽁ᄋᆞᆫ 누른 고지라⁸⁷⁾ ᄒᆞᆫ 마리라】 波_방羅_랑羅_랑華_횅⁸⁸⁾香_향

---

75) 鼻功德: 비공덕. 코로 짓는 공덕이다.

76) 鼻根: 비근. 오근(五根)의 하나로서, 청각 기관인 귀를 이르는 말이다

77) 우콰: 우ㅎ(위, 上) + -과(접조)

78) 안팟긧: 안팠[안팎, 內外: 안ㅎ(안, 內) + 밨(밖, 外)] + -의(-에: 부조, 위치)

79) 마ᄐᆞ리니: 맡(맡다, 嗅)- + -ᄋᆞ리(미시)- + -니(연어, 설명 계속)

80) 須曼那華: 수만나화. 칭의화(稱意華)로 번역한다. 황백색의 향기로운 꽃(나무)이다.

81) ᄠᅳ데: 뜬(뜻, 意) + -에(부조, 위치)

82) 이대: [잘, 善(부사): 읻(좋다, 善: 형사)- + -애(부접)]

83) 맛다: 맛(← 맞다: 맞다, 合)- + -Ø(과시)- + -다(평종)

84) 闍提華: 사제화. 금전화(金錢華)라고도 하며, 색은 금빛이고 말리화꽃 향기와 비슷하다.

85) 末利華: 말리화. 쟈스민의 일종이다. 꽃은 흰색 또는 황금색으로 주로 화륜(花輪)을 만든다.

86) 瞻蔔華: 첨복화. 황화수 또는 금색화라고 번역한다. 노란꽃이 피면 향기가 강하다.

87) 고지라: 곳(꽃, 華) + -이(서조)- + -Ø(현시)- + -라(←-다: 평종)

88) 波羅羅華: 바라라화. 중생화(重生花)라고 번역한다. 향기 나는 꽃이라는 뜻이다.

華ᅘᅢᇰ香·향 蓮련華ᅘᅢᇰ香·향 波방羅랑羅랑ᄂᆞᆫ 됴ᄒᆞᆫ 고지라 ᄒᆞ논 마리라 赤쳑蓮련華ᅘᅢᇰ香·향 青청蓮련華ᅘᅢᇰ香·향 白ᄈᆡᆨ蓮련華ᅘᅢᇰ香·향 華ᅘᅢᇰ樹쓩香·향 果광樹쓩香·향 栴뎐檀딴香·향 沈띔水ᄉᆐ香·향 多당摩망羅랑跋ᄬᅡᆯ香·향 多당摩망羅랑跋ᄬᅡᆯ은 됴하 업슨 마리라 多당伽꺙羅랑香·향과 多당伽꺙羅랑ᄂᆞᆫ 木목香향이라 千천萬먼 가짓 어울은 香·향 抹맗香·향 丸ᅘᅪᆫ香·향 丸ᅘᅪᆫ은 무

【 波羅羅(바라라)는 '아주 좋은 꽃이라'고 하는 말이다. 】·赤蓮華香(적련화향)·青蓮華香(청련화향)·白蓮華香(백련화향)·華樹香(화수향)·果樹香(과수향)·栴檀香(전단향)·沈水香(침수향)·多摩羅跋香(다가라발향)【 多摩羅跋(다가라발)은 '좋아서 때가 없는 香(향)이라'고 하는 말이다. 】·多伽羅香(다가라향)과【 多伽羅(다가라)는 木香(목향)이다. 】千萬(천만) 가지의 어우른 香(향)·抹香(말향)·丸香(환향)【 丸(환)은 무더기이다. 】·

【波ᄫᅡᆼ羅ᇰ羅ᇰᄂᆞᆫ 배⁸⁹⁾ 됴ᄒᆞᆫ 고지라 ᄒᆞᄂᆞᆫ 마리라】 赤쳑蓮련華ᅘᅪᆼ⁹⁰⁾ 香향 靑쳥蓮련華ᅘᅪᆼ⁹¹⁾ 香향 白ᄤᅵᆨ蓮련華ᅘᅪᆼ⁹²⁾ 香향 華ᅘᅪᆼ樹쓩⁹³⁾ 香향 果광樹쓩⁹⁴⁾ 香향 栴젼檀딴⁹⁵⁾ 香향 沈띰水ᄉᆔᆼ⁹⁶⁾ 香향 多당摩망羅ᇰ跋빠ᇙ⁹⁷⁾ 香향【多당摩망羅ᇰ跋빠ᇙ은 됴하⁹⁸⁾ ᄠᅵ⁹⁹⁾ 업슨 香향이라 ᄒᆞᄂᆞᆫ 마리라】 多당伽꺙羅ᇰ¹⁾ 香향과【多당伽꺙羅ᇰᄂᆞᆫ 木목香향이라】 千쳔萬먼 가짓 어울운²⁾ 香향³⁾ 抹ᄆᆞᇙ香향⁴⁾ 丸ᅘᅯᆫ香향⁵⁾

【丸ᅘᅯᆫ은 무저기라⁶⁾】

---

89) 배: 아주, 매우, 大(부사)

90) 赤蓮華: 적련화. 붉은 연꽃이다.

91) 靑蓮華: 청련화. 푸른 연꽃이다.

92) 白蓮華: 백련화. 흰 연꽃이다.

93) 華樹: 화수. 꽃나무이다.

94) 果樹: 과수. 과일나무이다.

95) 栴檀: 전단. 인도에서 나는 향나무의 하나이다. 목재는 불상을 만드는 재료로 쓰고 뿌리는 가루로 만들어 단향(檀香)으로 쓴다.

96) 沈水: 침수. 침수 식물이다. 온몸이 물속에 잠겨 있으며 가는 뿌리나 땅속줄기가 물 밑으로 뻗는 수중 식물이다. 붕어마름, 나사말 따위가 있다.

97) 多摩羅跋: 다마라발. 성무구(性無垢)라고 번역하며, 더러움이 없는 절묘한 향기가 난다는 뜻이다.

98) 됴하: 둏(좋다, 好)- + -아(연어)

99) ᄠᅵ: ᄠᅵ(때, 垢) + -Ø(←-이: 주조)

1) 多伽羅: 다가라. 향나무의 하나이다. 국화과의 여러해살이풀. 높이는 80~200cm이며, 잎은 어긋나고 타원형으로 뒷면에 털이 빽빽이 나 있다. 7~8월에 누런색의 두상화(頭狀花)가 핀다. 뿌리는 곽란이나 심복통, 이뇨 따위의 약재로 쓴다. 유럽과 북아시아가 원산지로 밭에서 재배한다.

2) 어울운: 어울우[어우르다, 和: 어울(어울리다, 和: 자동)- + -우(사접)-]- + -Ø(과시)- + -ㄴ(관전)

3) 어울운 香: '어울운 香'은 『묘법연화경』에는 '和香(화향)'으로 기술되어 있는데, 이는 '갖가지 향의 분말을 섞어 만든 향이다.

4) 抹香: 말향. 가루로 된 향이다.

5) 丸香: 환향. 덩이로 된 향이다.

6) 무저기라: 무적(무더기, 덩이, 丸) + -이(서조)- + -Ø(현시)- + -라(←-다: 평종)

저·기 塗뚱香향·을 이 經경 디닐·ᄡᆞ·ᄅᆞ·미 이·어·긔·이·셔·도·다 能능·히 ᄀᆞᆯ·히·며 ᄯᅩ·디 衆즁生싱·의 香향·을 ᄀᆞᆯ·히·야·아·라 象쌍·이 香향 무·리香향 ·옰香향 쇠香향 羊양·이香향 남 지·닐香향 겨·지·비香향 ᄊᆞ叢쫑林림香향 ᄀᆞᆯ·히香향 갓·나 ·히香향·과 草목木 叢쫑林림香향【근叢쫑 水슈프林림·리·라·은 얼·근】 갓·갑·거·나 ·멀·어·나 ·믈·읫 잇·눈香향 돌·호·다 마·타·ᄒᆞ·야 그·롯·디

塗香(도향)을, 이 經(경)을 지닐 사람이 여기에 있어도, 다 能(능)히 가리며, 또 衆生(중생)의 香(향)을 가려서 알아서 象(상, 코끼리)의 香(향)·말의 香(향)·소의 香(향)·羊(양)의 香(향)·남자의 香(향)·여자의 香(향)·사내아이의 香(향)·계집아이의 香(향)과 草木(초목)·叢林(총림) 香(향)을【叢林(총림)은 얽은 수풀이다.】 가깝거나 멀거나 모든 있는 香(향)들을 다 맡아 가려서 그릇하지

塗_똥香_향⁷⁾을 이 經_경 디닐 싸르미⁸⁾ 이어긔⁹⁾ 이셔도¹⁰⁾ 다 能_능히 글히며

또 衆_즁生_싱이 香_향을 글ᄒᆞ야 아라 象_썅이 香_향¹¹⁾ ᄆᆞ리¹²⁾ 香_향 쇠¹³⁾ 香_향

羊_양이 香_향 남지늬¹⁴⁾ 香_향 겨지븨¹⁵⁾ 香_향과 싸히¹⁶⁾ 香_향 갓나히¹⁷⁾ 香_향과

草_촐木_목 叢_쫑林_림¹⁸⁾香_향을【叢_쫑林_림은 얼근¹⁹⁾ 수프리라²⁰⁾】갓갑거나²¹⁾ 멀어

나²²⁾ 믈읫²³⁾ 잇ᄂᆞᆫ 香_향ᄃᆞᆯ홀 다 마타 글ᄒᆞ야 그릇디²⁴⁾

---

7) 塗香: 도향. 바르는 향이다.

8) 디닐 싸르미: 디니(지니다, 持)- + -ㄹ(관전) # 싸름(← 사름: 사람, 者) + -이(주조)

9) 이어긔: 여기에, 此處(지대, 정칭)

10) 이셔도: 이시(있다, 在)- + -어도(연어, 양보)

11) 香: 향. 냄새.

12) ᄆᆞ리: 물(말, 馬) + -이(-의: 관조)

13) 쇠: 쇼(소, 牛) + -ㅣ(← -의: 관조)

14) 남지늬: 남진(남자, 男) + -의(관조)

15) 겨지븨: 겨집(여자, 女) + -의(관조)

16) 싸히: 싸히(사나이, 남자 아이, 童子) + -익(관조)

17) 갓나히: 갓나히[여자 아이, 童女: 가(접두)- + 싸히(사나이, 童子)] + -익(-의: 관조)

18) 叢林: 총림. 잡목이 우거진 숲이다.

19) 얼근: 얽(얽다, 모이다, 叢)- + -∅(과시)- + -은(관전)

20) 수프리라: 수플[수풀, 林: 숳(숲, 林) + 플(풀, 草)] + -이(서조)- + -∅(현시)- + -라(← -다: 평종)

21) 갓갑거나: 갓갑(가깝다, 近)- + -거나(연어, 선택)

22) 멀어나: 멀(멀다, 遠)- + -어나(← -거나: 연어, 선택)

23) 믈읫: 모든, 諸(관사)

24) 그릇디: 그릇[← 그릇ᄒᆞ다(그릇하다, 錯): 그릇(그릇: 부사) + -ᄒᆞ(동접)-]- + -디(-지: 연어, 부정)

아·니ᄒᆞ·며 이 經경 디·닗 사ᄅᆞ·미 비·록 예 이·셔도 ᄯᅩ 하·ᄂᆞᆯ 우흿 諸졍天텬香향·ᄅᆞᆯ 마·타 波방利링質·짏多당羅랑 拘궁鞞ᇥ陁ᇥ羅랑樹쓩香향·과【波방利링質·짏多당羅랑·ᄂᆞᆫ 忉ᄃᆞᆼ利링天텬·의 圓웬生ᄉᆡᆼ樹쓩ㅣ·니 불·휘 ᄯᅡ·해 드·로·미 다·ᄉᆞᆺ 由율旬쓘·이·오 노·ᄑᆡ 一·ᇙ百·ᄇᆡᆨ 由율旬쓘·이·오 가지·와 닙·괘 四·ᄉᆞᆼ方방·애 펴·디·요·미 쉰 由율旬쓘·이·니 그 고·지 프·면 香향내 쉰 由율旬쓘·을 펴·디·ᄂᆞ·니 여·러 가·짓 빗·난 고·지 둘·어 莊장嚴엄ᄒᆞ·얫ᄂᆞ·니·라 拘궁鞞ᇥ陁ᇥ羅랑·ᄂᆞᆫ ᄀᆞ·장 노·니·다 ᄒᆞ·논 마·리·니

아니하며, 이 經(경)을 지닌 사람이 비록 여기에 있어도 또 하늘 위에 있는 諸天香(제천향)을 맡아 波利質多羅(바리질다라)·拘鞞陁羅樹(구비다라수)의 香(향)과 【波利質多羅(바리질다라)는 忉利天(도리천)의 圓生樹(원생수)이니, 뿌리가 땅에 드는 것이 다섯 由旬(유순)이요, 높이가 一百(일백) 由旬(유순)이요, 가지와 잎이 四方(사방)에 퍼지는 것이 쉰 由旬(유순)이니, 그 꽃이 피면 香(향)내가 쉰 由旬(유순)을 퍼지나니, 여러 가지의 빛이 나는 꽃이 (바리질다라를) 둘러 莊嚴(장엄)하여 있나니라. 拘鞞陁羅(구비다라)는 '가장 (잘) 노닌다.'고 하는 말이니,

아니ᄒ며 이 經경 디닗 사ᄅ미 비록 예[25] 이셔도 ᄯ 하늘 우흿[26]

諸졍天텬香향[27]을 마타 波방利링質짏多당羅랑[28] 拘궁鞞빙陁땅羅랑樹쓩[29] 香향

과【波방利링質짏多당羅랑ᄂ 忉돌利링天텬[30] 圓원生ᄉ樹쓩[31]ㅣ니 불휘[32] ᄯ해 드로

미[33] 다ᄉ 由율旬쓘[34]이오 노픽[35] 一힗百ᄇ 由율旬쓘이오 가지와 닙괘 四ᄉ方방애 펴

듀미[36] 쉰 由율旬쓘이니 그 고지 프면 香향내 쉰 由율旬쓘을 펴디ᄂ니 여러 가짓 비

쳇[37] 고지 둘어[38] 莊장嚴엄ᄒ얫ᄂ니라[39] 拘궁鞞빙陁땅羅랑ᄂ ᄀ장 노니ᄂ다[40] ᄒ논

마리니

---

25) 예: 여기, 此處(지대, 정칭)

26) 우흿: 웋(위, 上) + -의(-에: 부조, 위치) + -ㅅ(-의: 관조)

27) 諸天香: 제천향. 하늘의 모든 향기이다.

28) 波利質多羅: 바리질다라(pārijāta). 도리천(忉利天)에 있다는 매우 큰 나무이다. 나무 모양은 산호
   같고, 긴 이삭 모양의 다홍색의 꽃이 피며, 6월경에 낙엽 지고, 나무 전체에서 향기가 나와 도리
   천을 가득 메운다고 한다.

29) 拘鞞陁羅樹: 구비다라수(kovidāra). 흑단(黑檀)의 일종으로 히말라야산에서 중국에까지 분포한
   다. 나무의 키가 크고 수려하며 가지와 잎이 무성하고, 오래 지나도록 시들지 않는다.

30) 忉利天: 도리천. 육욕천의 둘째 하늘이다. 섬부주 위에 8만 유순(由旬) 되는 수미산 꼭대기에 있
   는 곳으로, 가운데에 제석천이 사는 선견성(善見城)이 있다.

31) 圓生樹: 원생수(pārijāta). 도리천(忉利天)에 있다는 매우 큰 나무이다. 나무 모양은 산호 같고,
   긴 이삭 모양의 다홍색의 꽃이 피며, 6월경에 낙엽이 지고, 나무 전체에서 향기가 난다.

32) 불휘: 불휘(뿌리, 根) + -∅(←-이: 주조)

33) 드로미: 들(들다, 入)- + -옴(명전) + -이(주조)

34) 由旬: 유순. 고대 인도의 이수(里數) 단위이다. 소달구지가 하루에 갈 수 있는 거리로서 80리인
   대유순, 60리인 중유순, 40리인 소유순의 세 가지가 있다.

35) 노픽: 노픽[높이, 高: 높(높다, 高: 형사)- + -익(명접)] + -∅(←-이: 주조)

36) 펴듀미: 펴디[퍼지다, 擴: 펴(펴다)- + -어(연어) + 디(보용, 피동)-] + -움(명전) + -이(주조)

37) 비쳇: 빛(빛, 光) + -에(부조, 위치) + -ㅅ(-의: 관조) ※ '비쳇'은 '빛이 나는'으로 의역하여 옮긴다.

38) 둘어: 둘(← 두르다: 두르다, 回)- + -어(연어)

39) 莊嚴ᄒ얫ᄂ니라: 莊嚴ᄒ[장엄하다, 꾸미다: 莊嚴(장엄: 명사) + -ᄒ(동접)-] + -야(←-아: 연
   어) + 잇(있다: 보용, 완료 지속)- + -ᄂ(현시)- + -니(원칙) + -라(←-다: 평종) ※ '莊嚴ᄒ얫ᄂ
   니라'는 '莊嚴ᄒ야 잇ᄂ니라'가 축약된 형태이다.

40) 노니ᄂ다: 노니[놀며 지내다, 遊行: 노(← 놀다: 놀다, 遊)- + 니(가다, 지내다, 行)-] + -ᄂ(현
   시)- + -다(평종)

地樹ㅣ라 香 香 曼陀羅華香 摩訶 曼陀羅華香 曼殊 沙華香 摩訶曼殊沙華香 栴檀 沈水 種種앳末香 여러가짓雜花 이런틋ᄒᆞᆫ天香과어우론香 올다마타알며소ᇰ諸天香 올마토디釋帝桓因이勝

地樹(지수)의 香(향)이다. 】 曼茶羅華(만다라화) 香(향)·摩訶曼陀羅華(마하만다라) 香(향)·曼殊沙華(만수사화) 香(향)·摩訶曼殊沙華(마하만수사화) 香(향)·栴檀(전단)·沈水(침수)·種種(종종)의 末香(말향)·여러 가지의 雜花(잡화) 香(향), 이렇듯한 天香(천향)과 어우른 香(향)을 다 맡아 알며, 또 諸天(제천)의 몸에서 나는 香(향)을 맡되 釋帝桓因(제석환인)이

地_띵樹_쓩⁴¹⁾ 香_향이라 】 曼_만陁_땅羅_랑華_황⁴²⁾ 香_향 摩_망訶_항曼_만陁_땅羅_랑華_황⁴³⁾ 香_향 曼_만殊_쓩沙_상華_황⁴⁴⁾ 香_향 摩_망訶_항曼_만殊_쓩沙_상華_황⁴⁵⁾ 香_향 栴_젼檀_딴沈_띰水_슁 種_죵種_죵 末_맗香_향 여러 가짓 雜_짭花_황⁴⁶⁾ 香_향 이러틋⁴⁷⁾ ᄒᆞᆫ 天_텬香_향 어울운⁴⁸⁾ 香_향ᄋᆞᆯ 다 마타 알며 ᄯᅩ 諸_졍天_텬 모맷⁴⁹⁾ 香_향ᄋᆞᆯ 마토ᄃᆡ⁵⁰⁾ 釋_셕帝_뎽桓_횐因_인⁵¹⁾이

---

41) 地樹: 지수. 땅에 있는 나무이다.

42) 曼陁羅華: 만다라화(mandarava). 백련화(白蓮華)라고 번역한다. 불전에 보이는 천화(천계의 꽃)의 하나이다. 석가나 여래들의 깨달음이나 설법시에 이를 기뻐하는 신들의 뜻에 따라서 스스로 공중에 피어서 내려온다고 한다.

43) 摩訶曼陁羅華: 마하만다라화. '대백련화(大白蓮華)'로 번역한다. '摩訶(maha)'는 '크다(大)'의 뜻을 나타낸다.

44) 曼殊沙華: 만수사화. '청련화(靑蓮華)'로 번역한다. 천상계에 있는 꽃 이름이다. 만수사(曼殊沙)는 보드랍다는 뜻이다. 이 꽃을 보면 악업(惡業)을 여읜다고 한다.

45) 摩訶曼殊沙華: 마하만수사화. '대청련화(大靑蓮華)'로 번역한다.

46) 雜花: 잡화. 이름도 모르는 여러 가지 대수롭지 아니한 꽃이다.

47) 이러틋: 이러ᄒᆞ[← 이러ᄒᆞ다(이러하다, 如此: 형사): 이러(불어) + -ᄒᆞ(형접)-]- + -듯(연어, 흡사)

48) 어울운: 어울우[어우르다, 和: 어울(어울리다, 和: 자동)- + -우(사접)-]- + -Ø(과시)- + -ㄴ(관전)

49) 모맷: 몸(몸, 身) + -애(-에: 부조, 위치) + -ㅅ(-의: 관조) ※ '모맷'은 '몸에서 나는'으로 의역하여 옮긴다.

50) 마토ᄃᆡ: 맡(맡다, 嗅)- + -오ᄃᆡ(-되: 연어, 설명 계속)

51) 釋帝桓因: 석제환인. 십이천의 하나이다. 수미산 꼭대기에 있는 도리천의 임금으로, 사천왕과 삼십이천을 통솔하면서 불법과 불법에 귀의하는 사람을 보호하고 아수라의 군대를 정벌한다고 한다.(= 제석천, 帝釋天)

殿·뎐 우희이셔 五·옹欲·욕 즐·겨노·롯
時·씽節·졇香·향 過·광妙·묠法·법堂·땅
우·희이·셔 忉·돌利·링 諸·졍天·텬 위·ᄒᆞ·야
說·셞法·법 時·씽節·졇 ㅅ香·향 過·광·려
東·동山·산 애노·닗 時·씽節·졇 ㅅ香·향·과
녀·나·문 하·ᄂᆞᆶ·히 남진 겨·집 모·맷 香·향
·올·다 머·리셔 마·타 이·야 ·호·로 頂·뎡
·에니·르·리 諸·졍天·텬·모·맷香·향·ᄋᆞᆯ·쏘·다

勝殿(승전)의 위에 있어 五欲(오욕)을 즐겨서 놀이할 時節(시절)의 香(향)과,
妙法堂(묘법당)의 위에 있어서 忉利(도리) 諸天(제천)을 위하여 說法(설법)할
時節(시절)의 香(향)과, 여러 東山(동산)에서 노닐 時節(시절)의 香(향)과, 다른
하늘(天神)들이 남자와 여자의 몸에서 나는 香(향)을 다 멀리서 맡아서, 이
모양으로 有頂(유정)에 이르도록 諸天(제천)의 몸에서 나는 香(향)을 또 다

勝_씽殿_면⁵²⁾ 우희 이셔 五_옹欲_욕⁵³⁾ 즐겨 노릇홇⁵⁴⁾ 時_씽節_졆ㅅ 香_향과 妙_묠法_법堂_땅⁵⁵⁾ 우희 이셔 忉_돌利_링 諸_졍天_텬⁵⁶⁾ 위ᄒᆞ야 說_쒏法_법 홇 時_씽節_졆ㅅ 香_향과 여러 東_동山_산애 노닒 時_씽節_졆ㅅ 香_향과 녀나ᄆᆞᆫ⁵⁷⁾ 하ᄂᆞᆯ 틄희⁵⁸⁾ 남진 겨집 모맷 香_향을 다 머리셔⁵⁹⁾ 마타 이 야ᅌᆞ로⁶⁰⁾ 有_{ᅌᅮᇢ}頂_뎡⁶¹⁾에 니르리⁶²⁾ 諸_졍天_텬 모맷 香_향을 쏘 다

---

52) 勝殿: 승전. 좋은 궁전이다.

53) 五欲: 오욕. 불교에서 오관(五官)의 욕망 및 그 열락(悅樂)을 가리키는 5종의 욕망이다. 눈·귀·코·혀·몸의 다섯 가지 감각기관, 즉 오근(五根)이 각각 '색(色)·성(聲)·향(香)·미(味)·촉(觸)'의 다섯 가지 감각 대상, 즉 '오경(五境)'에 집착하여 야기되는 5종의 욕망이다. 또한 오경을 향락하는 것을 말한다.

54) 노릇홇: 노릇ᄒᆞ[놀이하다, 遊戱: 놀(놀다, 遊: 동사)- + -옷(명접) + -ᄒᆞ(동접)-]- + -ㅭ(관전)

55) 妙法堂: 묘법당. 도리천에 있는 선견성(善見城)의 서남쪽에 위치해 있다는 강당(講堂)으로, 33신(神)들이 가끔 이곳에 모여 진리를 논한다고 한다.

56) 忉利諸天: 도리제천. 도리천(忉利天)에 있는 모든 천신(天神)이다.

57) 녀나ᄆᆞᆫ: [다른, 有餘(관사): 년(← 녀느: 여느, 他, 명사) + 남(남다, 餘: 동사)- + -ᄋᆞᆫ(관전▷관접)]

58) 하ᄂᆞᆯ틄희: 하ᄂᆞᆯ틄희[하ᄂᆞᆯ들, 天神等: 하ᄂᆞᆯㅎ(하ᄂᆞᆯ, 天) + -틀ㅎ(-들, 等: 복접)] + -ᄋᆡ(-의: 관조)

59) 머리셔: 머리[멀리, 遠(부사): 멀(멀다, 遠: 형사)- + -이(부접)] + -셔(-서: 보조사, 강조)

60) 야ᅌᆞ로: 양(모습, 樣) + -ᄋᆞ로(부조, 방편)

61) 有頂: 유정. 유정천(有頂天). 곧, 구천(九天) 가운데에서 가장 높은 하늘이다.

62) 니르리: [이르도록, 至(부사): 니를(이르다, 至: 동사)- + -이(부접)]

마·트·며 諸(졍)天(텬)이 퓌·우·눈 香(향) 도ᄌᄊ·쳐 마·트·며 聲(셩)聞(문)ㅅ香(향) 辟(벽)支(징)佛(뿛)ㅅ香(향) 菩(뽕)薩(삻)ㅅ香(향) 諸(졍)佛(뿛) 모·맷ㅅ香(향) ·올·쏘·다 머·리·셔 마·타잇·ᄂ·ᄃᆡ ·롤·알·리·니 鼻(삥)菩(뽕)薩(삻)ㅅ無(뭉)漏(룽) 法(법)生(ᄉᆞᆼ)鼻(삥) ·몯得(득)ᄒᆞ야·도 이 經(경) 디니·눈 사ᄅᆞᆷ·이 몬·져 이·런 鼻(삥)相(샹)·을 ·올得(득)ᄒᆞ·리·라 【菩(뽕)薩(삻)·이 分(분)身(신)ᄋᆞ·여·희·샤 六(륙)段(딴)報(봄)

맡으며, 諸天(제천)이 피우는 香(향)도 좋아서 맡으며, 聲聞(성문)의 香(향)·辟支佛(벽지불)의 香(향)·菩薩(보살)의 香(향)·諸佛(제불)의 몸에서 나는 香(향)을 또 다 멀리서 맡아 (그 향이) 있는 데를 알겠으니, 비록 菩薩(보살)의 無漏法生鼻(무루법생비)를 못 得(득)하여도, 이 經(경)을 지니는 사람은 먼저 이런 鼻相(비상)을 得(득)하리라. 【菩薩(보살)이 分段身(분단신)을 떨쳐내시어 六根(육근)이

마트며 諸_졍天_텬 퓌우는⁶³⁾ 香_향도 조처⁶⁴⁾ 마트며 聲_셩聞_문ㅅ 香_향 辟_벽支_징佛_뿛ㅅ 香_향 菩_뽕薩_삻ㅅ 香_향 諸_졍佛_뿛 모맷 香_향을 쏘 다 머리셔 마타 잇는⁶⁵⁾ 딕롤⁶⁶⁾ 알리니 비록 菩_뽕薩_삻ㅅ 無_뭉漏_륳法_법生_싱鼻_삥⁶⁷⁾롤 몯 得_득ᄒ야도 이 經_경 디니는 사르미 몬져 이런 鼻_삥相_샹⁶⁸⁾을 得_득ᄒ리라【菩_뽕薩_삻이 分_뿐段_똰身_신⁶⁹⁾을 여희샤⁷⁰⁾ 六_륙根_근⁷¹⁾이

---

63) 퓌우는: 퓌우[피우다, 燒: 프(피다, 發)-+-ㅣ(←-이-: 사접)-+-우(사접)-]-+-ᄂ(현시)-+-ㄴ(관전)

64) 조처: 좇[좇다, 아우르다, 겸하다, 幷)-+-어(연어) ※ 문맥을 감안하여 '조처'를 '아울러, 함께'의 뜻으로 쓰였다.

65) 잇는: 잇(←이시다: 있다, 在)-+-ᄂ(현시)-+-ㄴ(관전)

66) 딕롤: 딕(데, 處: 의명)+-롤(목조)

67) 無漏法生鼻: 무루법생비. '무루법이 생겨나는 코'이다. ※ '無漏法(무루법)'은 번뇌의 더러움에 물들지 않은 마음 상태, 또는 그러한 세계이다. 번뇌와 망상이 소멸된 상태이며, 분별을 일으키지 않는 마음 상태이며, 사제(四諦) 가운데 깨달음의 결과인 멸제(滅諦)와 그 원인인 도제(道諦)에 해당하는 모든 현상이다.

68) 鼻相: 비상. 코의 모습이다.

69) 分段身: 분단신. 중생(衆生)이 생사 왕래하는 욕계, 색계, 무색계 등의 삼계(三界)에서 그 업인(業因)에 따라서 부여 받은 범부(凡夫)의 몸이다.

70) 여희샤: 여희(떨쳐내다, 別)-+-샤(←-시-: 주높)-+-Ø(←-아: 연어)

71) 六根: 육근. 육식(六識)을 낳는 눈, 귀, 코, 혀, 몸, 뜻의 여섯 가지 근원이다.

漏 업슨 法·뻡을 브·터 나·실·씨·라 無漏法生鼻·라 ᄒ·시·니·라 】 ·ᄯᅩ 常·쌍精·정進·진·아 善·쎤男남子·종·善·쎤女·녕人·신·이 ·이 經·경·을 바·다 디·녀 닐·거·나 외·오·거·나 사·겨 닐·어·나 ᄒ·면 千천二·싱百·빅 舌·썬功·공德·득·을 得·득ᄒ·리·니 됴·ᄒ·거·나 구·즌·거·나 아·룸답·거·나 아·룸답·디 아·니·커·나 여·러 가·짓 ·ᄡ·며 ·ᄠ본 거·시 舌·썬根·ᄀ·애 이·셔 :다 變·변·ᄒ

漏(누)가 없는 法(법)을 따라서 나시므로, 無漏法生鼻(무루법생비)라 하셨니라. 】 또 常精進(상정진)아, 善男子(선남자)·善女人(선여인)이 이 經(경)을 받아 지녀서 읽거나 외우거나 새겨서 이르거나 하면, 千二百(천이백) 舌功德(설공덕)을 得(득)하겠으니, 좋거나 궂거나 아름답거나 아름답지 아니하거나 여러 가지의 쓰며 떫은 것이 舌根(설근)에 있어 다 變(변)하여

漏로ᇹ[72] 업슨 法법을 브터[73] 나실ᄊᆡ 無뭉漏로ᇹ法법生싱鼻삥라 ᄒᆞ시니라】 ᄯᅩ 常썅精졍進진아 善션男남子ᄌᆞᆼ 善션女녕人신이 이 經경을 바다 디녀 닑거나 외오거나 사겨 니르거나 ᄡᅳ거나 ᄒᆞ면 千쳔二ᅀᅵᆼ百ᄇᆡᆨ 舌쎯功공德득[74]을 得득ᄒᆞ리니 됴커나[75] 굿거나[76] 아ᄅᆞᆷ답거나[77] 아ᄅᆞᆷ답디 아니커나[78] 여러 가짓 ᄡᅳ며[79] ᄠᅥᆯᄫᅳᆫ[80] 거시 舌쎯根근[81]애 이셔 다 變변ᄒᆞ야

---

72) 漏: 누. 번뇌(煩惱)이다.

73) 브터: 븥(붙다, 따르다, 말미암다, 附)- + -어(연어)

74) 舌功德: 설공덕. 혀로 짓는 공덕이다.

75) 됴커나: 둏(좋다, 好)- + -거나(연어, 선택)

76) 굿거나: 굿(←궂다: 궂다, 醜)- + -거나(연어, 선택)

77) 아ᄅᆞᆷ답거나: 아ᄅᆞᆷ답[아름답다, 美: 아ᄅᆞᆷ(아름: 불어) + -답(형접)-]- + -거나(연어, 선택)

78) 아니커나: 아니ㅎ[← 아니ᄒᆞ다(아니하다, 不: 보용, 부정): 아니(아니, 不: 부사) + -ᄒᆞ(형접)-]- + -거나(연어, 선택)

79) ᄡᅳ며: ᄡᅳ(쓰다, 苦)- + -며(연어, 나열)

80) ᄠᅥᆯᄫᅳᆫ: ᄠᅥᆯᇦ(← ᄠᅥᆲ다, ㅂ불: 떫다, 澁)- + -Ø(현시)- + -은(관전)

81) 舌根: 설근. 오근(五根)의 하나로서, 미각 기관인 혀(舌)를 이르는 말이다.

야됴ᄒᆞ마시ᄃ·외야하ᄂᆞᆳ 甘감露롱ㅣ·곤ᄒᆞ야아롬답디아니ᄒᆞᆫ거시업스며 舌쎯根곤·ᄋᆞ로大땡衆즁中듕·에 닐·어깁·고貴귕ᄒᆞᆫ소·리·ᄅᆞᆯ내·면能능·히 ·금·수·매ᄃᆞ러·다깃·거즐기·긔ᄒᆞ·며·쏘 ·여·러天텬子ᄌᆞㅣ·와天텬女녕ㅣ·와釋·셕梵뻠 諸졍天텬이·다·와드르·며·쏘·여·러龍룡 ·과龍룡女녕·와夜양叉창·와夜양叉龍

좋은 맛이 되어 하늘의 甘露(감로)와 같아서 아름답지 아니한 것이 없으며, 舌根(설근)으로 大衆(대중) 中(중)에 퍼뜨려 일러서 깊고 貴(귀)한 소리를 내면 能(능)히 그 마음에 들어 다 기뻐하여 즐기게 하며, 또 여러 天子(천자)와 天女(천녀)와 釋梵(석범)의 諸天(제천)이 다 와 들으며, 또 여러 龍(용)과 龍女(용녀)와 夜叉(야차)와 夜叉女(야차녀)와 됴흔 마시⁸²⁾ 드외야⁸³⁾ 하늜 甘_감露_롱 ㅣ⁸⁴⁾ 근ᄒ야⁸⁵⁾ 아름답디 아니ᄒᆫ 거시 업스며 舌_쎯根_근으로 大_땡衆_즁⁸⁶⁾ 中_듕에 불어⁸⁷⁾ 닐어⁸⁸⁾ 깁고⁸⁹⁾ 貴_귕ᄒᆫ 소리 를 내면 能_능히 그 ᄆᆞ슨매⁹⁰⁾ 드러 다 깃거⁹¹⁾ 즐기긔⁹²⁾ ᄒ며 ᄯ 여러 天_텬子_ᄌ⁹³⁾와 天_텬女_녕⁹⁴⁾와 釋_셕梵_뻠⁹⁵⁾ 諸_졍天_텬이 다 와 드르며 ᄯ 여러 龍_룡⁹⁶⁾과 龍_룡女_녕⁹⁷⁾와 夜_양叉_창⁹⁸⁾와 夜_양叉_창女_녕와

---

82) 마시: 맛(맛, 味) + -이(주조)

83) 드외야: 드외(되다, 成)- + -야(←-아: 연어)

84) 甘露ㅣ: 甘露(감로) + -ㅣ(←-이: 부조, 비교) ※ '甘露(감로)'는 천하가 태평할 때에 하늘에서 내린다고 하는 단 이슬이다.

85) 근ᄒ야: 근ᄒ(같다, 如)- + -야(←-아: 연어)

86) 大衆: 대중. 많이 모인 승려이다. 또는 비구(比丘)·비구니(比丘尼)·우바새(優婆塞)·우바니(優婆尼)를 통틀어 이르는 말이다.

87) 불어: 불(← 부르다: 퍼뜨리다, 演)- + -어(연어)

88) 닐어: 닐(← 이르다: 이르다, 說)- + -어(연어) ※ '불어 닐어'은 『묘법연화경』의 '演說(연설)'을 직역한 말인데, 이는 도리(道理), 교의(敎義), 의의(意義) 따위를 진술하는 것이다.

89) 깁고: 깁(← 깊다: 깊다, 深)- + -고(연어, 나열)

90) ᄆᆞ슨매: ᄆᆞ슴(마음, 心) + -애(-에: 부조, 위치)

91) 깃거: 깄(기뻐하다, 歡)- + -어(연어)

92) 즐기긔: 즐기[즐기다, 快樂: 즑(즐거워하다, 喜: 자동)- + -이(사접)-]- + -긔(-게: 연어, 사동)

93) 天子: 천자. 하늘에 사는 남자이다.

94) 天女: 천녀. 하늘에 사는 여자이다.

95) 釋梵: 제석천(帝釋天)과 범천(梵天)을 아울러서 이르는 말이다. ※ '제석천(帝釋天)'은 십이천의 하나이다. 수미산 꼭대기에 있는 도리천의 임금으로, 사천왕과 삼십이천을 통솔하면서 불법과 불법에 귀의하는 사람을 보호하고 아수라의 군대를 정벌한다고 한다. 그리고 '범천(梵天)'은 색계(色界) 초선천(初禪天)의 우두머리로서, 제석천(帝釋天)과 함께 부처를 좌우에서 모시는 불법 수호의 신이다.

96) 龍: 용. 팔부중(八部衆)의 하나로서 불법을 수호하는 반신반사(半神半蛇)이다. ※ '팔부중(八部衆)'은 천(天)·용(龍)·야차(夜叉)·건달바(乾闥婆)·아수라(阿修羅)·가루라(迦樓羅)·긴나라(緊那羅)·마후라가(摩睺羅迦)이다.

97) 龍女: 여자인 용이다.

98) 夜叉ㅅ: 夜叉(야차) + -ㅅ(-의: 관조) ※ '夜叉(야차)'는 염마청(염마청에서 염라대왕의 명을 받아 죄인을 벌하는 옥졸이다. ※ '염마청(閻魔廳)'은 염라국에 있는 법정. 죽은 사람이 생전에 지은 죄상을 문초한다고 한다.

敬경ᄒᆞᄫᅡ供공養양ᄒᆞ며ᄯᅩ比뼝丘쿻ᆞ드ᄅᆞᄫᅮᆸ워ᄒᆞ야다와親친近끈히恭공那낭羅랑女녕羅랑女녕羅랑와摩망睺뽕羅랑女녕一法법와摩망睺뽕羅랑와摩망睺뽕羅랑女녕樓룽那낭羅랑羅랑女녕와緊긴那낭羅랑와緊긴婆뺑女녕와阿항脩슈婆뺑女녕와阿항脩슈羅랑와迦강緊긴樓룽羅랑와緊긴女녕와乾껀闥탕婆뺑와乾껀闥탕女녕와乾껀闥탕婆뺑와乾껀闥탕婆뺑와阿항脩슈

乾闥婆(건달바)와 乾闥婆女(건달바녀)와 阿脩羅(아수라)와 阿脩羅女(아수라녀)와 迦樓羅(가루라)와 迦樓羅女(가루라녀)와 緊那羅(긴나라)와 緊那羅女(긴나라녀)와 摩睺羅迦(마후라가)와 摩睺羅迦女(마후라가녀)가 法(법)을 듣는 것을 위하여 다 와서 親近(친근)히 恭敬(공경)하여 供養(공양)하며, 또 比丘(비구)·

乾_껀闥_탏婆_뺑⁹⁹⁾와 乾_껀闥_탏婆_뺑女_녕와 阿_항修_슣羅_랑¹⁾와 阿_항修_슣羅_랑女_녕와

迦_강樓_릏羅_랑²⁾와 迦_강樓_릏羅_랑女_녕와 緊_긴那_낭羅_랑³⁾와 緊_긴那_낭羅_랑女_녕와

摩_망睺_훃羅_랑迦_강⁴⁾와 摩_망睺_훃羅_랑迦_강女_녕ㅣ 法_법 드로믈⁵⁾ 위ᄒᆞ야 다⁶⁾

와 親_친近_끈히 恭_공敬_경ᄒᆞ야 供_공養_양ᄒᆞ며⁷⁾ ᄯᅩ 比_뼁丘_쿻

---

99) 乾闥婆: 건달바. 팔부중의 하나이다. 수미산 남쪽의 금강굴에 살며 제석천(帝釋天)의 아악(雅樂)을 맡아보는 신으로, 술과 고기를 먹지 않고 향(香)만 먹으며 공중으로 날아다닌다고 한다.

1) 阿修羅: 아수라. 팔부중(八部衆)의 하나이다. 싸우기를 좋아하는 귀신으로, 항상 제석천(帝釋天)과 싸움을 벌인다.

2) 迦樓羅: 가루라. 팔부중의 하나이다. 불경에 나오는 상상의 큰 새로, 매와 비슷한 머리에는 여의주가 박혀 있으며 금빛 날개가 있는 몸은 사람을 닮고 불을 뿜는 입으로 용을 잡아먹는다고 한다.

3) 緊那羅: 긴나라. 팔부중의 하나이다. 인도 신화에 나오는, 악기를 연주하고 노래하며 춤추는 신으로, 사람의 머리에 새의 몸 또는 말의 머리에 사람의 몸을 하는 등 그 형상이 일정하지 않다.

4) 摩睺羅迦: 마후라가. 팔부중의 하나이다. 몸은 사람과 같고 머리는 뱀과 같은 신이다.

5) 드로믈: 들(← 듣다, ㄷ불: 듣다, 聞)- + -옴(명전) + -을(목조)

6) 다 : [다, 皆(부사): 다(← 다ᄋᆞ다: 다하다, 盡, 동사)- + -아(연어 ▷부접)]

7) 供養ᄒᆞ며: 供養ᄒᆞ[공양하다: 供養(공양: 명사) + -ᄒᆞ(동접)-]- + -며(연어, 나열) ※ '供養(공양)'은 불(佛), 법(法), 승(僧)의 삼보(三寶)나 죽은 이의 영혼에게 음식, 꽃 따위를 바치는 일이나, 또는 그 음식이다.

比丘尼·옳·쿵·닝 優婆塞·홍·빵·씽 優婆·홍·빵 夷·잉와 國·귁王·왕과 王·왕子·증와 臣·씬下·행·ㅣ 쿃 眷·권屬·쑉과 小·숄轉·둰輪·륜王·왕과 大·땡轉·둰輪·륜王·왕이 七·칧寶·봉와 千·쳔子·증의 內·뇡外·욍 眷·권屬·쑉 드·리·니·이 菩·뽕薩·샳 고·다·와 法·법·을 들·리·니·이 菩·뽕薩·샳 이 說·웛法·법·을 잘·ㅎ·올·씨 婆·빵羅·랑門·몬·과 居·경士·쏭·와 나·랏 百·빅姓·셩 돌·히·죽·ㄷ·과 이 菩薩 드·리·과

比丘尼(비구니)·優婆塞(우바새)·優婆夷(우바이)와 國王(국왕)과 王子(왕자)와 많은 臣下(신하)와 (그들의) 眷屬(권속)과 小轉輪王(소전륜왕)과 大轉輪王(대전륜왕)이 七寶(칠보)와 千子(천자)의 內外(내외) 眷屬(권속)을 데리고 다 와서 法(법)을 듣겠으니, 이 菩薩(보살)이 說法(설법)을 잘하므로 婆羅門(바라문)과 居士(거사)와 나라의 百姓(백성)들이

比_삥丘_쿨尼_닝 優_훓婆_빵塞_싱 優_훓婆_빵夷_잉와 國_귁王_왕과 王_왕子_중와 한[8] 臣_씬 下_행 眷_권屬_쑉[9]과 小_숗轉_둰輪_륜王_왕[10]과 大_땡轉_둰輪_륜王_왕[11]이 七_칧寶_봏[12] 千_천 子_중[13] 內_뇡外_욍 眷_권屬_쑉 드리고 다 와 法_법 드르리니 이 菩_뽕薩_삻이 說_웛法_법을 잘홀씨 婆_빵羅_랑門_몬[14]과 居_겅士_쏭[15]와 나랏 百_빅姓_셩들히

---

8) 한: 하(많다, 多)- + -Ø(현시)- + -ㄴ(관전)

9) 眷屬: 권속. 한집에 거느리고 사는 식구이다.

10) 小轉輪王: 소전륜왕. 작은 나라를 다스리는 전륜왕이다. ※ '轉輪王(전륜왕)'은 몸에 32상을 갖추고 하늘로부터 금·은·동·철의 네 윤보(輪寶)를 얻어서 이를 굴리면서 사방을 위엄으로 굴복하게 하여 천하를 다스린다는 인도 신화 속의 임금이다.

11) 大轉輪王: 대전륜왕. 큰 나라를 다스리는 전륜왕이다.

12) 七寶: 칠보. 전륜성왕이 가지고 있는 일곱 가지 보배이다. 윤보(輪寶), 상보(象寶), 마보(馬寶), 여의주보(如意珠寶), 여보(女寶), 장보(將寶), 주장신보(主藏臣寶)를 이른다. 첫째, 윤보(輪寶)는 수레바퀴로서, 지상을 내려다보며 지배하는 태양의 상징이라고 한다. 팔방(八方)에 봉단(鋒端)이 나와 있다. 둘째, 상보(象寶)는 코끼리로서, 왕이 타고 사해(四海)를 두루 다닐 수 있다고 한다. 셋째, 마보(馬寶)는 말로서, 왕이 타고 천하를 두루 다닌다고 한다. 넷째, 여의주보(如意珠寶)는 여의주로서, 밝기와 찬란함은 밤을 낮으로 바꾸어 놓는다고 한다. 다섯째, 여보(女寶)는 여인으로서, 왕을 즐겁게 하기 위하여 항상 민첩하게 행동하고 몸과 마음을 충실히 한다고 한다. 여섯째, 장보(將寶)는 왕의 장수로서, 왕이 필요한 만큼의 재물을 공급했다고 한다. 일곱째, 주장신보(主藏臣寶)는 왕의 대행자로서, 몸은 녹색이고 털은 진줏빛이며 군사를 부리는 계략이 뛰어나다고 한다.

13) 千子: 천자. 천 명의 자식이다.

14) 婆羅門: 바라문(Brahmaṇa). 인도의 카스트 제도에서 가장 높은 성직자 계급이다. 힌두교 카스트의 최상위 계급인 성직자·학자 계급을 일컫는다. 성스러운 베다의 지식을 유지·전달하고 사원과 일상에서 벌어지는 모든 제식(祭式)을 관장했다.

15) 居士: 거사. 속세에 있으면서 불교를 믿는 남자이다.(= 우바새, 優婆塞)

로 ᄀᆞ장 조차 ᄃᆞᆫ녀 供供養양ᄒᆞ며 ·ᄯᅩ 諸졍
聲셩聞문·과 辟벽支징佛뿛·와 菩뽕薩삻
·왜 諸졍佛뿛이 샹녜 즐겨 보며 ·이
사ᄅᆞ·미 잇ᄂᆞᆫ 方방面면·을 諸졍佛뿛이 ·다
그 녀글 向향ᄒᆞ·야 說셇法법ᄒᆞ·거시든
【方방面면·은 녁 ᄒᆞ듯 ᄒᆞᆫ 마리라】一切쳉 佛뿛法법
·을 다 能능·히 바다 디·니며 ·ᄯᅩ 能능·히 깁
·고 貴귕ᄒᆞᆫ 法법音음·을 내리·라 ·ᄯᅩ 常쌍

죽도록 쫓아다녀 供養(공양)하며, 또 諸聲聞(제성문)과 辟支佛(벽지불)과 菩薩(보살)과 諸佛(제불)이 늘 즐겨 보며, 이 사람이 있는 方面(방면)을 諸佛(제불)이 다 그 곳을 向(향)하여 說法(설법)하시거든【方面(방면)은 '녁'이라고 하듯 한 말이다. 】, 一切(일체)의 佛法(불법)을 다 能(능)히 받아 지니며 또 能(능)히 깊고 貴(귀)한 法音(법음)을 내리라. 또

죽드로개¹⁶⁾ 조차듣녀¹⁷⁾ 供_공養_양ᄒ며 ᄯᅩ 諸_정聲_셩聞_문과 辟_벽支_징佛_뿛와 菩_뽕薩_삻와 諸_정佛_뿛이 샹녜¹⁸⁾ 즐겨 보며 이 사ᄅᆞ미¹⁹⁾ 잇ᄂᆞᆫ 方_방面_면을²⁰⁾ 諸_정佛_뿛이 다 그 녀글²¹⁾ 向_향ᄒ야 說_쉃法_법ᄒ거시든²²⁾【方_방面_면은 녀기라²³⁾ ᄒ듯 ᄒᆫ 마리라】 一_{ᅙᅵᆳ}切_쳉 佛_뿛法_법을 다 能_능히²⁴⁾ 바다 디니며²⁵⁾ ᄯᅩ 能_능히 깁고²⁶⁾ 貴_귕ᄒᆫ 法_법音_흠을²⁷⁾ 내리라²⁸⁾ ᄯᅩ

---

16) 죽드로개: 죽(죽다, 死)- + -드로개(-도록: 연어, 도달) ※ '-드로개'는 연결 어미인 '-드록'에 강조의 접미사인 '-애'가 붙어서 형성된 연결 어미이다. '-드록'의 강조 형태이다.

17) 조차듣녀: 조ᄎᆞ듣니[쫓아다니다, 隨: 좇(쫓다, 隨)- + -아(연어) + 듣(닫다, 달리다, 走)- + 니(가다, 行)-]- + -어(연어)

18) 샹녜: 늘, 항상, 常(부사)

19) 사ᄅᆞ미: 사ᄅᆞᆷ(사람, 人) + -익(관조, 의미상 주격) ※ '사ᄅᆞ미'는 관형절 속에 쓰인 관형격인데, 의미상으로 주격으로 기능한다.

20) 方面: 방면. 어떤 장소나 지역이 있는 방향이나, 또는 그 일대이다.

21) 녀글: 녁(녘, 곳, 處: 의명) + -을(목조)

22) 說法ᄒ거시든: 說法ᄒ[설법하다: 說法(설법: 명사) + -ᄒ(동접)-] + -시(주높)- + -거···든(연어, 조건)

23) 녀기라: 녁(녘, 곳, 處: 의명) + -이(서조)- + -Ø(현시)- + -라(← -다: 평종)

24) 能히: [능히(부사): 能(능: 불어) + -ᄒ(← -ᄒᆞ-: 형접)- + -이(부접)]

25) 디니며: 디니(지니다, 持)- + -며(연어, 나열)

26) 깁고: 깁(← 깊다: 깊다, 深)- + -고(연어, 나열)

27) 法音: 법음. 설법하거나 독경하는 소리이다.

28) 내리라: 내[내다(내다, 出): 나(나다, 出: 자동)- + -ㅣ(← -이-: 사접)-]- + -리(미시)- + -라(← -다: 평종)

常精進(상정진)아, 善男子(선남자)·善女人(선여인)이 이 經(경)을 받아 지녀서 읽거나 외우거나 새겨 이르거나 쓰거나 하면, 八百(팔백) 身功德(신공덕)을 得(득)하여 깨끗한 몸이 淨瑠璃(정유리)와 같아서 衆生(중생)이 즐겨 보겠으니, 그 몸이 깨끗한 까닭으로 三千大千世界(삼천대천세계)에 있는 衆生(중생)이 날 時節(시절)과 죽을 時節(시절)과,

常쌍精정進진아 善쎤男남子중 善쎤女녕人신이 이 經경을 바다 디녀 닑거나 외오거나 사겨 니르거나 쓰거나 ᄒ면 八밣百빅 身신功공德득²⁹⁾을 得득ᄒ야 조ᄒ³⁰⁾ 모미 淨쪙瑠률璃링³¹⁾ ᄀᆞᆮᄒ야 衆중生ᄉᆡᆼ이 즐겨 보리니 그 모미 조ᄒ 젼ᄎ로³²⁾ 三삼千천大땡千천世솅界갱옛 衆중生ᄉᆡᆼ이³³⁾ 낧 時씽節졇와³⁴⁾ 주긇 時씽節졇와

---

29) 身功德: 신공덕. 몸으로 짓는 공덕이다.

30) 조ᄒ: 좋(맑다, 淸)- + -Ø(현시)- + -ᄋᆞᆫ(관전)

31) 淨瑠璃: 淨瑠璃(정유리) + -Ø(← -이: -와, 부조, 비교) ※ '淨瑠璃(정유리)'는 맑은 유리이다.

32) 젼ᄎ로: 젼ᄎ(까닭, 故) + -로(보조, 방편)

33) 衆生이: 衆生(중생) + -이(관조, 의미상 주격)

34) 時節와: 時節(시절, 때) + -와(← -과: 접조)

위와 아래와, 좋으며 궂은 데와, 좋은 데와 나쁜 데에 나는 것이 다 (그 몸의)
가운데에 現(현)하며, 또 鐵圍山(철위산)과 大鐵圍山(대철위산)과 彌樓山(미루
산)과【 彌樓(미루)는 光明(광명)이라고 하는 말이니, 金色(금색)의 光明(광명)이다. 】
摩訶彌樓山(마하미루산) 等(등) 여러 山(산)과 그 中(중)에 있는 衆生(중생)이 다
(그 몸의) 가운데에 現(현)하며, 아래로 阿鼻地獄(아비지옥)에 이르며 위로

우콰³⁵⁾ 아래와 됴ᄒ며 구즌³⁶⁾ 듸와³⁷⁾ 됴ᄒᆫ 싸 머즌³⁸⁾ 싸해³⁹⁾ 나미⁴⁰⁾ 다 가온ᄃᆡ⁴¹⁾ 現_현ᄒ며 ᄯᅩ 鐵_텷圍_윙山_산⁴²⁾과 大_땡鐵_텷圍_윙山_산과 彌_밍樓_릏山_산⁴³⁾과【彌_밍樓_릏는 光_광明_명이라 ᄒᆞ논 마리니 金_금色_식 光_광明_명이라】摩_망訶_항彌_밍樓_릏山_산 等_등 여러 山_산과 그 中_듕엣 衆_즁生_{ᄉᆡᆼ}이 다 가온ᄃᆡ 現_현ᄒ며 아래로 阿_항鼻_뻥地_띵獄_옥⁴⁴⁾애 니르며 우ᄒ로⁴⁵⁾

---

35) 우콰: 웋(위, 上) + -과(접조)

36) 구즌: 궂(궂다, 醜) + -Ø(현시)- + -은(관전)

37) 듸와: 듸(데, 處: 의명) + -와(접조)

38) 머즌: 멎(나쁘다, 흉하다, 惡)- + -Ø(현시)- + -은(관전)

39) 싸해: 쌓(곳, 處) + -애(-에: 부조, 위치)

40) 나미: 나(나다, 現)- + -ㅁ(←-옴: 명전) + -이(주조)

41) 가온ᄃᆡ: 가온ᄃᆡ(가운데, 中) + -이(-에: 부조, 위치)

42) 鐵圍山: 철위산. 9산(九山)가운데 가장 밖에 있는 산이다. 지변산(地邊山)에서 36만3천2백88유순(由旬)이라 하며, 또는 남섬부주(南贍部洲)의 남쪽 끝에서 3억6만6백63유순(由旬) 되는 곳에 있다 한다. 전부가 철로 되었고 높이와 넓이가 모두 312유순(由旬)이라 한다.

43) 彌樓山: 미루산. 수미산을 가리키거나, 혹은 수미산의 주위에 있는 칠금산(七金山)이라고도 하고, 칠금산 중에 있다는 니민달라산(尼民達羅山)이라고도 한다.

44) 阿鼻地獄: 아비지옥. 팔열 지옥(八熱地獄)의 하나이다. 오역죄를 짓거나, 절이나 탑을 헐거나, 시주한 재물을 축내거나 한 사람이 가는데, 한 겁(劫) 동안 끊임없이 고통을 받는다는 지옥이다.(= 무간지옥, 無間地獄)

45) 우ᄒ로: 웋(위, 上) + -으로(부조, 방향)

옴頂뎡에 니르리잇ᄂᆞᆫ것과 衆즁生ᄉᆡᆼ이 다가온ᄃᆡ現ᅘᅧᆫᄒᆞ며 聲셩聞문과 辟벽支징佛뿛와 菩뽕薩ᇙ와 諸졍佛뿛ㅅ 說ᄊᆑᇙ法법이 다 몸가온ᄃᆡ 色ᄉᆡᆨ像ᄊᆢᆼ이 現ᅘᅧᆫᄒᆞ리니 비록 無뭉漏ᄅᆗᄒᆞᆫ 法법性ᄊᆼ엣 妙ᄆᆗᆯ身신 올 得득디 몯ᄒᆞ야도 淸쳥淨쪙ᄒᆞᆫ 샹녯 모매 다 가온ᄃᆡ 現ᅘᅧᆫᄒᆞ리라 ᄯᅩ 常썅精졍進진 아 善쎤男남

有頂(유정)에 이르도록 (거기에) 있는 것과 衆生(중생)이 다 (그 몸의) 가운데에 現(현)하며, 聲聞(성문)과 辟支佛(벽지불)과 菩薩(보살)과 諸佛(제불)의 說法(설법)이 다 몸의 가운데에서 色像(색상)이 現(현)하겠으니, 비록 無漏(무루)한 法性(법성)을 갖춘 妙身(묘신)을 得(득)하지 못하여도, 淸淨(청정)한 보통의 몸에 다 가운데에 (無漏한 法性이) 現(현)하리라. 또 常精進(상정진)아, 善男子(선남자)·

有_흫頂_뎡에 니르리⁴⁶⁾ 잇는 것과 衆_즁生_{ᄉᆡᆼ}이 다 가온ᄃᆡ 現_현ᄒᆞ며 聲_셩聞_문과 辟_벽支_징佛_뿛와 菩_뽕薩_삻와 諸_졍佛_뿛ㅅ 說_{ᄉᆑᇙ}法_법이 다 몺 가온ᄃᆡ⁴⁷⁾ 色_{ᄉᆡᆨ}像_썅⁴⁸⁾이 現_현ᄒᆞ리니 비록 無_뭉漏_룰ᄒᆞᆫ⁴⁹⁾ 法_법性_셩엣⁵⁰⁾ 妙_묳身_신⁵¹⁾을 得_득디 몯ᄒᆞ야도 淸_쳥淨_쪙ᄒᆞᆫ 샹넷 모매 다 가온ᄃᆡ 現_현ᄒᆞ리라 ᄯᅩ 常_쌍精_졍進_진아 善_쎤男_남子_{ᄌᆞ}

---

46) 니르리: [이르도록, 至(부사): 니르(이르다, 至: 동사)- + -이(부접)]

47) 가온ᄃᆡ: 가온ᄃᆡ(가운데, 中) + -이(-에: 부조, 위치)

48) 色像: 색상(prati-bimba). 마음에 형성된 대상의 모습이나 특징이다. 곧, 마음에 떠오르는 형상이다.

49) 無漏ᄒᆞ: 無漏ᄒᆞ[무루하다: 無漏(무루: 명사) + -ᄒᆞ(형접)-]- + -∅(현시)- + -ㄴ(관전) ※ '無漏(무루, asâsrava)'는 번뇌가 없음을 뜻하는 말이다. 번뇌가 있는 유루(有漏)와 반대되는 용어이다. 여기서 누(漏)는 누설(漏泄)의 준말로 번뇌를 뜻한다.

50) 法性엣: 法性(법성) + -에(부조, 위치) + -ㅅ(-의: 관조) ※ '法性(법성)'은 법의 체성(體性)이라는 뜻으로, 만유의 실체나 우주의 모든 현상이 지니고 있는 진실 불변한 본성이다. ※ '法性엣'은 '法性(법성)을 갖춘'으로 의역하여 옮긴다.

51) 妙身: 묘신. 말할 수 없이 빼어나고 훌륭한 몸이다.

子_쭝善_쎤女_녕人_신이 如_셩來_링滅_몋
度_뚱혼 後_훙에 이 經_경을 바다 디녀
거나 외오거나 사겨 니르거나 쓰거나
호면 千_천二_싱百_뵉 意_힁功_공德_득을
得_득호리니 이 淸_쳥淨_쪙혼 意_힁根_곤
ᄋ로혼 偈_꼥혼 句_궁를드러도그지업
스며섬슨ᄠᅳᆮᄉᄆ슬알리니이ᄠᅳᆮ
알오 能_능히 혼 句_궁혼 偈_꼥를불어닐

善女人(선여인)이 如來(여래)가 滅度(멸도)한 後(후)에 이 經(경)을 받아 지녀 읽거나 외우거나 새겨 이르거나 하면, 千二百(천이백) 意功德(의공덕)을 得(득)하겠으니, 이 淸靜(청정)한 意根(의근)으로 한 偈(게)와 한 句(구)를 들어도 그지없으며 가없는 뜻을 꿰뚫어서 알겠으니, 이 뜻을 알고 能(능)히 한 句(구)와 한 偈(게)를 퍼뜨려 일러,

善_쎤女_녕人_신이 如_셩來_링 滅_몊度_똥ㅎ⁵²⁾ 後_흫에 이 經_경을 바다 디녀 닑거나 외오거나 사겨 니르거나 쓰거나 ㅎ면 千_천二_싱百_빅 意_힁功_공德_득⁵³⁾을 得_득ㅎ리니 이 淸_청淨_쪙ㅎ 意_힁根_근⁵⁴⁾으로 ㅎ 偈_꼥⁵⁵⁾ ㅎ 句_궁⁵⁶⁾를 드러도 그지업스며⁵⁷⁾ ᄀᆞᆺ업슨⁵⁸⁾ ᄠ들 ᄉᆞᄆᆞᆺ⁵⁹⁾ 알리니 이 ᄠ들 알오 能_능히 ᄒᆞᆫ 句_궁 ᄒᆞᆫ 偈_꼥를 불어 닐어

---

52) 滅度ㅎ: 滅度ㅎ[멸도하다: 滅度(멸도: 명사) + -ㅎ(동접)-]- + -Ø(과시)- + -ㄴ(관전) ※ '滅度(멸도)'는 승려가 죽는 것이다.

53) 意功德: 의공덕. 생각으로 짓는 공덕이다.

54) 意根: 의근. 육근(六根)의 하나로서, 온갖 마음의 작용을 이끌어 내는 근거를 이른다. 곧, 마음에 의해서 인식(認識) 작용(作用)이 행해질 때에 의지(意志)하는 근거(根據)가 되는 기관(器官)이다.

55) 偈: 게. 부처의 공덕이나 가르침을 찬탄하는 노래 글귀이다.(= 가타, 伽陀)

56) 句: 구. 부처의 공덕이나 가르침을 찬탄하는 노래인 가타(伽陀)의 글귀이다. 네 구(句)를 한 게(偈)로, 다섯 자나 일곱 자를 한 구로 하여 한시(漢詩)처럼 짓는다.

57) 그지업스며: 그지없[그지없다, 無量: 그지(끝, 한도, 限: 명사) + 없(없다, 無: 형사)-]- + -으며(연어, 나열)

58) ᄀᆞᆺ업슨: ᄀᆞᆺ없[가없다, 無邊: ᄀᆞ(가, 邊: 명사) + 없(없다, 無)-]- + -Ø(현시)- + -은(관전)

59) ᄉᆞᄆᆞᆺ: [꿰뚫어, 통달하여(부사): ᄉᆞᄆᆞᆺ(← ᄉᆞᄆᆞᆾ다: 꿰뚫다, 貫, 동사)- + -Ø(부접)]

어ᄒᆞ도ᄂᆞ도ᄒᆞᄒᆡ예니르리몰옷니르
논法ᆸ·이意·힁趣·츙를조차다實·씷相
:샹·애그릇디아니ᄒᆞ며世·솅俗·쑉經경
書셩·ㅣ며世·솅間간ᄋᆞ을마리며正·졍法ᆸ
·계사롤·일돌홀닐어·도다ᄉᆞ를마리며·싱
·에順쓘·ᄒᆞ며三삼千천大·땡千천世·솅
界·갱옛六·륙趣·츙衆·즁生싱·이모ᄉᆞᆷ
行ᄒᆡᆼ·ᄒᆞ욤과ᄆᆞ·ᄉᆞᆷ앳動·똥作·작·ᄒᆞ욤과

한 달 넉 달 한 해에 이르도록 모든 이르는 法(법)이 意趣(의취)를 좇아서 다 實相(실상)에 어그러지지 아니하며, 世俗(세속)의 經書(경서)이며 世間(세간)을 다스릴 말이며 생계(生計)를 꾸릴 일들을 일러도 다 正(정)한 法(법)에 順(순)하며, 三千大千世界(삼천대천세계)에 있는 六趣(육취)의 衆生(중생)이 마음에서 行(행)하는 것과 마음에서 動作(동작)하는 것과

한 들 넉 들 한 히예⁶⁰⁾ 니르리 믈읫 니르논⁶¹⁾ 法_법이 意_힁趣_츙⁶²⁾를 조차 다 實_씷相_샹⁶³⁾애 그릇디⁶⁴⁾ 아니ᄒ며 世_셍俗_쑉 經_경書_셩ㅣ며⁶⁵⁾ 世_셍間_간 다ᄉ룔⁶⁶⁾ 마리며 싱계⁶⁷⁾ 사룔⁶⁸⁾ 일돌홀⁶⁹⁾ 닐어도⁷⁰⁾ 다 正_졍한 法_법에 順_쓘ᄒ며 三_삼千_쳔大_땡千_쳔世_셍界_갱옛 六_륙趣_츙⁷¹⁾ 衆_즁生_싱이⁷²⁾ ᄆᅀ맷⁷³⁾ 行_행ᄒ욤과⁷⁴⁾ ᄆᅀ맷 動_똥作_작ᄒ욤과⁷⁵⁾

---

60) 히예: 히(해, 歲) + -예(← -에: 부조, 위치)

61) 니르논: 니르(이르다, 說)- + -ㄴ(← -ᄂᆞ-: 현시)- + -오(대상)- + -ㄴ(관전)

62) 意趣: 의취. 의지와 취향을 아울러 이르는 말이다.

63) 實相: 실상. 모든 것의 있는 그대로의 참모습이다.

64) 그릇디: 그릇[← 그릇ᄒ다(어그러지다, 違背): 그릇(그릇, 違: 부사) + -ᄒ(동접)-]- + -디(-지: 연어, 부정)

65) 經書ㅣ며: 經書(경서) + -ㅣ며(← -이며: 접조) ※ '經書(경서)'는 옛 성현들이 사상과 교리를 써 놓은 책이다. 여기서는 논어, 맹자, 시경, 서경 등 유교의 경전을 이른다.

66) 다ᄉ룔: 다스리[다스리다, 治: 다ᄉᆞᆯ(다스러지다, 治: 자동)- + -이(사접)-]- + -오(대상)- + -ㄹ(관전)

67) 싱계: 생계(生計), 생업(生業).

68) 사룔: 살(살다, 영위하다, 資)- + -오(대상)- + -ㄹ(관전) ※ '싱계 사룔'은 '생계를 꾸릴'로 의역하여 옮긴다.

69) 일돌홀 : 일돌ㅎ[일들, 業等: 일(일, 業) + -둘ㅎ(-들: 等, 복접)] + -을(목조)

70) 닐어도: 닐(← 니르다: 이르다, 說)- + -어도(연어, 양보)

71) 六趣: 육취. 불교에서 중생이 깨달음을 증득하지 못하고 윤회할 때에 자신이 지은 업(業)에 따라 태어나는 세계를 6가지로 나눈 것이다. 악업(惡業)을 쌓은 사람이 가는 '지옥도(地獄道)·아귀도(餓鬼道)·축생도(畜生道)'와 선업(善業)을 쌓은 사람이 가는 '아수라도(阿修羅道)·인간도(人間道)·천상도(天上道)'가 있다.

72) 衆生이: 衆生(중생) + -이(관조, 의미상 주격)

73) ᄆᅀ맷: ᄆᅀᆞᆷ(마음, 心) + -애(-에: 부조, 위치) + -ㅅ(-의: 관조) ※ 'ᄆᅀ맷'은 '마음에서'로 의역하여 옮긴다.

74) 行ᄒ욤과: 行ᄒ[행하다: 行(행: 불어) + -ᄒ(동접)-]- + -욤(← -옴: 명전) + -과(접조)

75) 動作ᄒ욤과: 動作ᄒ[동작하다: 動作(동작: 명사) + -ᄒ(동접)-]- + -욤(← -옴: 명전) + -과(접조)

마음에서 하는 戲論(희론)을 다 알겠으니【行(행)하는 것은 보통의 일을 좇아 하
는 마음이요, 動作(동작)은 感動(감동)하여 고쳐서 되는 마음이요, 戲論(희론)은 놀이하
여 議論(의논)하는 것이니 가려서 헤아리는 正(정)하지 못한 마음이다.】비록 無漏智
慧(무루지혜)를 得(득)하지 못하여도 意根(의근)이 淸淨(청정)한 것이 이러하
므로, 이 사람이 생각하며 헤아리며 이르는 말이 다 부처의 法(법)이라서
아니 眞實(진실)한 것이 없으며, 또 先佛(선불)의

ᄆᆞᅀᄆᆡ 戲ᅘᅱ論론⁷⁶⁾을 다 알리니【行ᅘᅧᆼᄒᆞ요ᄆᆞᆫ 샹녯 이ᄅᆞᆯ 조차 ᄒᆞᄂᆞᆫ ᄆᆞᅀᄆᆡ오
動똥作작ᄋᆞᆫ 感감動똥ᄒᆞ야 고텨⁷⁷⁾ ᄃᆞ외ᄂᆞᆫ ᄆᆞᅀᄆᆡ오 戲ᅘᅱ論론ᄋᆞᆫ 노릇ᄒᆞ야⁷⁸⁾ 議ᅙᅴ論론
ᄒᆞᆯ 씨니 ᄀᆞᆯᄒᆞ야⁷⁹⁾ 혜아리ᄂᆞᆫ⁸⁰⁾ 正정티⁸¹⁾ 몯ᄒᆞᆫ ᄆᆞᅀᄆᆡ라】 비록 無뭉漏ᄅᆔᆼ智딩慧ᅘᆒ⁸²⁾
ᄅᆞᆯ 得득디 몯ᄒᆞ야도 意ᅙᅵᆼ根근이⁸³⁾ 淸청淨쪙호미 이러ᄒᆞᆯ씨 이 사ᄅᆞᄆᆡ⁸⁴⁾
ᄉᆞ랑ᄒᆞ며 혜아리며 니르는 마리 다 부텻 法법이라⁸⁵⁾ 아니 眞진實씷ᄒᆞ
니⁸⁶⁾ 업스며 ᄯᅩ 先션佛뿛ㅅ⁸⁷⁾

---

76) 戲論: 놀이 삼아 의논(議論)한다는 것이니, 부질없이 희롱하는 아무 뜻도 이익도 없는 말이다.

77) 고텨: 고티[고치다, 改: 곧(곧다, 直: 형사)- + -히(사접)-] + -어(연어)

78) 노릇ᄒᆞ야: 노릇ᄒᆞ[놀이하다, 戱: 놀(놀다, 戱: 동사)- + -읏(명접) + -ᄒᆞ(동접)-] + -야(←-아: 연어)

79) ᄀᆞᆯᄒᆞ야: ᄀᆞᆯᄒᆞ이[← ᄀᆞᆯᄒᆡ다: 가리다, 분별하다, 分別)- + -아(연어)

80) 혜아리ᄂᆞᆫ: 혜아리(혜아리다, 量)- + -ᄂᆞ(현시)- + -ㄴ(관전)

81) 正티: 正ᄒᆞ[← 正ᄒᆞ(정하다, 바르다): 正(정: 불어) + -ᄒᆞ(형접)-] + -디(-지: 연어, 부정)

82) 無漏智慧: 무루지혜. 모든 번뇌(煩惱)를 떠난 청정한 지혜(智慧)이다.

83) 意根이: 意根(의근) + -이(관조, 의미상 주격)

84) 사ᄅᆞᄆᆡ: 사ᄅᆞᆷ(사람, 人) + -ᄋᆡ(관조, 의미상 주격)

85) 法이라: 法(법) + -이(서조)- + -Ø(현시)- + -라(←-아: 연어)

86) 眞實ᄒᆞ니: 眞實ᄒᆞ[진실하다: 眞實(진실: 명사) + -ᄒᆞ(형접)-] + -Ø(현시)- + -ㄴ(관전) # 이(이, 것, 者: 의명) + -Ø(←-이: 주조)

87) 先佛ㅅ: 先佛(선불) + -ㅅ(-의: 관조) ※ '先佛(선불)'은 석가모니불 이전의 부처이다.

經듕에 니ᄅᆞ샨 배리라【先佛은 몬졋 부톄라 잇ᄭᆞ자ᇰ 法師功德品이니 몬졋 隨喜功德品은 다ᄉᆞᆺ 法師ㅅ 中에 ᄒᆞ나ᄒᆞᆯ 得ᄒᆞ고 一心ᄋᆞ로 드러 닐그며 말다ᄫᅵ 修行호ᄆᆞᆯ 몯ᄒᆞᄂᆞ니 功이 圓티 몯ᄒᆞ고 비록 根과 智왜 ᄀᆞ자 이쇼ᄆᆞᆯ 得ᄒᆞ야도 六千 報애 몯 미츠니 德이 圓티 몯ᄒᆞ니라 이 品ㅅ 사ᄅᆞ미 다ᄉᆞᆺ 功이 ᄀᆞ자 이시며 六千 德이 圓ᄒᆞ야 바다 직홀 씨 法師ㅣ라 ᄒᆞ야 圓持功德이 ᄃᆞ외니라 몬졋 法師品은 經 디닐 싸ᄅᆞᄆᆞᆯ 브터 圓記ᄅᆞᆯ 나토시고 이 法師品은 經】

經(경) 中(중)에 (이미) 이르신 바이리라. 【先佛(선불)은 먼저의 부처이다. 이까지는 法師功德品(법사공덕품)이니, 먼저의 隨喜功德品(수희공덕품)은 다섯 가지의 法師(법사) (중)에 하나를 得(득)하고 一心(일심)으로 들어서 읽으며 말대로 修行(수행)하는 것을 못하니 功(공)이 圓(원)하지 못하고, 비록 根(근)과 智(지)가 갖추어져 있음을 得(득)하여도 六千(육천)의 報(보)에 못 미치니 德(덕)이 圓(원)하지 못하니라. 이 品(품)의 사람은 다섯 가지의 功(공)이 갖추어져 있으며, 六千(육천)의 德(덕)이 圓(원)하여 본받음직하므로, 法師(법사)라 하여 圓持功德(원지공덕)이 되었니라. 먼저의 法師品(법사품)은 經(경)을 지니는 사람을 말미암아 圓記(원기)를 나타내시고, 이 法師品(법사품)은 經(경) □□□□□□□□□□ …… (※ 이하 내용은 원문이 훼손되어서 알 수 없음.)

經경 中듕에 니르샨 배리라⁸⁸⁾【先션佛뿛은 몬져⁸⁹⁾ 부톄라 잇 ᄀᆞ자ᇰ⁹⁰⁾ 法법師ᄉᆞ功공德득品픔이니 몬졋 隨쒸喜희功공德득品픔은 다ᄉᆞᆺ 가짓 法법師ᄉᆞ⁹¹⁾애 ᄒᆞ나ᄒᆞᆯ 得득ᄒᆞ고 一ᅙᅵᇙ心심ᄋᆞ로 드러 닐그며 말 다히⁹²⁾ 修슈行ᅘᅢᇰ호ᄆᆞᆯ⁹³⁾ 몯ᄒᆞ니 功공이 圓원티⁹⁴⁾ 몯ᄒᆞ고 비록 根ᄀᆞᆫ과 智딩왜⁹⁵⁾ ᄀᆞ조ᄆᆞᆯ⁹⁶⁾ 得득ᄒᆞ야도 六륙千쳔 報ᄫᅮᇢ⁹⁷⁾애 몯 미츠니⁹⁸⁾ 德득이 圓원티 몯ᄒᆞ니라 이 品픔 싸ᄅᆞᄆᆞᆫ⁹⁹⁾ 다ᄉᆞᆺ 가짓 功공이 ᄀᆞ즈며 六륙千쳔 德득이 圓원ᄒᆞ야 法법바담직¹⁾ 홀씨 法법師ᄉᆞㅣ라 ᄒᆞ야 圓원持띵功공德득²⁾이 ᄃᆞ외니라 몬졋 法법師ᄉᆞ品픔은 經경 디니ᄂᆞᆫ 사ᄅᆞᄆᆞᆯ 브터³⁾ 圓원記긩⁴⁾를 나토시고⁵⁾ 이 法법師ᄉᆞ品픔은 經경

---

88) 배리라: 바(바, 所) + -ㅣ(← -이-: 서조)- + -리(미시)- + -라(← -다: 평종)

89) 몬져: 먼저, 先.

90) 잇 ᄀᆞ자ᇰ은: 이(이, 이것, 此: 지대, 정칭) + -ㅅ(-의: 관조) # ᄀᆞ장(-까지: 의명) + -은(보조사, 주제)

91) 다ᄉᆞᆺ 가짓 法師: 다섯 가지의 법사(dharma-bhanaka)이다. 불법에 통달하고 언제나 청정한 수행을 닦아 남의 스승이 되어 사람을 교화하는 승려이다. '수지(受持)·독(讀)·송(誦)·해설(解說)·서사(書寫)'의 역할을 수행하는 법사를 '오종법사(五種法師)'라고 부른다.

92) 다히: 대로(의명)

93) 修行호ᄆᆞᆯ: 修行ᄒᆞ[← 修行ᄒᆞ다(수행하다): 修行(수행: 명사) + -ᄒᆞ(동접)-]- + -옴(명전) + -ᄋᆞᆯ(목조)

94) 圓티: 圓ᄒᆞ[← 圓ᄒᆞ다(원하다, 온전하다): 圓(원: 명사) + -ᄒᆞ(형접)-]- + -디(-지: 연어, 부정)

95) 智왜: 智(지) + -와(접조) + -ㅣ(← -이: 주조)

96) ᄀᆞ조ᄆᆞᆯ: ᄀᆞᆽ(갖추어져 있다, 具)- + -옴(명전) + -ᄋᆞᆯ(목조)

97) 報: 보. 어떠한 일의 원인에 대한 결과이다.

98) 미츠니: 및(미치다, 及)- + -으니(연어, 설명 계속)

99) 品 싸ᄅᆞᄆᆞᆫ: 品(품) + -ㅅ(-의: 관조) # 싸ᄅᆞᆷ(← 사ᄅᆞᆷ: 사람, 人) + -은(보조사, 주제) ※ '品(품)'은 품계의 순위를 나타내던 말이다.

1) 法바담직[法받본받다: 法(법, 본) + 받(받다, 受)-]- + -암직(-음직: 연어, 가치)

2) 圓持功德: 원지공덕. 온전하게 갖추어서 지니는 공덕이다.

3) 브터: 븥(붙다, 말미암다, 附)- + -어(연어)

4) 圓記: 원기. 온전한 기록(記錄)이다.

5) 나토시고: 나토[나타내다, 現: 낟(나타나다, 現: 자동)- + -호(사접)-]- + -시(주높)- + -고(연어, 나열)

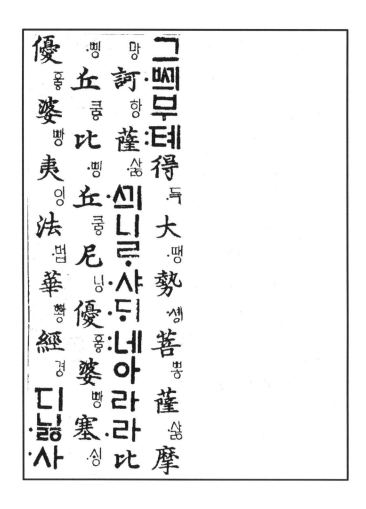

[**第二十 常不輕菩薩品**(제이십 상불경보살품)] 그때에 부처가 得大勢菩薩(득
대세보살) 摩訶薩(마하살)께 이르시되, "네가 알아라. 比丘(비구)·比丘尼(비구
니)·優婆塞(우바새)·優婆夷(우바이)로서 法華經(법화경)을 지닐 사람을

그 쁴 부톄 得_득大_땡勢_솅菩_뽕薩_삻⁶⁾ 摩_망訶_항薩_삻끠⁷⁾ 니ᄅ샤ᄃᆡ 네 아라라⁸⁾

比_삥丘_쿨 比_삥丘_쿨尼_닝 優_{ᅙᅮᇢ}婆_뺑塞_싱 優_{ᅙᅮᇢ}婆_뺑夷_잉⁹⁾ 法_법華_{ᅘᅪᇰ}經_경 디닗¹⁰⁾

사ᄅᆞᆷ 믈

---

6) 得大勢菩薩: 득대세보살. 미타 삼존(彌陀三尊)의 하나로서 아미타불(阿彌陀佛)의 오른쪽 보처(補處)이다. 지혜(智慧) 광명이 모든 중생(衆生)에게 비치도록 하는 보살이다.(= 대세지보살, 大勢至菩薩)

7) 摩訶薩끠: 摩訶薩(마하살) + -끠(-께: 부조, 상대, 높임) ※ '摩訶薩(마하살)'은 '보살(菩薩)'을 아름답게 이르는 말이다.

8) 아라라: 알(알다, 知)- + -아(확인)- + -라(명종, 아주 낮춤)

9) 優婆夷: 優婆夷(우바이)+ -∅(←-이: 주조)

10) 디닗: 디니(지니다, 持)- + -ㅭ(관전)

아무나 모진 입으로 꾸짖어 비웃으면 큰 罪報(죄보)를 얻는 것이 앞서 말한 바와 같으며, 得(득)한 功德(공덕)도 아까 이른 듯하여, '眼(안)·耳(이)·鼻(비)·舌(설)·身(신)·意(의)'가 淸淨(청정)하겠으니, 得大勢(득대세)여, 옛날에 無量無邊(무량무변)하고 不可思議(불가사의)한 阿僧祇(아승기)의 劫(겁)을 지내어 부처가 계시되, 이름이 威音王如來(위음왕여래)·應供(응공)·

아뫼나¹¹⁾ 모딘 이브로¹²⁾ 구지저¹³⁾ 비우스면¹⁴⁾ 큰 罪_쬥報_봏¹⁵⁾ 어두미¹⁶⁾

몬져 니르듯¹⁷⁾ ᄒ며 得_득혼 功_공德_득도 앳가¹⁸⁾ 니르듯 ᄒ야 眼_안耳_{ᅀᅵᆼ}鼻_뼹

舌_쎯身_신意_힁¹⁹⁾ 淸_쳥淨_쪙ᄒ리니 得_득大_땡勢_솅여 녜²⁰⁾ 無_뭉量_량無_뭉邊_변²¹⁾ 不

_붏可_캉思_{ᄉᆞᆼ}議_읭²²⁾ 阿_항僧_승祇_낑²³⁾ 劫_겁²⁴⁾ 디내야²⁵⁾ 부톄 겨샤ᄃᆡ²⁶⁾ 일후미

威_휭音_{ᅙᅳᆷ}王_왕如_셩來_링²⁷⁾ 應_{ᅙᅳᆼ}供_공²⁸⁾

---

11) 아뫼나: 아모(아무, 某: 인대, 부정칭) + -ㅣ 나(←-이나: 보조사, 선택)

12) 이브로: 입(입, 口) + -으로(부조, 방편)

13) 구지저: 구짖(꾸짖다, 罵)- + -어(연어)

14) 비우스면: 비웃[←비웃다, 불(비웃다, 弄): 비(비-: 접두)- + 웃(웃다, 笑)-]- + -으면(연어, 조건)

15) 罪報: 죄보. 죄업(罪業)에 따른 응보(應報)이다.

16) 어두미: 얻(얻다, 得)- + -움(명전) + -이(주조)

17) 니르듯 ᄒ며: 니르(이르다, 說)- + -듯(-듯: 연어, 흡사) # ᄒ(하다: 보용)- + -며(연어, 나열) ※ '몬져 니르듯 ᄒ며'는 『묘법연화경』에 기술된 '如前所說'을 직역한 것인데, '앞에서 말한 바와 같으며'의 뜻으로 쓰였다.

18) 앳가: 아까, 前(부사)

19) 眼耳鼻舌身意: 眼耳鼻舌身意(안이비설신의) + -∅(←-이: 주조) ※ '眼耳鼻舌身意(안이비설신의)'는 '눈, 귀, 코, 혀, 몸, 뜻'이다.

20) 녜: 옛날, 昔.

21) 無量無邊: 무량무변. 헤아릴 수 없고 끝도 없이 많음을 이르는 말이다.

22) 不可思議: 불가사의. 사람의 생각으로는 미루어 헤아릴 수 없이 이상하고 야릇한 것이다.

23) 阿僧祇: 아승기. 항하사(恒河沙)의 만 배가 되는 수. 또는 그런 수의. 즉 10의 56승을 이른다.

24) 劫: 겁. 어떤 시간의 단위로도 계산할 수 없는 무한히 긴 시간이다. 하늘과 땅이 한 번 개벽한 때에서부터 다음 개벽할 때까지의 동안이라는 뜻이다.

25) 디내야: 디내[지내다, 過: 디나(지나다, 過: 타동)-.+-ㅣ(←-이-: 사접)-]- + -야(←-아: 연어)

26) 겨샤ᄃᆡ: 겨샤(←겨시다: 계시다, 有)- + -ᄃᆡ(←-오ᄃᆡ: -되, 연어, 설명 계속)

27) 威音王如來: 위음왕여래. 부처님을 가리키는 칭호 가운데의 하나이다. 위음왕(威音王)이란 부처님의 가르침이 주위의 사람들을 크게 감화시켰다는 뜻이다. 곧 정법(正法)이 왕성하게 퍼지고 지켜졌다는 뜻으로 쓰였다. 그리고 '如來(여래)'는 지금까지의 부처들과 같은 길을 걸어서 열반의 피안(彼岸)에 간 사람, 또는 진리에 도달한 사람이라는 뜻이 된다.

28) 應供: 응공(arhat). 석가여래의 10가지 칭호 가운데의 하나이다. 온갖 번뇌를 끊어서 인간, 천상의 모든 중생으로부터 공양을 받을 만한 사람이라는 뜻이다.

供(공) 正(졍) 通(통) 智(디) 明(명) 行(ᅘᆼ) 足(죡)
善(쎤) 逝(쎵) 世(솅) 間(간) 解(ᅘᆡᆼ) 無(뭉) 上(쌍) 士(ᄊᆼ)
佛(ᄤᆯ) 調(ᄄᆛ) 御(엉) 丈(ᄠᅡᆼ) 夫(붕) 天(텬) 人(신) 師(ᄉᆼ)
離(링) 世(솅) 尊(존) 이러시니 劫(겁) 일후ᄆᆫ
衰(싱) 오나랏 일후ᄆᆫ 大(땡) 成(쎵) 이러뉘예 이
러라 그 威(힁) 音(ᅙᆷ) 王(왕) 佛(ᄤᆯ) 이 뎌
世(솅) 예 天(텬) 人(신) 阿(항) 修(슘) 羅(랑) 위ᄒᆞ야 說
法(법) ᄒᆞ샤ᄃᆡ 聲(셩) 聞(문) 求(꿀) ᄒᆞ리 위

正編知(정변지)·明行足(명행족)·善逝(선서)·世間解(세간해)·無上士(무상사)·調御丈夫(조어장부)·天人師(천인사)·佛世尊(불세존)이시더니, 劫(겁)의 이름은 離衰(이쇠)이요 나라의 이름은 大成(대성)이더라. 그 威音王佛(위음왕불)이 저 세상에서 天人(천인)과 阿修羅(아수라)를 위하여 說法(설법)하시되, 聲聞(성문)을 求(구)하는 이를 위해서는

正정偏변知딩²⁹⁾ 明명行행足죡³⁰⁾ 善쎤逝쎙³¹⁾ 世솅間간解행³²⁾ 無뭉上쌍士쑹³³⁾ 調뚈御엉丈땅夫붕³⁴⁾ 天텬人신師ᄉᆞᆼ³⁵⁾ 佛뿛世솅尊존이러시니³⁶⁾ 劫겁 일후믄 離링衰쉉오³⁷⁾ 나랏 일후믄 大땡成쎵이러라³⁸⁾ 그 威륑音ᅙᅳᆷ王왕佛뿛이 뎌³⁹⁾ 뉘예셔⁴⁰⁾ 天텬人신⁴¹⁾ 阿ᅙ᷑修슝羅랑⁴²⁾ 위ᄒᆞ야 說쉃法법ᄒᆞ샤ᄃᆡ 聲셩聞문 求꿀ᄒᆞ리⁴³⁾ 위ᄒᆞ샨⁴⁴⁾

---

29) 正偏知: 정변지. 온 세상의 모든 일을 모르는 것 없이 바로 안다는 뜻이다.

30) 明行足: 명행족. 삼명(三明)의 신통한 지혜와 육도만행(六度萬行)을 갖추었다는 뜻이다. ※ '삼명(三明)'은 아라한(阿羅漢)이 가지고 있는 세 가지 지혜로서, 숙명명(宿命明), 천안명(天眼明), 누진명(漏盡明)을 이른다. 그리고 '육도만행(六度萬行)'은 보살이 육바라밀(六波羅密)을 완전하고 원만하게 수행하는 일이다.

31) 善逝: 선서. 잘 가신 분이라는 뜻으로, 피안(彼岸)에 가서 다시는 이 세상에 돌아오지 않는다고 하여 이렇게 이른다.

32) 世間解: 세간해. 세상의 모든 것을 안다는 뜻이다.

33) 無上士: 무상사. 정(情)을 가진 존재 가운데 가장 높아서 그 위가 없는 대사라는 뜻이다.

34) 調御丈夫: 조어장부. 중생을 잘 이끌어 가르치는 사람이라는 뜻이다.

35) 天人師: 천인사. 하늘과 인간 세상의 모든 중생들의 스승이라는 뜻이다.

36) 佛世尊이러시니: 佛世尊(불세존) + -이(서조)- + -러(← -더-: 회상)- + -시(주높)- + -니(연어, 설명 계속) ※ '佛(불)'은 진리를 깨달은 사람을 뜻하며, '世尊(세존)' 세상에서 가장 존귀하다는 뜻이다. 따라서 '불세존'은 진리를 깨달아서 세상에서 가장 존귀한 자라는 뜻이다.

37) 離衰오: 離衰(이쉬, 劫의 이름) + -Ø(← -이-: 서조)- + -오(← -고: 연어, 나열)

38) 大成이러라: 大成(대성) + -이(서조)- + -러(← -더-: 회상)- + -라(← -다: 평종)

39) 뎌: 저, 彼(관사, 지시, 정칭)

40) 뉘예셔: 뉘(누리, 世) + -예(← -에: 부조, 위치) + -셔(-서: 보조사, 위치 강조)

41) 天人: 천인. 천신(天神)과 사람을 아울러 이르는 말이다.

42) 阿修羅: 아수라. 팔부중(八部衆)의 하나이다. 싸우기를 좋아하는 귀신으로, 항상 제석천(帝釋天)과 싸움을 벌인다.

43) 求ᄒᆞ리: 求ᄒᆞ[구하다: 求(구: 불어) + -ᄒᆞ(동접)-]- + -ㄹ(관전) # 이(이, 者: 의명)

44) 위ᄒᆞ샨: 위ᄒᆞ[위하다, 爲: 위(위, 爲: 불어) + -ᄒᆞ(동접)-]- + -샤(← -시-: 주높)- + -Ø(← -오-: 대상)- + -ㄴ(← -ᄂᆞ: 보조사, 주제)

ᅙᅡᆫ四諸法을니르·샤生老
病死ᄅᆞᆯ걷나아究竟涅槃
ᄅᆞᆯ건나아究·위ᄒᆞ시ᄂᆞ辟支佛求ᄒ
·리·위ᄒᆞᆫ十二因緣法을
니르·시며菩薩ᄃᆞᆯ·위ᄒᆞ샨阿耨
ᄋᆞᆯ니르·샤究竟佛
·룸ᄒᆞ샤六波羅蜜法
多羅三藐三菩提

四諦法(사제법)을 이르시어 生老病死(생로병사)를 건너 究竟涅槃(구경열반)하게 하시고, 辟支佛(벽지불)을 求(구)하는 이를 위해서는 十二因緣法(십이인연법)을 이르시며, 菩薩(보살)들을 위해서는 阿耨多羅三藐三菩提(아뇩다라삼막삼보리)를 因(인)하시어 六波羅蜜法(육바라밀법)을 이르시어 究竟佛慧(구경불혜)하게 하시더니,

四_숭諦_뎅法_법⁴⁵⁾을 니르샤 生_싱老_롤病_뼝死_숭를 걷나아⁴⁶⁾ 究_귷竟_겅涅_넗槃_빤케⁴⁷⁾ ᄒ시고 辟_벽支_징佛_뿛⁴⁸⁾ 求_꿓ᄒ리 위ᄒ샨 十_씹二_싱因_힌緣_원法_법⁴⁹⁾을 니르시며 菩_뽕薩_삻들 위ᄒ샨 阿_항耨_녹多_당羅_랑三_삼藐_막三_삼菩_뽕提_뗑⁵⁰⁾를 因_힌ᄒ샤 六_륙波_방羅_랑蜜_밇法_법⁵¹⁾을 니르샤 究_귷竟_겅佛_뿛慧_쀙케⁵²⁾ ᄒ더시니

---

45) 四諦法: 사제법. 인생의 모든 문제와 그 해결 방법에 대한 네 가지의 근본 진리를 의미하는데, '고(苦)·집(集)·멸(滅)·도(道)'의 네 가지 진리로 구성되어 있다. '고(苦)'는 현세에서의 삶은 곧 고통이라고 하는 진리를 이른다. '집(集)'은 모여서 일어나거나 일어나는 원인을 이르는데, 번뇌가 모인 까닭으로 더러움에 물든 상태이다. '멸(滅)'은 불어서 불을 끄듯, 탐욕(貪)과 노여움(瞋)과 어리석음(癡)이 소멸된 열반의 상태이다. '도(道)'는 고(苦)가 없는 경계로 나아가기 위하여 닦아야 하는 팔정도(八正道)이다. ※ '八正道(팔정도)'는 깨달음과 열반으로 이끄는 올바른 여덟 가지 길이다. 정견(正見), 정사유(正思惟), 정어(正語), 정업(正業), 정명(正命), 정정진(正精進), 정념(正念), 정정(正定)이다.

46) 걷나아: 걷나(건너다, 度)- + -아(연어)

47) 究竟涅槃케: 究竟涅槃ᄒ[← 究竟涅槃ᄒ다(구경열반하다): 究竟涅槃(구경열반: 명사) + -ᄒ(동접)-]- + -게(연어, 사동) ※ '究竟涅槃(구경열반)'은 가장 높은 경지에 이른 열반, 곧 부처의 경계를 이른다. ※ '究竟(구경)'은 마지막에 이른 경지로, 가장 지극한 깨달음의 뜻이다.

48) 辟支佛: 벽지불. 부처의 가르침에 기대지 않고 스스로 도를 깨달은 성자(聖者)이다.(= 緣覺)

49) 十二因緣法: 십이인연법. 범부로서의 인간의 괴로운 생존이 열두 가지 요소의 순차적인 상관 관계에 의한 것임을 설명한 것이다. 무명(無明), 행(行), 식(識), 명색(名色), 육입(六入), 촉(觸), 수(受), 애(愛), 취(取), (有), 생(生), 노사(老死) 등이 있다.

50) 阿耨多羅三藐三菩提: 아뇩다라삼먁삼보리. 일체의 진상을 모두 아는 부처님의 무상의 승지(勝地), 곧 무상정각(無上正覺)이다.

51) 六波羅蜜法: 육바라밀법. '六波羅蜜(육바라밀)'은 보살이 열반에 이르기 위해 실천해야 할 여섯 가지 덕목으로서, '보시(布施)·인욕(忍辱)·지계(持戒)·정진(精進)·선정(禪定)·지혜(智慧)'를 이른다.

52) 究竟佛慧케: 究竟佛慧ᄒ[← 究竟佛慧ᄒ다(구경불혜하다): 究竟佛慧(구경불혜: 명사) + -ᄒ(동접)-]- + -긔(-게: 연어, 사동) ※ '究竟佛慧(구경불혜)'는 가장 높은 경지의 부처님의 지혜이다. ※ '究竟佛慧케 ᄒ더시니'는 '究竟佛慧(구경불혜)에 이르게 하시더니'로 의역하여 옮긴다.

得大勢(득대세)여, 이 威音王佛(위음왕불)이 목숨이 四十萬億(사십만억) 那由
他(나유타) 恒河沙(항하사)의 劫(겁)이시고, 正法(정법)이 世間(세간)에 있는 것
은 (그) 劫(겁)의 數(수)가 한 閻浮提(염부제)의 微塵(미진) 만하고, 像法(상법)
이 世間(세간)에 있는 것은 (그) 劫(겁)의 數(수)가 四天下(사천하)의 微塵(미진)
만하더니, 그 부처가 滅度(멸도)하시고

得_득大_땡勢_셍여 이 威_휭音_흠王_왕佛_뿛이 목수미⁵³⁾ 四_승十_씹萬_먼億_흑 那_낭由_율他_탕⁵⁴⁾ 恒_흥河_행沙_상⁵⁵⁾ 劫_겁⁵⁶⁾이시고 正_정法_법⁵⁷⁾이 世_셍間_간애 이쇼ᄆᆞᆫ⁵⁸⁾ 劫_겁 數_숭ㅣ 흔 閻_염浮_뿔提_똉⁵⁹⁾ 微_밍塵_띤⁶⁰⁾ 만⁶¹⁾ ᄒᆞ고 像_썅法_법⁶²⁾이 世_셍間_간애 이쇼ᄆᆞᆫ 劫_겁 數_숭ㅣ 四_승天_텬下_행⁶³⁾ 微_밍塵_띤 만ᄒᆞ더니 그 부톄 滅_몉度_똥ᄒᆞ시고⁶⁴⁾

---

53) 목수미: 목숨[목숨, 壽: 목(목, 喉) + 숨(숨, 息)] + -이(주조)

54) 那由他: 아승기(阿僧祇)의 만 배가 되는 수(수사), 또는 그런 수의(관사). 즉, 10의 60승을 이른다.

55) 恒河沙: 항하사. 극(極)의 만 배가 되는 수(수사), 또는 그런 수의(관사). 즉, 10의 52승을 이른다.

56) 劫: 겁. 어떤 시간의 단위로도 계산할 수 없는 무한히 긴 시간이다. 하늘과 땅이 한 번 개벽한 때에서부터 다음 개벽할 때까지의 동안이라는 뜻이다.

57) 正法: 정법. 정법시(正法時)를 이른다. ※ '正法時(정법시)'는 삼시법(三時法)의 하나로서, 석가모니가 열반한 뒤에 오백 년 또는 천 년 동안이다. 교법(敎法)·수행(修行)·증과(證果)가 다 있어, 정법(正法)이 행하여진 시기이다.

58) 이쇼ᄆᆞᆫ: 이시(있다, 有)- + -옴(명전) + -ᄋᆞᆫ(보조사, 주제)

59) 閻浮提: 염부제. 사주(四洲)의 하나이다. 수미산 남쪽에 있다는 대륙으로, 인간들이 사는 곳이다.(= 섬부주, 贍部洲) ※ '四州(사주)'는 수미산을 중심으로 한 사방의 세계이다. 남쪽의 염부제(閻浮提, 贍部洲), 동쪽의 승신주(勝神洲), 서쪽의 우화주(牛貨洲), 북쪽의 구로주(俱盧洲)이다.

60) 微塵: 미진. 아주 작은 티끌이나 먼지이다. '염부제의 미진'은 '염부제를 모두 부수어서 생긴 티끌의 수효'를 말한다.

61) 만: 만(의명, 흡사)

62) 像法: 상법. 상법시(像法時)를 이른다. ※ '像法時(상법시)'는 삼시법의 하나이다. 정법시 다음의 천 년 동안이다. 이 동안에는 교법이 있기는 하지만 믿음이 형식으로만 흘러, 사찰과 탑을 세우는 데에만 힘쓰고 진실한 수행은 이루어지지 않으며 증과를 얻는 사람도 없다.

63) 四天下: 사천하. 수미산을 중심으로 한 사방의 세계이다. 남쪽의 섬부주(贍部洲), 동쪽의 승신주(勝神洲), 서쪽의 우화주(牛貨洲), 북쪽의 구로주(俱盧洲)이다.

64) 滅度ᄒᆞ시고: 滅度ᄒᆞ[멸도하다: 滅度(멸도: 명사) + -ᄒᆞ(동접)-]- + -시(주높)- + -고(연어, 계기) ※ '滅度(멸도)'는 승려가 죽는 것이다.(= 입적, 入寂)

고 正法·像法·이 다 업슨 後·에 이 國土·애 ·쏘 ·브·테·나·샤·디 ·쏘 弥 ·똥 正威音王如来 應供 공 正遍知明行足 ·善供 逝世間解無上士調 ·뚱御世丈夫天人師佛 ·世尊丈夫 이·러·시·니 ·이·야·오·로 次弟 명·로 二萬億 부·톄·겨·샤·디 ·다 호

正法(정법)·像法(상법)이 다 없어진 後(후)에 이 國土(국토)에 또 부처가 나시되, 또 號(호)를 威音王如來(위음왕여래)·應供(응공)·正遍知(정변지)·明行足(명행족)·善逝(선서)·世間解(세간해)·無上士(무상사)·調御丈夫(조어장부)·天人師(천인사)·佛世尊(불세존)이시더니, 이 모양으로 次第(차제, 차례)로 二萬億(이만억)의 부처가 겨시되 다 한

正_정法_법 像_썅法_법이 다 업슨⁶⁵⁾ 後_훃에 이 國_귁土_통애 쏘⁶⁶⁾ 부톄⁶⁷⁾ 나샤

디⁶⁸⁾ 쏘 號_홓⁶⁹⁾를 威_휭音_흠王_왕如_영來_링 應_흥供_공 正_정遍_변知_딩 明_명行_혱足

_죡 善_썬逝_쎙 世_솅間_간解_헿 無_뭉上_썅士_쑹 調_뜔御_엉丈_땅夫_붕 天_텬人_인師_승

佛_뿛世_솅尊_존이러시니⁷⁰⁾ 이 야ᅌᆞ로⁷¹⁾ 次_충第_똉로 二_싱萬_먼億_흑 부톄 겨샤

디 다⁷²⁾ 흔

---

65) 업슨: 없(없어지다, 滅盡: 동사)- + -Ø(과시)- + -은(관전)

66) 쏘: 또, 復(부사)

67) 부톄: 부텨(부처, 佛) + -ㅣ(← -이: 주조)

68) 나샤디: 나(나다, 出)- + -샤(← -시-: 주높)- + -디(← -오디: -되, 설명 계속)

69) 號: 호. 본명이나 자 이외에 쓰는 이름이다. 허물없이 쓰기 위하여 지은 이름이다.

70) 佛世尊이러시니: 佛世尊(불세존) + -이(서조)- + -러(← -더-: 회상)- + -시(주높)- + -니(연어, 설명 계속)

71) 야ᅌᆞ로: 양(양, 모양, 樣: 의명, 흡사) + -ᄋᆞ로(부조, 방편)

72) 다: [다, 皆(부사): 다(← 다ᄋᆞ다: 다하다, 盡, 동사)- + -아(연어 ▷ 부접)]

가짓 號·ㅣ러시다 믓 첫 威音王
如來 滅度ᄒᆞ샤 正法
업슨 後 像法 中에 增上
慢 比丘ㅣ 큰 勢力이 잇더
니 그쁴 ᄒᆞᆫ 菩薩 比丘ㅣ 일훔
이 常不輕이러라 得大勢
여 엇던 因緣으로 일훔을 常
不輕이라 ᄒᆞ야 뇨 이 比丘

가지의 號(호)이시더라. 가장 처음의 威音王如來(위음왕여래)가 滅度(멸도)하시어 正法(정법)이 없어진 後(후)에, 像法(상법) 中(중)에 增上慢(증상만)하는 比丘(비구)가 큰 勢力(세력)이 있더니, 그때에 한 菩薩(보살) 比丘(비구)가 이름이 常不輕(상불경)이더라. 得大勢(득대세)여! (이 보살 비구가) 어떤 因緣(인연)으로 이름을 常不經(상불경)이라 하였느냐? 이 比丘(비구)가 가짓 號_흫ㅣ러시다⁷³⁾ 못⁷⁴⁾ 첫 威_휭音_흠王_왕如_셩來_링 滅_멿度_똥ᄒᆞ샤 正_졍法_법 업슨 後_흫 像_썅法_법 中_{듀ᇰ}에 增_{즈ᇰ}上_썅慢_만⁷⁵⁾ 比_삥丘_쿨ㅣ 큰 勢_셍力_륵이 잇더니 그 ᄢᅴ⁷⁶⁾ ᄒᆞᆫ 菩_뽕薩_삻 比_삥丘_쿨ㅣ 일후미⁷⁷⁾ 常_쌍不_붏輕_켱이러라⁷⁸⁾ 得_득大_땡勢_셍여 엇던 因_힌緣_원으로 일후믈 常_쌍不_붏輕_켱이라 ᄒᆞ야뇨⁷⁹⁾ 이 比_삥丘_쿨ㅣ

---

73) 號ㅣ러시다: 號(호) + -ㅣ(←-이-: 서조)- + -러(←-더-: 회상)- + -시(주높)- + -다(평종)

74) 못: 가장, 最(부사)

75) 增上慢: 최상의 교법(敎法)과 깨달음을 얻지 못하고도 자신이 깨달음을 얻었다고 생각하여, 제가 잘난 체하는 거만(倨慢)이다. 곧, 자신(自身)을 가치(價値) 이상(以上)으로 생각하는 것이다.

76) ᄢᅴ: ᄢ(←ᄢ: 때, 時) + -의(-에: 부조, 위치)

77) 일후미: 일훔(이름, 名) + -이(주조)

78) 常不輕이러라: 常不輕(상불경) + -이(서조)- + -러(←-더-: 회상)- + -라(←-다: 평종) ※ '常不輕(상불경, Sadaparibhuta)'은 석가모니가 과거 인행(忍行)을 닦을 때의 이름인데, '남을 무시하거나 천시하지 않는 이'라는 뜻이다. 위음왕불 상법시대 말경에 나타나 경전을 독송하는 데 힘쓰지 않고 예배만 되풀이하며, 멀리 지나가는 사람을 보아도 곧 쫓아가서 절하고 찬송하였다. 이에 젠 체하는 사부 대중들은 그를 일러 '늘 공경하고 무시하지 않는다는 뜻'으로 상불경(常不輕)이라 하였다.

79) ᄒᆞ야뇨: ᄒᆞ(하다, 名)- + -Ø(과시)- + -야(-아-: 확인)- + -뇨(-냐: 의종, 설명)

이 比뼝輕켱比뼝丘쿻ㅣ 常썅不붏ㅣ라 比뼝丘쿻
比뼝丘쿻尼닝 나 優ᇢ婆빵塞ᅀᆞᆨ 나 優ᇢ
婆빵夷ᅌᅵ 나 보니마다 다 절ᄒᆞ고 讚ㆍ
잔嘆탄ᄒᆞ야 닐오ᄃᆡ 내 너희ᄃᆞᆯ
ᄀᆞ장 恭공敬경ᄒᆞ야 업시오ᄃᆞᆯ 아니ᄒᆞ노니
엇뎨어뇨 ᄒᆞ란ᄃᆡ 너희ᄃᆞᆯ히 다 菩뽕薩ㅅ
道뚱理링 行ᄒᆡᆼᄒᆞ야 당다이 부텨
ᄃᆞ외릴ᄊᆡ니라 이 比뼝丘쿻ㅣ 經경典뎐

【 이 比丘(비구)는 常不輕(상불경) 比丘(비구)이다. 】 比丘(비구)나 比丘尼(비구니)나 優婆塞(우바새)나 優婆夷(우바이)나 (자기가) 본 이(=사람)마다 다 절하고 讚嘆(찬탄)하여 이르되, "내 너희들을 매우 恭敬(공경)하여 업신여기지 아니하니, '(그것이) 어째서이냐?' 한다면 너희들이 다 菩薩(보살)의 道理(도리)를 行(행)하여 마땅히 부처가 될 것이기 때문이니라. 이 比丘(비구)가 經典(경전)

【이 比삥丘쿠ᇹ는 常쌍不부ᇙ輕켱 比삥丘쿠ᇹㅣ라】 比삥丘쿠ᇹㅣ나[80] 比삥丘쿠ᇹ尼닝나[81] 優ᅙᅮᇹ婆빵塞싱나 優ᅙᅮᇹ婆빵夷잉나 보니마다[82] 다 절ᄒᆞ고 讚잔嘆탄ᄒᆞ야 닐오ᄃᆡ 내 너희ᄃᆞᆯᄒᆞᆯ[83] ᄀᆞ장[84] 恭공敬경ᄒᆞ야 업시오ᄃᆞᆯ[85] 아니ᄒᆞ노니[86] 엇뎨어뇨[87] ᄒᆞ란ᄃᆡ[88] 너희ᄃᆞᆯ히 다 菩뽕薩사ᇙᄉ 道또ᇹ理링 行ᅘᅧᇰᄒᆞ야 당다이[89] 부텨 ᄃᆞ욀ᄊᆡ니라[90] 이 比삥丘쿠ᇹㅣ 經경典뎐[91]

---

80) 比丘ㅣ나: 比丘(비구) + -ㅣ나(-이나: 보조사, 선택)

81) 比丘尼나: 比丘尼(비구니) + -나(-이나: 보조사, 선택)

82) 보니마다: 보(보다, 見)- + -Ø(과시)- + -ㄴ(관전) # 이(이, 者: 의명) + -마다(보조사, 각자)

83) 너희ᄃᆞᆯᄒᆞᆯ: 너희ᄃᆞᆯᇂ[너희들, 汝等: 너(너, 汝: 인대, 2인칭) + -희(복접) + -ᄃᆞᆯᇂ(-들: 복접)] + -ᄋᆞᆯ(목조)

84) ᄀᆞ장: 매우, 甚(부사)

85) 업시오ᄃᆞᆯ: 업시오[업신여기다, 輕慢: 없(없다, 無: 형사)- + -이(사접)- + -오(← -ᄫᆞ-: 접미)-]- + -ᄃᆞᆯ(-지: 연어, 부정) ※ '업시오다'는 '업시ᄫᆞ다'의 '-ᄫᆞ-'가 '-오-'로 바뀐 형태이다.

86) 아니ᄒᆞ노니: 아니ᄒᆞ[아니하다, 不(보용, 부정): 아니(아니, 不: 부사, 부정) + ᄒᆞ(동접)-]- + -ㄴ(← -ᄂᆞ-: 현시)- + -오(화자)- + -니(연어, 설명 계속)

87) 엇뎨어뇨: 엇뎨(어째서, 何: 부사) + -Ø(← -이-: 서조)- + -어(← -거-: 확인)- + -뇨(-냐: 의종, 설명)

88) ᄒᆞ란ᄃᆡ: ᄒᆞ(하다, 曰)- + -란ᄃᆡ(-을진대, -을 것이면: 연어, 조건)

89) 당다이: [마땅히, 當(부사): 당당(마땅: 불어) + -Ø(← -ᄒᆞ-: 형접)- + -이(부접)]

90) ᄃᆞ욀ᄊᆡ니라: ᄃᆞ외(되다, 作)- + -ㄹᄊᆡ(-므로: 연어, 이유) + -ㅣ(← -이-: 서조)- + -Ø(현시)- + -니(원칙)- + -라(← -다: 평종) ※ 'ᄃᆞ욀ᄊᆡ니라'은 'ᄃᆞ외다'의 연결형인 'ᄃᆞ욀ᄊᆡ'에 서술격 조사인 '-이다'의 활용형이 실현된 특수한 형태이다. 여기서는 '되겠기 때문이니라'로 의역하여 옮긴다.

91) 經典: 경전. 종교의 교리를 적은 책이다. 여기서는 불경(佛經)을 뜻한다.

읽어 외우는 것을 專主(전주)하지 아니하고【專主(전주)는 온전히 爲主(위주)하는 것이다. 】오직 절하기를 하여, 四衆(사중)을 멀리서 보고도 또 일부러 가서 절하고, 讚嘆(찬탄)하여 이르되 "내가 너희들을 업신여기지 아니하니 너희들이 마땅히 부처가 되리라." 하더니, 四衆(사중)의 中(중)에 怒(노)한 마음을 낸 사람이 모진 입으로 꾸짖어 이르되 "이 智慧(지혜)가

닐거 외오ᄆᆞᆯ[92] 專ᅟᅯᆫ主즁ᄒᆞ야[93] 아니ᄒᆞ고【專ᅟᅯᆫ主즁는 오ᄋᆞ로[94] 爲윙主즁ᄒᆞᆯ 씨
라】 오직 절ᄒᆞ기를 ᄒᆞ야 四ᄉᆞᆼ衆즁을 머리셔[95] 보고도 ᄯᅩ 부러[96] 가
절ᄒᆞ고 讚ᅟᅡᆫ嘆탄ᄒᆞ야 닐오ᄃᆡ 내 너희ᄃᆞᆯᄒᆞᆯ 업시우디 아니ᄒᆞ노니[97] 너희
ᄃᆞᆯ히 다 당다이 부톄 ᄃᆞ외리라[98] ᄒᆞ더니 四ᄉᆞᆼ衆즁ㅅ[99] 中듀ᇰ에 怒노ᇰᄒᆞᆫ
ᄆᆞᅀᆞᆷ[1] 낸 사ᄅᆞ미 모딘 이브로[2] 구지저[3] 닐오ᄃᆡ 이 智딩慧ᅟᅨᆼ

---

92) 외오ᄆᆞᆯ: 외오(외우다, 誦)- + -ㅁ(←-옴: 명전) + -ᄋᆞᆯ(목조)

93) 專主ᄒᆞ야: 專主ᄒᆞ[전주하다: 專主(전주: 명사) + -ᄒᆞ(동접)-]- + -야(←-아: 연어) ※ '專主(전
주)'는 어떠한 일에 오로지 전념하는 것이다. ※ '專主ᄒᆞ야 아니ᄒᆞ고'는 '專主하지 아니하고'로
의역하여 옮긴다.

94) 오ᄋᆞ로: [온전히, 전적으로, 專(부사): 오ᄋᆞᆯ(온전하다, 全: 형사)- + -오(부접)]

95) 머리셔: 머리[멀리, 遠(부사): 멀(멀다, 遠: 형사)- + -이(부접)] + -셔(-서: 보조사, 위치 강조)

96) 부러: 부러, 일부러, 故(부사)

97) 아니ᄒᆞ노니: 아니ᄒᆞ[아니하다(보용, 부정): 아니(아니, 不: 부사, 부정) + -ᄒᆞ(동접)-]- + -ㄴ(←
-ᄂᆞ-: 현시)- + -오(화자)- + -니(연어, 설명 계속)

98) ᄃᆞ외리라: ᄃᆞ외(되다, 作)- + -리(미시)- + -라(←-다: 평종)

99) 四衆ㅅ: 四衆(사중) + -ㅅ(-의: 관조) ※ '四衆(사중)'은 부처의 네 종류 제자이다. 곧, 비구(比
丘), 비구니(比丘尼), 우바새(優婆塞), 우바니(優婆尼)이다.

1) ᄆᆞᅀᆞᆷ: 마음, 心.

2) 이브로: 입(입, 口) + -으로(부조, 방편)

3) 구지저: 구짖(꾸짖다, 罵詈)- + -어(연어)

없는 比丘(비구)가 어디로부터서 왔느냐? (이 비구가) 우리들을 授記(수기)하되 '마땅히 부처가 되리라.'고 하나니, 우리들이 이렇듯 한 虛妄(허망)한 授記(수기)야말로 쓰지 아니하리라." 하더니, 이 양으로 여러 해를 늘 구지람을 듣되 怒(노)한 뜻을 아니 내어 늘 이르되 "네가 마땅히 부처가 되리라." 하거든, 이 말을 이를 時節(시절, 때)에 모든

업슨 比뻥丘쿻ㅣ 어드러셔⁴⁾ 오뇨⁵⁾ 우리둘홀⁶⁾ 授쓩記긩호딕⁷⁾ 당다이 부

톄⁸⁾ 두외리라 ᄒᆞᄂᆞ니 우리둘히 이러틋⁹⁾ ᄒᆞᆫ 妄망量량앳¹⁰⁾ 授쓩記긩ᅀᅡ¹¹⁾

쓰디¹²⁾ 아니호리라¹³⁾ ᄒᆞ더니 이 야ᅌᆞ로¹⁴⁾ 여러 ᄒᆡ롤¹⁵⁾ 샹녜¹⁶⁾ 구지럼¹⁷⁾

드로딕¹⁸⁾ 怒농ᄒᆞᆫ ᄠᅳ들¹⁹⁾ 아니 내야 샹녜 닐오딕 네 당다이 부톄 두외

리라 ᄒᆞ거든 이 말 니ᄅᆞᇙ²⁰⁾ 時씽節졇에 모ᄃᆞᆫ²¹⁾

---

4) 어드러셔: 어드러(어디로, 從何所) + -셔(-서: 보조사, 위치 강조) ※ '어드러'는 [어디(어디, 何處: 지대, 미지칭) + -으로(부조▷부접)]의 방식으로 형성된 파생 부사이다.

5) 오뇨: 오(오다, 來) + -Ø(과시)- + -뇨(-냐: 의종, 설명)

6) 우리둘홀: 우리둘ㅎ[우리들, 我等: 우리(우리, 我等: 인대, 1인칭, 복수) + -둘ㅎ(-들: 복접)] + -올(-에게: 목조, 보조사적 용법, 의미상 부사격)

7) 授記호딕: 授記ㅎ[← 授記ᄒᆞ다(수기하다): 授記(수기: 명사) + -ᄒᆞ(동접)-] + -오딕(-되: 연어, 설명 계속) ※ '授記(수기)'는 부처가 그 제자에게 내생에 성불(成佛)하리라는 예언기(豫言記)를 주는 것이다.

8) 부톄: 부텨(부처, 佛) + -ㅣ(← -이: 보조)

9) 이러틋: 이러ㅎ[← 이러ᄒᆞ다(이러하다, 如是): 이러(이러: 불어) + -ᄒᆞ(형접)-] + -듯(연어, 흡사)

10) 妄量앳: 妄量(망량) + -애(-에: 부조, 위치) + -ㅅ(-의: 관조) ※ '妄量앳'은 '허망(虛妄)한'으로 의역하여 옮긴다.

11) 授記ᅀᅡ: 授記(수기) + -ᅀᅡ(-야말로: 보조사, 한정 강조)

12) 쓰디: 쓰(쓰다, 用)- + -디(-지: 연어, 부정)

13) 아니호리라: 아니ㅎ[← 아니ᄒᆞ다(아니하다, 不: 보용, 부정): 아니(아니, 不: 부사, 부정) + -ᄒᆞ(동접)-] + -오(화자)- + -리(미시)- + -라(← -다: 평종)

14) 야ᅌᆞ로: 양(모양, 樣: 의명) + -ᅌᆞ로(부조, 방편)

15) ᄒᆡ롤: ᄒᆡ(해, 年: 의명) + -롤(목조)

16) 샹녜: 늘, 항상, 常(부사)

17) 구지럼: [꾸지람, 罵詈: 구짖(꾸짖다: 동사)- + -엄(명접)]

18) 드로딕: 들(← 듣다, ㄷ불: 듣다, 聞)- + -오딕(-되: 연어, 설명 계속)

19) ᄠᅳ들: ᄠᅳᆮ(뜻, 意) + -을(목조)

20) 니ᄅᆞᇙ: 니르(이르다, 說)- + -ㅭ(관전)

21) 모ᄃᆞᆫ: [모든, 衆(관사): 몯(모이다, 集: 동사)- + -은(관전▷관접)]

사ᄅᆞ미 막다히며 디새며 돌ᄒᆞ로 텨든 조치어든 ᄃᆞ라 머리 가 셔 아셔 손ᄌᆡ 高공聲셩으로 닐오ᄃᆡ 내 너희ᄅᆞᆯ 업시오ᄃᆞᆯ 아니ᄒᆞ노니 너희ᄃᆞᆯ히 다 당다이 부톄 ᄃᆞ외리라 ᄒᆞ더라 샹녜 이 마ᄅᆞᆯ 홀ᄊᆡ 增즁上썅慢만 比삥丘쿻 比삥丘쿻尼닝 優ᅙᅮᇂ婆빵塞ᄉᆡᆨ 優ᅙᅮᇂ婆빵夷잉ᄅᆞᆯ 지호ᄃᆡ 常썅不붏輕켱이라 ᄒᆞ니

사람이 막대며 기와며 돌로 치거든 쫓기어 달려 멀리 가 서서, 오히려 高聲(고성)으로 이르되 "내가 너희를 업신여기지 아니하니 너희들이 다 마땅히 부처가 되리라." 하더라. 늘 이 말을 하는 까닭으로 增上慢(증상만)하는 比丘(비구)·비구니(比丘尼)·優婆塞(우바새)·우바이(優婆夷)의 號(호)를 붙이되, 常不輕(상불경)이라 하였니라.

사르미 막다히며²²⁾ 디새며²³⁾ 돌ㅎ로²⁴⁾ 텨든²⁵⁾ 조치여²⁶⁾ 드라²⁷⁾ 머리

가 셔아셔²⁸⁾ 순직²⁹⁾ 高_굘聲_셩으로 닐오딕³⁰⁾ 내 너희를 업시오들³¹⁾ 아니

ᄒᆞ노니³²⁾ 너희들히 다 당다이 부톄 드외리라 ᄒᆞ더라 샹녜 이 말

ᄒᆞ논³³⁾ 젼ᄎᆞ로³⁴⁾ 增_증上_쌍慢_만 比_뼁丘_쿨 比_뼁丘_쿨尼_닝 優_훌婆_뺑塞_싱 優_훌婆

_뺑夷_잉 號_훌를 지호딕³⁵⁾ 常_쌍不_붏輕_켱이라 ᄒᆞ니라

---

22) 막다히며: 막다히(막대, 杖木) + -며(←-이며: 접조)

23) 디새며: 디새(기와, 瓦) + -며(←-이며: 접조)

24) 돌ㅎ로: 돌ㅎ(돌, 石) + -ᄋᆞ로(부조, 방편)

25) 텨든: 티(치다, 打)- + -어든(-거든: 연어, 조건)

26) 조치여: 조치[쫓기다, 被走: 좇(쫓다, 從)- + -이(피접)-]- + -어(연어)

27) 드라: 돌(←ᄃᆞᆮ다, ㄷ불: 닫다, 달리다, 走)- + -아(연어)

28) 셔아셔: 셔(서다, 住)- + -아(연어) + -셔(-서: 보조사, 강조)

29) 순직: 오히려, 猶(부사)

30) 닐오딕: 닐(←니ᄅᆞ다: 이르다, 言)- + -오딕(-되: 연어, 설명 계속)

31) 업시오들: 업시오[업신여기다, 輕慢: 없(없다, 無: 형사)- + -이(사접)- + -오(←-ᄇᆞ-: 접미)-]- + -들(-지: 연어, 부정) ※ '업시오다'는 '업시ᄇᆞ다'의 '-ᄇᆞ-'가 '-오-'로 바뀐 형태이다.

32) 아니ᄒᆞ노니: 아니ᄒᆞ[아니하다, 不(보용, 부정): 아니(아니, 不: 부사, 부정) + ᄒᆞ(동접)-]- + -ㄴ(←-ᄂᆞ-: 현시)- + -오(화자)- + -니(연어, 설명 계속)

33) 말 ᄒᆞ논: 말(말, 言) # ᄒᆞ(하다, 爲)- + -ㄴ(←-ᄂᆞ-: 현시)- + -오(대상)- + -ㄴ(관전)

34) 젼ᄎᆞ로: 젼ᄎᆞ(까닭, 故) + -로(부조, 방편)

35) 지호딕: 짛(이름을 붙이다, 名)- + -오딕(-되: 연어, 설명 계속)

라·이 比삥丘큥ㅣ 주·긇 時씽節·졇·에 虛헝空콩中듕·에 威휭音흠王왕佛뿛이 아·래 니르·시·던 法법華황經경 엣 二·싱 十씹千쳔萬먼億·흑 偈·꼥·를 다 듣·줍·고 다 能능·히 바·다 디·녀 즉자·히 우·희 닐·온 ·양·으·로 眼안根근·이 淸쳥淨·쪙·ᄒᆞ·며 耳ᅀᅵ 鼻삥 舌·쎯 身신 意·ᅙᅴ根근·이 淸쳥淨·쪙·ᄒᆞ·야 六·륙根근 淸쳥淨·쪙·을 得·득·ᄒᆞ·고

이 比丘(비구)가 죽을 時節(시절, 때)에 虛空(허공) 中(중)에서 威音王佛(위음왕불)이 예전에 이르시던, 法華經(법화경)에 있는 二十千萬億(이십천만억)의 偈(게)를 다 듣고 다 能(능)히 받아 지녀서, 즉시 위에서 이른 것같이 眼根(안근)이 淸淨(청정)하며 耳(이)·鼻(비)·舌(설)·身(신)·意根(의근)이 淸淨(청정)하여 六根(육근)의 淸淨(청정)을 得(득)하고,

이 比_뼁丘_쿨ㅣ 주긇 時_씽節_졇에 虛_헝空_콩 中_듕에 威_휭音_흠王_왕佛_뿛이 아래³⁶⁾ 니르시던 法_법華_황經_경엣³⁷⁾ 二_싱十_씹千_천萬_먼億_흑 偈_꼥³⁸⁾를 다 듣줍고 다 能_능히³⁹⁾ 바다 디녀⁴⁰⁾ 즉자히⁴¹⁾ 우희⁴²⁾ 닐온⁴³⁾ 양 ᄀᆞ티⁴⁴⁾ 眼_안根_근⁴⁵⁾이 淸_청淨_쪙ᄒᆞ며 耳_싱 鼻_뼁 舌_쎯 身_신 意_힁根_근이 淸_청淨_쪙ᄒᆞ야 六_륙根_근⁴⁶⁾ 淸_청淨_쪙⁴⁷⁾을 得_득ᄒᆞ고

---

36) 아래: 아래(예전, 先: 부사) + -애(-에: 부조, 위치)

37) 法華經엣: 法華經(법화경) + -에(부조, 위치) + -ㅅ(-의: 관조) ※ '法華經엣'은 '法華經(법화경)에 있는'으로 의역하여 옮긴다.

38) 偈: 게. 부처의 공덕이나 가르침을 찬탄하는 노래 글귀이다.(= 가타, 伽陀)

39) 能히: [능히: 能(능: 불어) + -ᄒᆞ(←-ᄒᆞ-: 형접)- + -이(부접)]

40) 디녀: 디니(지니다, 持)- + -어(연어)

41) 즉자히: 즉시, 卽(부사)

42) 우희: 우ㅎ(위, 上) + -의(-에: 부조, 위치)

43) 닐온: 닐(← 이르다: 이르다, 說)- + -Ø(과시)- + -오(대상)- + -ㄴ(관전)

44) ᄀᆞ티: [같이, 如(부사): ᄀᆞᇀ(같다, 如: 형사)- + -이(부접)]

45) 眼根: 안근. 육근(六根)의 하나이다. 시각 기관인 눈(眼)을 이르는 말이다.

46) 六根: 육근. 육식(六識)을 낳는 눈, 귀, 코, 혀, 몸, 뜻의 여섯 가지 근원이다. ※ '육식(六識)'은 육근(六根)에 의하여 대상을 깨닫는 여섯 가지 작용이다. 안식(眼識), 이식(耳識), 비식(鼻識), 설식(舌識), 신식(身識), 의식(意識)을 이른다.

47) 六根淸淨: 육근청정. 눈·귀·코·혀·몸·생각의 육근이 업식(業識)에서 벗어나서 청정한 것을 말한다. ※ '업식(業識)'은 과거에 저지른 미혹한 행위와 말과 생각의 과보로 현재에 일으키는 미혹한 마음 작용이다.

고 다시 목수미 二ᄉᆡᆼ百ᄇᆡᆨ萬먼億흑 那
낭由융他탕ᄒᆞᆯ 더 사라 너비 사ᄅᆞᆷ :위
ᄒᆞ야 이 法법華ᅘᅪᆼ經경을 니르더니 그
저·긔 增ᄌᆡᆼ上썅慢·만 ᄒᆞᆯ 比삥丘쿻
닝 優ᄝᅥᆼ婆빵塞ᄉᆡᆨ 優ᄝᅥᆼ婆빵夷잉 丘쿻
이·사ᄅᆞᆷ으 더니 너겨 不붕輕켱 이라·일
·이지ᄒᆞ니도 히 큰 神씬通통力·륵·과
·용說·쎯辯변力·륵·과 大·땡善·쎤寂·쪅力

다시 목숨이 二百萬億(이백만억) 那由他(나유타)의 해를 더 살아 널리 사람을 위하여 이 法華經(법화경)을 이르더니, 그때에 增上慢(증상만)의 比丘(비구)·比丘尼(비구니)·優婆塞(우바새)·優婆夷(우바이)가 — 이 사람을 소홀히 여겨서 '不輕(불경)'이라 이름을 붙인 이들이 — (상불경 비구가) 큰 神通力(신통력)과 樂說辯力(요설변력)과 大善寂力(대선적력)을

다시 목수미 二싱百빅萬먼億흑 那낭由율他탕[48] 힐를[49] 더 사라[50] 너비[51]

사룸 위호야 이 法법華황經경을 니르더니 그 저긔 增증上쌍慢만 比삥丘

쿨 比삥丘쿨尼닝 優흫婆빵塞싱 優흫婆빵夷잉 이 사룸 므더니[52] 너겨 不붏

輕경이라 일훔 지호니들히[53] 큰 神씬通통力륵[54]과 樂욜說쉃辯변力륵[55]과

大땡善쎤寂쪅力륵[56]을

---

48) 那由他: 아승기(阿僧祇)의 만 배가 되는 수(수사), 또는 그런 수의(관사). 즉, 10의 60승을 이른다.

49) 힐를: 힐(해, 歲: 의명) + -를(목조)

50) 사라: 살(살다, 生)- + -아(연어)

51) 너비: [널리, 廣(부사): 넙(넓다, 廣: 형사)- + -이(부접)]

52) 므더니: [소홀히, 輕賤(부사): 므던(무던: 소홀) + -∅(←-ㅎ-: 형접)- + -이(부접)]

53) 지호니들히: 짛(이름을 붙이다, 作)- + -∅(과시)- + -은(관전) # 이둘ㅎ[이들, 者等: 이(이, 者: 의명) + -둘ㅎ(-들: 복접)] + -이(주조) ※ '增上慢 比丘 比丘尼 優婆塞 優婆夷'와 '이 사룸 므더니 너겨 不輕이라 일훔지호니들히'은 의미상 동격의 관계에 있는 주어이다.

54) 神通力: 신통력. 무슨 일이든지 해낼 수 있는 영묘하고 불가사의한 힘이나 능력이다. 불교에서는 선정(禪定)을 수행함으로써 이를 얻을 수 있다고 한다.

55) 樂說辯力: 요설변력. 교법을 설함에 자유자재한 힘이나, 또는 능란한 말로 이치를 밝히는 힘이다.(= 요설변재, 樂說辯才)

56) 大善寂力: 대선적력. 선정(禪定)을 통해서 얻은 큰 지혜의 힘으로, 육근청정(六根淸淨) 중 의업(意業)이 청정해 진 것을 이른다.

得(득)하여 있는 것을 보며, (상불경보살이) 이르는 말을 듣고 다 信伏(신복)하여 좇았니라. 【 伏(복)은 降伏(항복)하는 것이다. 】 이 菩薩(보살)이 【 이 菩薩(보살)은 常不輕菩薩(상불경보살)을 일렀니라. 】 또 千萬億(천만억) 사람을 化(화)하여 阿耨多羅三藐三菩提(아뇩다라삼먁삼보리)에 住(주)하게 하고, 命終(명종)한 後(후)에 二千億(이천억) 부처를 만나니 (그 부처가) 다 號(호)가 日月燈明(일월등명)이시더니,

得득ᄒᆞ얫논[57] 고ᄃᆞᆯ[58] 보며 니르논[59] 마ᄅᆞᆯ 듣고 다 信신伏뽁ᄒᆞ야[60] 조ᄎᆞ니라[61]【伏뽁ᄋᆞᆫ 降ᅘᅡᇰ伏뽁ᄒᆞᆯ 씨라】이 菩뽕薩삻이【이 菩뽕薩삻ᄋᆞᆫ 常썅不붏輕켱菩뽕薩삻ᄋᆞᆯ 니르니라】또 千쳔萬먼億ᅙᅳᆨ 사ᄅᆞᄆᆞᆯ 化ᅘᅪᇰᄒᆞ야[62] 阿ᅙᅡᆼ耨녹多당羅랑三삼藐막三삼菩뽕提똉[63]예 住뜡케[64] ᄒᆞ고 命명終즁ᄒᆞᆫ 後ᅘᅮᇢ에 二ᅀᅵᆼ千쳔億ᅙᅳᆨ 부텨를 맛나ᅀᆞᄫᆞ니[65] 다 號ᅘᅩᇢㅣ 日ᅀᅵᇙ月ᅌᅯᇙ燈등明명이러시니[66]

---

57) 得ᄒᆞ얫논: 得ᄒᆞ[득하다: 得(득: 불어) + -ᄒᆞ(동접)-]- + -야(← -아: 연어) + 잇(이시다: 있다, 보용, 완료 지속)- + -ㄴ(← -ᄂᆞ-: 현시)- + -오(대상)- + -ㄴ(관전) ※ '得ᄒᆞ얫논'은 '得ᄒᆞ야 잇논'이 축약된 형태이다.

58) 고ᄃᆞᆯ: 곧(것, 所: 의명) + -ᄋᆞᆯ(목조)

59) 니르논: 니르(이르다, 說)- + -ㄴ(← -ᄂᆞ-: 현시)- + -오(대상)- + -ㄴ(관전)

60) 信伏ᄒᆞ야: 信伏ᄒᆞ[신복하다: 信伏(신복: 명사) + -ᄒᆞ(동접)-]- + -야(← -아: 연어) ※ '信伏(신복)'은 믿고 복종하는 것이다.

61) 조ᄎᆞ니라: 좇(좇다, 隨從)- + -Ø(과시)- + -ᄋᆞ니(원칙)- + -라(← -다: 평종)

62) 化ᄒᆞ야: 化ᄒᆞ[화하다, 교화하다: 化(화: 불어) + -ᄒᆞ(동접)-]- + -야(← -아: 연어)

63) 阿耨多羅三藐三菩提: 아뇩다라삼먁삼보리. 일체의 진상을 모두 아는 부처님의 무상의 승지(勝地), 곧 무상정각(無上正覺)이다.

64) 住케: 住ㅎ[← 住ᄒᆞ다(주하다): 住(주: 불어) + -ᄒᆞ(동접)-] + -게(연어, 사동) ※ '住(주)'는 머무는 것이다.

65) 맛나ᅀᆞᄫᆞ니: 맛나[만나다, 遇: 맛(← 맞다: 맞다, 迎)- + 나(나다, 現)-]- + -ᅀᆞᆸ(← -ᄋᆞᆸ-: 객높)- + -ᄋᆞ니(연어, 설명 계속)

66) 日月燈明이러시니: 日月燈明(일월등명) + -이(서조)- + -러(← -더-: 회상)- + -시(주높)- + -니(연어, 설명 계속) ※ '日月燈明(일월등명)'은 과거세에 출현하여 현세의 석가모니불과 같이 육서상(六瑞相)을 나타내며 법화경을 설한 부처의 이름이다.

明밍 ·이러·시니그 法ᆸ 中듀ᇰ·에 ·이 法
華ᅘᅪᆼ 經겨ᇰ·을 닐·온 젼ᄎ·로 소ᄃ 二ᅀᅵᆼ 千
億·흑 부텨·를 맛·나ᄉᆞᄫᆞ·니 ·ᄒᆞᆫ·가·지·로
彌밍ㅡ 雲운 自ᄍᆞᆼ 在ᄍᆡᆼ 燈드ᇰ 王와ᇰ·이
·시·니 ·이 諸져ᇰ 佛뿌ᇙㅅ 法ᆸ 中듀ᇰ·에 ·바
디·녀닐·그·며 외·와 四ᄉᆞᆼ 衆쥬ᇰ ·위·ᄒᆞ·야 ·이
經겨ᇰ 典뎐·을 니·르·던 젼ᄎ·로 常쌰ᇰ
清쳐ᇰ 淨쪄ᇰ ᄒᆞ·며 耳ᅀᅵᆼ 鼻삥 舌쎯 身신 意ᅙᅴ
眼·안 ·이 ·이 ·와 四 常 ·로 身신
意 ·이 야·이 바·다·러·로 意ᅙᅴ

그 法(법) 中(중)에 이 法華經(법화경)을 이른 까닭으로 또 二千億(이천억)의 부처를 만나니, (이 이천억의 부처가) 한가지로 號(호)가 雲自在燈王(운자재등왕)이시더니, 이 諸佛(제불)의 法(법) 中(중)에서 (법화경을) 받아 지녀서 읽으며 외워서 四衆(사중)을 위하여 이 經典(경전)을 이르던 까닭으로, 常眼(상안)이 淸淨(청정)하며 耳(이)·鼻(비)·舌(설)·身(신)·意(의)의

그 法법 中듕에 이 法법華ᅘᅪᆼ經경을 닐온 젼ᄎᆞ로[67] 또 二ᅀᅵᆼ千쳔億ᅙᅳᆨ 부텨를 맛나ᅀᆞᄫᆞ니 ᄒᆞᆫ가지로[68] 號ᅘᅩᇢ ㅣ 雲운自ᄍᆞᆼ在ᄍᆡᆼ燈등王왕이러시니[69] 이 諸졍佛뿛[70]ㅅ 法법 中듕에 바다 디녀 닐그며 외와 四ᄉᆞᆼ衆즁 위ᄒᆞ야 이 經경典뎐 니르던 젼ᄎᆞ로 常썅眼안[71]이 淸쳥淨쪙ᄒᆞ며 耳ᅀᅵᆼ鼻삥舌쎯身신意ᅙᅴᆼ

67) 젼ᄎᆞ로: 젼ᄎᆞ(까닭, 因緣) + -로(부조, 방편)

68) ᄒᆞᆫ가지로: [한가지, 마찬가지, 同(명사): ᄒᆞᆫ(한, 一: 관사, 양수) + 가지(가지, 種: 의명)] + -로(부조, 방편)

69) 雲自在燈王이러시니: 雲自在燈王(운자재등왕) + -이(서조)- + -러(← -더-: 회상)- + -시(주높)- + -니(연어, 설명 계속)

70) 諸佛: 제불. 여러 부처이다.

71) 常眼: 상안. 육안(肉眼). 맨눈이다.

諸根·이 淸淨ᄒ·야 四衆 中·듕·에 說法·ᄒ·오·ᄃᆡᄆᆞᅀᆞ·매 저·푼 거·시 업·스·니 得大勢·여 ·이 常不輕菩薩摩訶薩·이 ·이·러·러·ᄒᆞᆫ 諸佛·을 供養·ᄒᆞᅀᆞ·ᄫᅡ 恭敬 尊重 讚嘆·ᄒᆞᅀᆞ·ᄫᅡ ·뫼·여·러가·짓·됴·ᄒᆞᆫ 根源·을 시·므·고 後·후·에 ·ᄯᅩ 千萬億 佛·을 맛·나

諸根(제근)이 淸淨(청정)하여 四衆(사중) 中(중)에서 說法(설법)하되 마음에 두려운 것이 없으니, 得大勢(득대세)여, 이 常不輕菩薩(상불경보살) 摩訶薩(마하살)이 이렇듯 한 諸佛(제불)을 供養(공양)하여 恭敬(공경)·尊重(존중)·讚嘆(찬탄)하여 여러 가지의 좋은 根源(근원)을 심고, 後(후)에 또 千萬億(천만억) 佛(불)을 만나

諸_정根_근이 淸_쳥淨_쪙ᄒ야 四_ᄉ衆_즁 中_듕에 說_쉃法_법호ᄃᆡ ᄆᆞᅀᆞ매 저픈⁷²⁾ 고디⁷³⁾ 업스니 得_득大_땡勢_셍여 이 常_쌍不_붏輕_켱菩_뽕薩_삻 摩_망訶_항薩_삻이 이러틋⁷⁴⁾ ᄒᆞᆫ 諸_정佛_뿛을 供_공養_양ᄒᅀᄫᅡ⁷⁵⁾ 恭_공敬_경 尊_존重_뜡 讚_잔嘆_탄ᄒᅀᄫᅡ 여러 가짓 됴ᄒᆞᆫ 根_근源_원⁷⁶⁾을 시므고⁷⁷⁾ 後_{ᅘᆯ}에 ᄯᅩ 千_쳔萬_먼億_흑佛_뿛을 맛나ᅀᄫᅡ

---

72) 저픈: 저프[두렵다, 畏: 젙(두려워하다, 懼: 동사)-+-브(형접)-]-+-Ø(현시)-+-ㄴ(관전)

73) 고디: 곧(것, 바, 所: 의명)+-이(주조)

74) 이러틋: 이러ᄒ[이러ᄒ다(이러하다, 如是): 이러(이러: 불어)-+-ᄒ(형접)-]-+-듯(연어, 흡사)

75) 供養ᄒᅀᄫᅡ: 供養ᄒ[공양하다: 供養(공양: 명사)+-ᄒ(동접)-]-+-ᅀᆞ(←-ᅀᆸ-: 객높)-+-아(연어)

76) 됴ᄒᆞᆫ 根源: 좋은 근원. '선근(善根)'을 직역한 말인데, 이는 좋은 과보를 낳게 하는 착한 일을 이른다.

77) 시므고: 시므(심다, 種)-+-고(연어, 나열, 계기)

오 諸佛ㅅ 法 定 中에 이 經에 功德이 이러 당다이 부텨 외리라 得大勢여 이 엇데너기는다 그 常不輕 菩薩 올 내 아랫 뉘예이 經을 바다 디녀 외오며 놈 려니르디 아니 호더든 阿耨多羅三藐

또 諸佛法(제불법) 中(중)에 이 經典(경전)을 (사중에게) 일러 功德(공덕)이 이루어져 마땅히 부처가 되겠더라. 得大勢(득대세)여, 너의 뜻에는 어찌 여기는가? 그때에 있은 常不輕菩薩(상불경보살)은 다른 사람이겠냐? 내 몸이 그이다. 내가 예전의 세상에 이 經(경)을 받아 지녀서 읽으며 외우며 남더러 이르지 아니하였더라면, 阿耨多羅三藐三菩提(아뇩다라삼먁삼보리)를 쏘 諸_정佛_뿡法_법⁷⁸⁾ 中_듕에 이 經_경典_뎐을 닐어 功_공德_득이 이러⁷⁹⁾ 당다

이⁸⁰⁾ 부톄 드외리러라⁸¹⁾ 得_득大_땡勢_셍여 네 쁘덴⁸²⁾ 엇뎨⁸³⁾ 너기는다⁸⁴⁾

그 쁫⁸⁵⁾ 常_썅不_붏輕_켱菩_뽕薩_삻은 다른⁸⁶⁾ 사른미리여⁸⁷⁾ 내 모미 긔라⁸⁸⁾

내 아랫⁸⁹⁾ 뉘예⁹⁰⁾ 이 經_경을 바다 디녀 닐그며 외오며 늠드려⁹¹⁾ 니르

디 아니ᄒᆞ더든⁹²⁾ 阿_항耨_녹多_당羅_랑三_삼藐_막三_삼菩_뽕提_똉를

---

78) 諸佛法: 제불법. 여러 가지의 부처님의 법(法)이다.

79) 이러: 일(이루어지다, 成就)- + -어(연어)

80) 당다이: 마땅히, 當(부사)

81) 드외리러라: 드외(되다, 作)- + -리(미시)- + -러(←-더-: 회상)- + -라(←-다: 평종)

82) 쁘덴: 뜯(뜻, 意) + -에(부조, 위치) + -ㄴ(←-는: 보조사, 주제)

83) 엇뎨: 어찌, 何(부사)

84) 너기는다: 너기(여기다, 云)- + -ㄴ(현시)- + -ㄴ다(-ㄴ가: 의종, 2인칭)

85) 쁫: ᄢᅵ(←-ᄢᅵ: 때, 時) + -의(부조, 위치) + -ㅅ(-의: 관조) ※ '그 쁫'은 '그때에 있은'으로 의역하여 옮긴다.

86) 다른: [다른, 異(관사): 다른(다르다, 異)- + -ㄴ(관전▷관접)]

87) 사른미리여: 사름(사람, 人) + -이(서조)- + -리(미시)- + -여(-냐: 의종, 판정)

88) 긔라: 그(그, 是: 인대, 정칭) + -ㅣ(←-이-: 서조)- + -Ø(현시)- + -라(←-다: 평종)

89) 아랫: 아래(예전, 옛날, 宿) + -ㅅ(-의: 관조)

90) 뉘예: 뉘(세상, 世) + -예(←-에: 부조, 위치)

91) 늠드려: 늠(남, 他人) + -드려(-더러, -에게: 부조, 상대)

92) 아니ᄒᆞ더든: 아니ᄒᆞ[아니하다(보용, 부정): 아니(아니, 不: 부사) + ᄒᆞ(동접)-]- + -더(회상)- + -든(연어, 조건)

三삼菩뽕提똉룰 ᄲᆞᆯ리 得득디 몯ᄒᆞ리러니라 得득大땡勢솅여 뎌 時씽節졇ㅅ 比삥丘쿻 比삥丘쿻尼닝 優ᇢ婆빵塞ᄉᆡᆨ 優ᇢ婆빵夷잉 怒농ᄒᆞᆫ ᄠᅳ르로 날 므더니 너기던 젼ᄎᆞ·로 二싱百뵉億흑 劫겁을 샹녜 부텨를 몯 맛나며 法법을 몯 드르며 즁을 몯 보아 즈믄 劫겁을 阿ᅙ鼻삥地띵獄옥애 ᄀᆞ·장 受쓩苦콩ᄒᆞ

빨리 得(득)하지 못하겠더니라. 得大勢(득대세)여! 저 時節(시절, 때)의 比丘(비구)·比丘尼(비구니)·優婆塞(우바새)·優婆夷(우바이)가 怒(노)한 뜻으로 날 소홀히 여기던 까닭으로, 二百億(이백억) 劫(겁)을 항상 부처를 못 만나며 法(법)을 못 들으며 중을 못 보아서, 千(천) 劫(겁)을 阿鼻地獄(아비지옥)에서 매우 受苦(수고)하다가

샐리⁹³⁾ 得_득디⁹⁴⁾ 몯ᄒ리러니라⁹⁵⁾ 得_득大_땡勢_솅여 뎌 時_씽節_졇ㅅ 比_뼝丘_쿨 比_뼝丘_쿨尼_닝 優_ᄒ婆_뼁塞_{ᄉᆡᆼ} 優_ᄒ婆_뼁夷_잉 怒_농ᄒ 뜨드로⁹⁶⁾ 날 므더니⁹⁷⁾ 너기던 젼ᄎ로 二_{ᄉᆡᆼ}百_{ᄇᆡᆨ}億_흑劫_겁을 샹녜 부텨를 몯 맛나며 法_법을 몯 드르며 쥬을⁹⁸⁾ 몯 보아 즈믄⁹⁹⁾ 劫_겁을 阿_항鼻_뼁地_띵獄_옥애¹⁾ ᄀ장 受_쓩苦_콩ᄒ다가²⁾

---

93) 샐리: [빨리, 疾: 샐(← 샐ᄅ다: 빠르다, 疾, 형사)- + -이(부접)]

94) 得디: 得[← 得ᄒ다(득하다, 얻다): 得(득: 불어) + -ᄒ(동접)-]- + -디(-지: 연어, 부정)

95) 몯ᄒ리러니라: 몯ᄒ[못하다, 不能(보용, 부정): 몯(못, 不能: 부사, 부정) + -ᄒ(동접)-]- + -리(미시)- + -러(← -더-: 회상)- + -니(원칙)- + -라(← -다: 평종)

96) 뜨드로: 뜯(뜻, 意) + -으로(부조, 방편)

97) 므더니: [소홀히, 輕賤(부사): 므던(무던: 불어) + -∅(← -ᄒ-: 형접)- + -이(부접)]

98) 쥬을: 쥬(중, 僧) + -을(목조)

99) 즈믄: 천, 千(관사, 양수)

1) 阿鼻地獄애: 阿鼻地獄(아비지옥) + -애(-에: 부조, 위치) ※ '阿鼻地獄(아비지옥)'은 팔열 지옥(八熱地獄)의 하나이다. '八熱地獄(팔열지옥)'은 뜨거운 열로 고통을 받는 여덟 지옥이다. 첫째, 등활지옥(等活地獄)은 살생한 죄인이 죽어서 가게 된다는 지옥으로, 뜨거운 불길로 고통을 받다가 숨이 끊어지려면 찬 바람이 불어와 깨어나서 다시 고통을 받는다. 둘째, 흑승지옥(黑繩地獄)은 살생하고 도둑질한 죄인이 죽어서 가게 된다는 지옥으로, 뜨거운 쇠사슬에 묶여 톱으로 잘리는 고통을 받는다. 셋째, 중합지옥(衆合地獄)은 살생하고 도둑질하고 음란한 짓을 한 죄인이 죽어서 가게 된다는 지옥으로, 뜨거운 쇠로 된 구유 속에서 고통을 받는다. 넷째, 규환지옥(叫喚地獄)은 살생하고 도둑질하고 음란한 짓을 하고 술을 마신 죄인이 죽어서 가게 된다는 지옥으로, 끓는 가마솥이나 불 속에서 고통을 받는다. 다섯째, 대규환지옥(大叫喚地獄)은 오계(五戒)를 깨뜨린 자, 곧 살생하고 도둑질하고 음란한 짓을 하고 술을 마시고 거짓말한 죄인이 죽어서 가게 된다는 지옥으로, 뜨거운 칼로 혀가 잘리는 고통을 받는다. 여섯째, 초열지옥(焦熱地獄)은 오계(五戒)를 깨뜨리고 그릇된 견해를 일으킨 죄인이 죽어서 가게 된다는 지옥으로, 뜨거운 철판 위에 누워서 뜨거운 쇠방망이로 두들겨 맞는 고통을 받는다. 일곱째, 대초열지옥(大焦熱地獄). 오계(五戒)를 깨뜨리고 그릇된 견해를 일으키고 비구니를 범한 죄인이 죽어서 가게 된다는 지옥으로, 뜨거운 쇠로 된 방에서 살가죽이 타는 고통을 받는다. 열덟째, 아비지옥(阿鼻地獄)은 무간지옥(無間地獄)이라고 한다. 아버지를 죽인 자, 어머니를 죽인 자, 아라한을 죽인 자, 승가의 화합을 깨뜨린 자, 부처의 몸에 피를 나게 한 자 등, 지극히 무거운 죄를 지은 자가 죽어서 가게 된다는 지옥. 살가죽을 벗겨 불 속에 집어넣거나 쇠매[鐵鷹]가 눈을 파먹는 따위의 고통을 끊임없이 받는다.

2) 受苦ᄒ다가: 受苦ᄒ[수고하다: 受苦(수고: 명사) + -ᄒ(동접)-]- + -다가(연어, 전환)

다가·이罪·쬥 ·몿·고ᄯᅩ常·쌍 不·붏 輕·켱 菩·뽕
薩·삻 이 阿·항 耨·ᄂᆘᇂ 多·당 羅·랑 三·삼 藐
막 三·삼 菩·뽕 提·똉 敎·ᄀᆜᇢ 化·황 ·ᄅᆞᆯ맛·나·니
·ᄅᆞ 得·득 大·땡 勢·셩 ·어네ᄠᅳ·뎬엇·뎨너·기·ᄂᆞ·뇨
·논 다 그 ·ᄠᅳ·디菩·뽕 薩·삻 ·므·더·니너·기·던
四·ᄉᆞᆼ 衆·즁 ·온·다·ᄅᆞᆫ사·ᄅᆞ·미·리·여이·會·ᅘᅱᆼ 던
·엿 跋·뽱 陁·땅 婆·빵 羅·랑 等·ᄃᆡᆼ 五·ᅌᅩᆼ ·百·뵉
菩·뽕 薩·삻 ·와師·ᄉᆞᆼ 子·증 月·ᅀᆑᇙ 等·ᄃᆡᆼ 五·ᅌᅩᆼ

이 罪(죄)를 마치고 또 常不輕菩薩(상불경보살)이 행한 阿耨多羅三藐三菩提 (아뇩다라삼먁삼보리)의 敎化(교화)를 만났니라. 得大勢(득대세)여! 너의 뜻에 는 어찌 여기는가? 그때에 이 菩薩(보살)을 소홀히 여기던 四衆(사중)은 다 른 사람이겠느냐? 이 會中(회중)에 있는 跋陁婆羅(발타바라) 等(등) 五百(오 백) 菩薩(보살)과 師子月(사자월) 等(등)

이 罪_쬥 못고³⁾ 쏘 常_쌍不_붏輕_켱菩_뽕薩_삻이⁴⁾ 阿_항耨_녹多_당羅_랑三_삼藐_막三_삼

菩_뽕提_똉 敎_굘化_황를 맛나니라⁵⁾ 得_득大_땡勢_솅여 네 뜨덴 엇뎨 너기는다⁶⁾

그 뗏⁷⁾ 이 菩_뽕薩_삻 므더니 너기던 四_숭衆_즁은 다른 사르미리여⁸⁾ 이

會_휑옛⁹⁾ 跋_뻜陁_땅婆_뼁羅_랑¹⁰⁾ 等_등 五_옹百_빅 菩_뽕薩_삻와 師_송子_중月_윓¹¹⁾ 等_등

---

3) 못고: 못(← 뭊다: 마치다, 畢)- + -고(연어, 계기)

4) 常不輕菩薩이: 常不輕菩薩(상불경보살) + -이(-의: 관조) ※ '常不輕菩薩이'는 '常不輕菩薩이 행한'으로 의역하여 옮긴다.

5) 맛나니라: 맛나[만나다, 遭遇: 맛(← 맞다: 맞다, 迎)- + 나(나다, 出)-]- + -Ø(과시)- + -니(원칙)- + -라(← -다: 평종)

6) 너기는다: 너기(여기다, 云)- + -ᄂᆞ(현시)- + -ㄴ다(-ㄴ가: 의종, 2인칭)

7) 뗏: ᄢᅴ(← 끠: 때, 時) + -의(-에: 부조, 위치) + -ㅅ(-의: 관조) ※ '그 뗏'은 '그때에'로 의역하여 옮긴다.

8) 사르미리여: 사름(사람, 人) + -이(서조)- + -리(미시)- + -여(-느냐: 의종, 판정)

9) 會옛: 會(회) + -예(← -에: 부조, 위치) + -ㅅ(-의: 관조) ※ '그 會옛'은 '그 회중(會中)에 있는'으로 의역하여 옮긴다.

10) 跋陁婆羅: 발타바라(Bhadrāpala). '훌륭한 수호자'나는 뜻으로 현회(賢護)·선수(善守) 등으로 번역한다.

11) 師子月: 사자월. 비구니의 이름이다.

佛_뿛等_등 五_{:옹}百_뵉 優_훃婆_빵塞_싱 優

[본문 한시 삽화]

五百(오백) 比丘(비구)·比丘尼(비구니)와 思佛(사불) 等(등) 五百(오백) 優婆塞
(우바새)·優婆夷(우바이)로서, 다 阿耨多羅三藐三菩提(아뇩다라삼먁삼보리)에
물러나지 아니하는 사람이 그이다. 得大勢(득대세)여, 알아라. 이 法華經(법
화경)이 菩薩(보살) 摩訶薩(마하살)들을 매우 饒益(요익)하여 能(능)히 阿耨多
羅三藐三菩提(아뇩다라삼먁삼보리)에

五_옹百_빅 比_뼁丘_쿨 比_뼁丘_쿨尼_닝와 思_{ᄉᆞᆼ}佛_뿛 等_{ᄃᆡᆼ} 五_옹百_빅 優_{ᅙᅮᇢ}婆_빵塞_{ᄉᆡᆨ} 優_{ᅙᅮᇢ}婆_빵夷_잉 다 阿_항耨_녹多_당羅_랑三_삼藐_막三_삼菩_뽕提_똉예 므르디[12] 아니ᄒᆞ

ᄂᆞᆫ 사ᄅᆞ미 그라[13] 得_득大_땡勢_솅여 아라라 이 法_법華_{ᅘᅪᆼ}經_경이 菩_뽕薩_{ᅀᅡᇙ}

摩_망訶_항薩_{ᅀᅡᇙ}ᄃᆞᆯ호[14] ᄀᆞ장 饒_{ᅀᅲᇢ}益_혁ᄒᆞ야[15] 能_{ᄂᆞᆼ}히[16] 阿_항耨_녹多_당羅_랑 三_삼藐

_막三_삼菩_뽕提_똉예

---

12) 므르디: 므르(물러나다, 退轉)- + -디(-지: 연어, 부정)

13) 그라: 그(그, 是: 지대, 정칭)- + -ㅣ(← -이-: 서조)- + -Ø(현시)- + -라(← -다: 평종) ※ 위의 언해문에서 '이 會옛 跋陁婆羅~五百 優婆塞 優婆夷'와 '다 阿耨多羅三藐三菩提예 므르디 아니ᄒᆞᄂᆞᆫ 사름'은 동격이다.

14) 菩薩 摩訶薩ᄃᆞᆯ호: 菩薩(보살) # 摩訶薩ᄃᆞᆯㅎ[마하살들: 摩訶薩(마하살) + ᄃᆞᆯㅎ(-들: 복접)] + -을(목조)

15) 饒益ᄒᆞ야: 饒益ᄒᆞ[요익하다: 饒益(요익: 명사) + -ᄒᆞ(동접)-]- + -야(← -아: 연어) ※ '饒益(요익)'은 자비로운 마음으로 중생에게 넉넉하게 이익을 주는 것이다.

16) 能히: [능히, 能(부사): 能(능: 불어) + -Ø(← -ᄒᆞ-: 형접)- + -이(부접)]

이르게 하므로, 菩薩摩訶薩(보살 마하살)들이 如來(여래)가 滅度(멸도)한 後
(후)에 항상 이 經(경)을 받아 지니며 읽으며 외우며 새겨 이르며 쓰며 하
여야 하리라.【 이까지는 常不輕菩薩品(상불경보살품)이니, 釋迦(석가)의 前身(전신)
이 威音王(위음왕)의 時節(시절)에 妙法(묘법)을 精微(정미)히 지니시어, 널리 布施(보시)
하여 利益(이익)이 되게 引導(인도)하신 일이다. (상불경보살은) 한갓 불경을 읽어서 외
우는 것만을 아니 하시어, 無相經(무상경)을 지니시며 (남들이) 꾸짖는 辱(욕)을 굳이 참
으시어

니를의¹⁷⁾ 혹씨 菩_뽕薩_삻摩_망訶_항薩_삻들히 如_셩來_링 滅_몛度_똥혼 後_흫에 샹

네 이 經_경을 바다 디니며 닐그며 외오며 사겨¹⁸⁾ 니르며¹⁹⁾ 쓰며 ᄒᆞ야

ᄽᅡ²⁰⁾ ᄒᆞ리라【 잇 ᄀᆞ자ᄋᆞᆫ²¹⁾ 常_쌍不_붏輕_켱菩_뽕薩_삻品_픔이니 釋_셕迦_강 前_쪈身_신²²⁾이

威_윙音_흠王_왕 時_씽節_졇에 妙_묠法_법을 精_졍微_밍히²³⁾ 디니샤²⁴⁾ 너비²⁵⁾ 布_봉施_싱ᄒᆞ야²⁶⁾

利_링益_혁게²⁷⁾ 引_인導_똘ᄒᆞ샨²⁸⁾ 이리라²⁹⁾ ᄒᆞ갓³⁰⁾ 닐거 외올 ᄲᅮᆫ³¹⁾ 아니 ᄒᆞ샤 無_뭉相_샹經

_경³²⁾을 디니시며 구짓ᄂᆞᆫ³³⁾ 辱_슉ᄋᆞᆯ³⁴⁾ 구디³⁵⁾ ᄎᆞᄆᆞ샤³⁶⁾

---

17) 니를의: 니를(이르다, 至)- + -의(←-긔: -게, 연어, 사동)

18) 사겨: 사기(새기다, 자세히 풀이하다, 解)- + -어(연어)

19) 니르며: 니르(이르다, 說)- + -며(연어, 나열) ※ '사겨 니르며'는 『묘법연화경』에 기술된 '解說
(해설)'을 직역한 표현이다.

20) ᄒᆞ야ᄽᅡ: ᄒᆞ(하다, 爲)- + -야ᄽᅡ(←-아ᄽᅡ: -어야, 연어, 필연적 조건)

21) 잇 ᄀᆞ자ᄋᆞᆫ: 이(이, 이것, 此: 지대, 정칭) + -ㅅ(-의: 관조) # ᄀᆞ장(-까지: 의명) + -ᄋᆞᆫ(보조사, 주제)

22) 前身: 전신. 전생의 몸이다.

23) 精微히: [정미히, 정미하게(부사): 精微(정미: 명사) + -ᄒᆞ(←-ᄒᆞ-: 형접)- + -이(부접)]

24) 디니샤: 디니(지니다, 持)- + -샤(←-시-: 주높)- + -∅(←-아: 연어)

25) 너비: [널리, 廣(부사): 넙(넓다, 廣: 형사)- + -이(부접)]

26) 布施ᄒᆞ야: 布施ᄒᆞ[보시하다: 布施(보시: 명사) + -ᄒᆞ(동접)-]- + -야(←-아: 연어)

27) 利益게: 利益[← 利益ᄒᆞ다(이익하다, 이익되다): 利益(이익: 명사) + -∅(←-ᄒᆞ-: 형접)-]- + -
게(연어, 도달) ※ '利益ᄒᆞ다'는 이익이 되는 바가 있는 것이다.

28) 引導ᄒᆞ샨: 引導ᄒᆞ[인도하다: 引導(인도: 명사) + -ᄒᆞ(동접)-]- + -샤(←-시-: 주높)- + -∅(과
시)- + -∅(←-오-: 대상)- + -ㄴ(관전)

29) 이리라: 일(일, 事) + -이(서조)- + -∅(현시)- + -라(←-다: 평종)

30) ᄒᆞ갓: 한갓(부사). 'ᄒᆞ갓'은 '고작하여야 다른 것 없이 겨우'의 뜻을 나타내는 부사이다.

31) 외올 ᄲᅮᆫ: 외오(외우다, 誦)- + -ㄹ(관전) # ᄲᅮᆫ(뿐, 만: 의명) ※ '외올 ᄲᅮᆫ'은 '외우는 것만을'로 의
역하여 옮긴다.

32) 無相經: 무상경. 『잡아함경(雜阿含經)』의 제18권에 있는 경전의 이름이다.

33) 구짓ᄂᆞᆫ: 구짓(← 구짖다: 꾸짖다, 叱)- + -ᄂᆞ(현시)- + -ㄴ(관전)

34) 辱ᄋᆞᆯ: 욕(辱) + -ᄋᆞᆯ(목조) ※ '辱(욕)'은 욕설, 곧 남의 인격을 무시하는 모욕적인 말이다.

35) 구디: [굳이, 固(부사): 굳(굳다, 固: 형사)- + -이(부접)]

36) ᄎᆞᄆᆞ샤: ᄎᆞᆷ(참다, 忍)- + -ᄋᆞ샤(←-ᄋᆞ시-: 주높)- + -∅(←-아: 연어)

無我行(무아행)을 지니시니, 無相(무상)과 無我(무아)가 그것이 (무아행을) 精微(정미)하게 지니신 것이다. (상불경보살이) 萬億(만억)의 世(세)에 이 經(경)을 널리 이르시어, 萬億(만억)의 衆(중)을 敎化(교화)하시어, 正道(정도)에 住(주)하게 하시어, 增上慢(증상만)하는 사람이 信伏(신복)하여 좇게 하시고, 罪(죄)을 마친 사람이 도로 道果(도과)를 得(득)하게 하시니, 그것이 (바로) 널리 利(이)하게 하신 것이다. 먼저 經(경)을 지닌 것이 다섯 가지의 功(공)이 갖추어져 있어 비록 圓(원)하여도 精(정)하지 못하고, 먼저 利益(이익)을 얻은 것이 六千(육천)의 德(덕)을 得(득)하여 비록 勝(승)하여도 넓지 못하니, (그것은) 人法緣影(인법연영)이 있기 때문이니라. 모름지기 無相(무상)·無我(무아)한 妙(묘)에 나아가는 것을 求(구)하여, 읽으며 외우는 것에 專主(전주)할 줄 모르며 잊을 줄 모르며

無뭉我앙行ᅘᆡᆼ[37]ᄋᆞᆯ 디니시니 無뭉相샹[38]과 無뭉我앙왜[39] 긔 精졍微밍히 디니샤미라[40] 萬먼億ᅙᅳᆨ 世솅예 이 經경을 너비 니ᄅᆞ샤 萬먼億ᅙᅳᆨ 衆즁을 敎교ᇢ化ᅘᅪᆼᄒᆞ샤 正졍道ᄯᅩᇢ애 住ᄯᅲᇢ케 ᄒᆞ샤 增증上썅慢만ᄒᆞᄂᆞᆫ 사ᄅᆞ미 信신伏뽁ᄒᆞ야[41] 좃긔[42] ᄒᆞ시고 罪쬥 ᄆᆞ촌 사ᄅᆞ미 도로 道ᄯᅩᇢ果광[43]ᄅᆞᆯ 得득긔 ᄒᆞ시니 긔 너비 利링케 ᄒᆞ샤미라 몬졔 經경 디뉴미[44] 다ᄉᆞᆺ 가짓 功공이 ᄀᆞ자[45] 비록 圓원ᄒᆞ야도 精졍티 몯ᄒᆞ고 몬졔 利링益ᅙᅧᆨ 어두미 六륙千쳔 德득을 得득ᄒᆞ야 비록 勝싱ᄒᆞ야도[46] 넙디 몯ᄒᆞ니 人신法법緣원影ᅙᅧᆼ[47]이 이실ᄊᆡ니라[48] 모로매 無뭉相샹 無뭉我앙ᄒᆞᆫ 妙묳[49]애 나ᅀᅡ가ᄆᆞᆯ[50] 求꿓ᄒᆞ야 닐그며 외오매 專젼主즁[51]ᄒᆞᇙ 줄 모ᄅᆞ며 니ᄌᆞᇙ 줄 모ᄅᆞ며

---

37) 無我行: 무아행. 모든 것에 대하여 '나(我)'라는 아상(我相)을 뺀 마음으로 말하고 행동하는 것을 통틀어서 이르는 말이다.

38) 無相: 무상(animitta). 고유한 형체나 모양이 없는 것, 불변하는 실체나 형상이 없는 것, 고유한 실체가 없는 공(空)의 상태이다.

39) 無我왜: 無我(무아) + -와(접조) + -ㅣ(← -이: 주조) ※ '無我(무아, Anātman)'는 만물에는 고정 불변하는 실체로서의 나(實我)가 없다는 뜻이다.

40) 디니샤미라: 디니(지니다, 持)- + -샤(← -시-: 주높)- + -ㅁ(← -옴: 명전) + -이(서조)- + -Ø(현시)- + -라(← -다: 평종)

41) 信伏ᄒᆞ야: 信伏ᄒᆞ[신복하다: 信伏(신복: 명사) + -ᄒᆞ(동접)-]- + -야(← -아: 연어) ※ '信伏(신복)'은 믿고 복종하는 것이다.

42) 좃긔: 좃(← 좇다: 좇다, 隨從)- + -긔(-게: 연어, 사동)

43) 道果: 도과. 수행을 통해서 얻은 과보(果報)이다.

44) 디뉴미: 디니(지니다, 持)- + -윰(명전) + -이(주조)

45) ᄀᆞ자: ᄀᆞᆽ(갖추어져 있다, 具)- + -아(연어)

46) 勝ᄒᆞ야도: 勝ᄒᆞ[승하다, 뛰어나다: 勝(승: 불어) + -ᄒᆞ(형접)-]- + -야도(← -아도: 연어, 양보)

47) 人法緣影: 인법연영. 일체의 유정과 무정, 곧 모든 존재의 그림자 같은 허상이다.

48) 이실ᄊᆡ니라: 이시(있다, 有)- + -ㄹᄊᆡ(-므로: 연어, 이유) + -Ø(← -이-: 서조)- + -Ø(현시)- + -라(← -다: 평종)

49) 妙: 묘. 이(理)가 미묘하고 사(事)가 희유하여, 마음으로 생각할 수 없고 말로 형용할 수 없는 것이다. 곧 불가사의(不可思議)이다.

50) 나ᅀᅡ가ᄆᆞᆯ: 나ᅀᅡᄀᆞ[나아가다, 進: 낫(낫아가다, 進)- + -아(연어) + 가(가다, 行)-]- + -ㅁ(← -옴: 명전) + -ᄋᆞᆯ(목조)

51) 專主: 전주. '專主(전주)'는 어떠한 일에 오로지 전념하는 것이다.

四·ᅀᅮᆷ衆·에 恭공敬·경·ᄒᆞ·ᅀᆞᄫᆞᆯ 줄 몰·라 ᄂᆞᆯ·아 ᄒᆞ·며·혹 衆·즁·에 妙·묭行·ᄒᆡᆼ·이 ᄀᆞᆺ·ᄀᆞ·기 나·다 업·億·ᅙᅥᆨ衆·즁·이 절·로 化·황·ᄒᆞ·야 恭공敬경·ᄒᆞ·며 憍굠慢만·ᄒᆞᆫ ᄆᆞ·ᅀᆞᆷ과 罪·쬉·와 福·복·이·며 믈·읫 人신法법緣원影·ᅙᅧᆼ·이·라 호·미 다 正정遍변正정等·등ㅅ 境경界·갱·예 마·ᄌᆞᆫ 後·훃·에·ᅀᅡ 精정·ᄒᆞ·며 너·버 ᄃᆞ·외·리·니 이 眞진實·씷·로 持띵經경·ᄒᆞ·ᄂᆞᆫ 至·징極·극·ᄒᆞᆫ 道·똘ㅣ·라 緣원·은 因힌緣원·이·오 影·ᅙᅧᆼ·은 그·리·메·라 微밍塵띤等·등 菩뽕薩·삻 心심 摩망訶항薩·삻

四衆(사중)에게 恭敬(공경)할 줄 모르며 업신여길 줄 몰라서, 妙行(묘행)이 가득히 나타나 億(억)의 衆(중)이 절로 化(화)하여 恭敬(공경)하며, 憍慢(교만)한 마음과 罪(죄)와 福(복)에 관한 일이며 모든 人法緣影(인법연영)이라 한 것이 다 正遍正等(정변정등)의 境界(경계)에 맞은 後(후)에야 精(정)하며 넓음이 되겠으니, 이것이 眞實(진실)로 持經(지경)하는 地極(지극)한 道(도)이다. 緣(연)은 因緣(인연)이요 影(영)은 그림자이다. 】

[第二十一 如來神力品(제이십일 여래신력품)] 그때에 땅에서 솟아나신 千(천)世界(세계)의 微塵(미진)과 같은 菩薩(보살) 摩訶薩(마하살)이 다 부처의 앞에 一心(일심)으로

四_{ᅀᆞ}衆_즁에 恭_공敬_경홇 줄 모ᄅᆞ며 업시웛 줄 몰라 妙_묳行_{ᅘᆡᆼ}⁵²⁾이 ᄀᆞᄃᆞ기⁵³⁾ 나다나

아⁵⁴⁾ 億_{ᅙᅳᆨ} 衆_즁이 절로⁵⁵⁾ 化_황ᄒᆞ야⁵⁶⁾ 恭_공敬_경ᄒᆞ며 憍_꿃慢_만ᄒᆞᆫ ᄆᆞᅀᆞᆷ과 罪_쬥와 福_복

괏⁵⁷⁾ 이리며 믈읫⁵⁸⁾ 人_{ᅀᅵᆫ}法_법緣_원影_{ᅙᅧᆼ}이라 혼 거시 다 正_졍遍_변正_졍等_등⁵⁹⁾ 境_경界_갱

예 마ᄌᆞᆫ 後_{ᅘᅮᇢ}에ᅀᅡ 精_졍ᄒᆞ며 너부미⁶⁰⁾ ᄃᆞ외리니 이⁶¹⁾ 眞_진實_{씨ᇙ}ㅅ 持_띵經_경호맷⁶²⁾ 至_징

極_끅ᄒᆞᆫ 道_뚛ㅣ라 緣_원은 因_{ᅙᅵᆫ}緣_원이오 影_{ᅙᅧᆼ}은 그르메라⁶³⁾ 】 그 ᄢᅴ ᄯᅡ해셔⁶⁴⁾ 소

사나신⁶⁵⁾ 千_천 世_솅界_갱 微_밍塵_띤⁶⁶⁾ 等_등⁶⁷⁾ 菩_뽕薩_삻 摩_망訶_항薩_삻이 다

부텻 알ᄑᆡ⁶⁸⁾ 一_힗心_심ᄋᆞ로

---

52) 妙行: 묘행. 뛰어난 행법(行法)이다. ※ '행법(行法)'은 사법(四法)의 하나이다. 부처의 경지에 이르기 위하여 하는 수행을 이르는데, '계(戒)·정(定)·혜(慧)'의 삼학(三學) 따위이다.

53) ᄀᆞᄃᆞ기: [가득히, 滿(부사): ᄀᆞ득(가득, 滿: 부사) + -Ø(←-ᄒᆞ-: 형접)- + -이(부접)]

54) 나다나아: 나다나[나타나다, 現: 난(나타나다, 現)- + -아(연어) + 나(나다, 出)-]- + -아(연어)

55) 절로: [절로, 저절로, 自(부사): 절(← 저: 저, 인대, 재귀칭) + -로(부조▷부접)]

56) 化ᄒᆞ야: 化ᄒᆞ[화하다, 교화하다: 化(화, 敎化: 불어) + -ᄒᆞ(동접)-]- + -야(←-아: 연어)

57) 福괏: 福(복) + -과(접조) + -ㅅ(-의: 관조) ※ '福괏'은 '복에 관한'으로 의역하여 옮긴다.

58) 믈읫: 무릇, 모든, 凡(관사)

59) 正遍正等: 정변정등. 온 세상의 모든 일을 모르는 것 없이 바로 안다는 부처의 지혜이다.

60) 너부미: 넙(넓다, 廣)- + -움(명전) + -이(주조)

61) 이: 이(이것, 是: 지대, 정칭) + -Ø(←-이: 주조)

62) 持經호맷: 持經ᄒᆞ[← 持經ᄒᆞ다(지경하다): 持經(지경: 명사) + -ᄒᆞ(동접)-]- + -옴(명전) + -애(-에: 부조, 위치) + -ㅅ(-의: 관조) ※ '眞實ㅅ 持經호맷'은 '진실로 지경하는'으로 옮긴다. ※'持經(지경)'은 경(經)을 언제나 몸에 지니고 다니면서 읽고 외고 하는 것이다.

63) 그르메라: 그르메(그림자, 影) + -Ø(서조)- + -Ø(현시)- + -라(←-다: 평종)

64) ᄯᅡ해셔: ᄯᅡㅎ(땅, 地) + -애(-에: 부조, 위치) + -셔(-서: 보조사, 위치 강조)

65) 소사나신: 소사나[솟아나다, 踊出: 솟(솟다, 踊)- + -아(연어) + 나(나다, 出)-]- + -시(주높)- + -Ø(과시)- + -ㄴ(관전)

66) 微塵: 미진. 아주 작은 티끌이나 먼지이다. ※ '千 世界 微塵(천 세계 미진)': 일천 세계는 수미산을 중심으로 한 소세계(小世界)가 천 개 모인 것이다. 여기서 말하는 '천 세계 미진'은 그 세계를 모두 부수어 나온 티끌의 수를 비유적으로 이른 말이다.

67) 等: 등. '-와 같은'(부사)

68) 알ᄑᆡ: 앒(앞, 前) + -ᄋᆡ(-에: 부조, 위치)

掌장ᄒᆞ야尊존顔안ᄋᆞᆯ울워수ᄫᅡ무터
ᄭᅵ슬ᄫᅥ디世셰尊존하ᄋᆞ리돌히ᄫᅩ
텨滅몋度똥ᄒᆞ신後흏에世솅尊존ᄉ
分분身신經경겨시던나랏滅몋度똥ᄒᆞ신
ᄯᅡ해이經경겨시던나랏滅몋度똥ᄒᆞ신
ᄂᆞᆸ흐란디ᄫᅮ리도이런真진實씷
ᄒᆞᆫ큰法법을得득고져ᄒᆞ야바다디녀
닐그며외오며사겨니ᄅᆞ며쓰며ᄒᆞ야

合掌(합장)하여 尊顔(존안)을 우러러 부처께 사뢰되, "世尊(세존)이시여! 우리들이 부처가 滅度(멸도)하신 後(후)에 世尊(세존)의 分身(분신)이 계시던 나라에서 滅度(멸도)하신 곳에 이 經(경)을 널리 이르겠으니, '(그것이) 어째서이냐?' 한다면, 우리도 이런 眞實(진실)의 깨끗한 큰 法(법)을 得(득)하고자 하여, (이 경을) 받아 지녀서 읽으며 외우며 새겨 이르며 쓰며 하여

尊_존顔_안69)을 울워ᅀᄫᅡ70) 부텨씌71) 슬ᄫᅵ샤ᄃᆡ72) 世_솅尊_존하73) 우리들히74) 부텨 滅_몛度_똥ᄒ신75) 後_흏에 世_솅尊_존ㅅ 分_분身_신76) 겨시던 나랏 滅_몛度_똥ᄒ신 ᄯ해77) 이 經_경을 너비 닐오리니78) 엇뎨어뇨79) ᄒ란ᄃᆡ80) 우리도 이런 眞_진實_쎓ㅅ 조ᄒᆫ81) 큰 法_법을 得_득고져82) ᄒ야 바다83) 디녀84) 닐그며 외오며 사겨 니ᄅ며 쓰며 ᄒ야

69) 尊顔: 존안. 남의 얼굴을 높여 이르는 말이다.

70) 울워ᅀᄫᅡ: 울워(← 울월다: 우러르다, 仰)- + -ᅀᆸ(← -ᄉᆸ-: 객높)- + -아(연어)

71) 부텨씌: 부텨(부처, 佛) + -씌(-께: 부조, 상대, 높임)

72) 슬ᄫᅵ샤ᄃᆡ: 슯(← 슯다, ㅂ불: 사뢰다, 白言)- + -ᄋᆞ샤(← -ᄋᆞ시-: 주높)- + -ᄃᆡ(-오ᄃᆡ: -되, 연어, 설명 계속)

73) 世尊하: 世尊(세존) + -하(-이시여: 호조, 아주 높임)

74) 우리들히: 우리들ㅎ[우리들, 我等: 우리(인대, 1인칭, 복수) + -들ㅎ(-들: 복접)] + -이(주조)

75) 滅度ᄒ신: 滅度ᄒ[멸도하다: 滅度(멸도: 명사) + -ᄒ(동접)-]- + -시(주높)- + -Ø(과시)- + -ㄴ(관전) ※ '滅度(멸도)'는 승려가 죽는 것이다.(= 입적, 入寂)

76) 分身: 분신. 부처가 중생을 교화하기 위하여 여러 가지 몸으로 나타나는 것이나, 또는 그 몸을 이른다.

77) ᄯ해: ᄯᅡㅎ(땅, 곳, 處) + -애(-에: 부조, 위치)

78) 닐오리니: 닐(← 니ᄅ다: 이르다, 說)- + -오(화자)- + -리(미시)- + -니(연어, 설명 계속)

79) 엇뎨어뇨: 엇뎨(어째서, 何: 부사) + -Ø(← -이-: 서조)- + -어(← -거-: 확인)- + -뇨(-냐: 의종, 설명)

80) ᄒ란ᄃᆡ: ᄒ(하다: 日)- + -란ᄃᆡ(-을진대, -을 것이면: 연어, 조건)

81) 조ᄒᆫ: 좋(깨끗하다, 淨)- + -Ø(현시)- + -은(관전)

82) 得고져: 得[← 得ᄒ다(득하다): 得(득: 불어) + -ᄒ(동접)-]- + -고져(-고자: 연어, 의도)

83) 바다: 받(받다, 受)- + -아(연어)

84) 디녀: 디니(지니다, 持)- + -어(연어)

供養(공양)하겠습니다. 그때에 世尊(세존)이 文殊師利(문수사리) 等(등) 無量
(무량) 百千萬億(백천만억)의 오래 娑婆世界(사바세계)에 계신 菩薩(보살) 摩訶
薩(마하살)과, 比丘(비구)·比丘尼(비구니)·優婆塞(우바새)·優婆夷(우바이)·天(천)·
龍(용)·夜叉(야차)·乾闥婆(건달바)·阿修羅(아수라)·迦樓羅(가루라)·緊那羅(긴나
라)·摩睺羅迦(마후라가)

供_공養_양호리이다⁸⁵⁾ 그 ᄢᅴ 世_솅尊_존이 文_문殊_쓩師_{ᄉᆞᆼ}利_링⁸⁶⁾ 等_{ᄃᆞᆼ} 無_뭉量_량 百_{ᄇᆡᆨ}千_천萬_먼億_흑 오래⁸⁷⁾ 娑_상婆_빵世_솅界_갱⁸⁸⁾예 겨신 菩_뽕薩_삻 摩_망訶_항薩_삻와 比_삉丘_쿻 比_삉丘_쿻尼_닝 優_{ᅙᅮᇢ}婆_빵塞_{ᄉᆡᆨ} 優_{ᅙᅮᇢ}婆_빵夷_잉 天_텬⁸⁹⁾ 龍_룡 夜_양叉_창⁹¹⁾ 乾_껀闥_탏婆_빵⁹²⁾ 阿_항修_슣羅_랑⁹³⁾ 迦_강樓_릏羅_랑⁹⁴⁾ 緊_긴那_낭羅_랑95) 摩_망睺_{ᅘᅮᇢ}羅_랑迦_강⁹⁶⁾

---

85) 供養호리이다: 供養ᄒᆞ[← 供養ᄒᆞ다(공양하다): 供養(공양: 명사) + -ᄒᆞ(동접)-]- + -오(화자)- + -리(미시)- + -이(상높, 아주 높임)- + -다(평종)

86) 文殊師利: 문수사리. 보현보살과 짝하여 석가모니불의 왼쪽에 있는 대승보살이다. 지혜를 맡고 있으며, 형상은 바른손에 지혜의 칼을 들고, 왼손에는 꽃 위에 지혜의 그림이 있는 청련화를 쥐고 있다. 사자를 타고 있는 것은 위엄과 용맹을 나타낸 것이라 한다. 이 보살은 석가모니의 교화를 돕기 위하여 일시적인 권현(權現)으로 보살의 자리에 있다고도 한다.

87) 오래: [오래, 舊(부사): 오라(오래다, 舊: 형사)- + -ㅣ(←-이: 부접)]

88) 娑婆世界: 사바세계(Saha). 석가모니 부처님이 교화하는 경토(境土)를 말한다. 따라서 부처님이 섭화하는 경토인 삼천대천세계가 모두 사바세계이다. 우리가 살고 있는 이 사바세계는 '탐(貪)·진(瞋)·치(痴)'의 삼독(三毒)의 번뇌를 겪어내야 하고, 오온(五蘊)으로 비롯되는 고통을 참고 살아야 한다.

89) 天: 천. 불법을 지키는 여덟 신장 가운데 제천(諸天)이다. ※ '諸天(제천)'은 천상계의 모든 천신(天神)이다.

90) 龍: 용. 불법을 지키는 여덟 신장 가운데 용신(龍神)이다. ※ '龍神(용신)'은 바다에 살며 비와 물을 맡고 불법을 수호하는 용 가운데의 임금이다.(= 용왕, 龍王)

91) 夜叉: 야차. 팔부의 하나로서, 사람을 괴롭히거나 해친다는 사나운 귀신이다.

92) 乾闥婆: 건달바. 팔부중의 하나이다. 수미산 남쪽의 금강굴에 살며 제석천(帝釋天)의 아악(雅樂)을 맡아보는 신으로, 술과 고기를 먹지 않고 향(香)만 먹으며 공중으로 날아다닌다고 한다.

93) 阿修羅: 아수라. 팔부중의 하나이다. 싸우기를 좋아하는 귀신으로, 항상 제석천과 싸움을 벌인다.

94) 迦樓羅: 가루라. 팔부중의 하나이다. 불경에 나오는 상상의 큰 새로, 매와 비슷한 머리에는 여의주가 박혀 있으며 금빛 날개가 있는 몸은 사람을 닮고 불을 뿜는 입으로 용을 잡아먹는다고 한다.

95) 緊那羅: 긴나라. 팔부중의 하나이다. 인도 신화에 나오는, 악기를 연주하고 노래하며 춤추는 신으로, 사람의 머리에 새의 몸 또는 말의 머리에 사람의 몸을 하는 등 그 형상이 일정하지 않다.

96) 摩睺羅迦: 마후라가. 팔부중의 하나. 몸은 사람과 같고 머리는 뱀과 같은 신이다.

人非人(인비인) 等(등) 一切(일체)가 모인 앞에 큰 神力(신력)을 나타내시어, 廣長舌(광장설)을 내시어【廣長舌(광장설)은 넓고 기신 혀이다. 】 위로 梵世(범세)에 이르게 하시고【梵世(범세)는 梵天(범천)의 世界(세계)니 初禪天(초선천)이다.】, 一切(일체)의 털 구멍마다 그지없으며 數(수)없는 빛에서 나는 光明(광명)을 펴시어 十方世界(시방세계)를 다 가득히 비추시니, 많은 寶樹(보수)

人신非빙人신⁹⁷⁾ 等등 一힗切쳉⁹⁸⁾ 모든⁹⁹⁾ 알피 큰 神씬力륵을 나토샤¹⁾ 廣광長땽舌셣²⁾을 내샤【廣광長땽舌셣은 넙고 기르신³⁾ 혜라⁴⁾】 우후로⁵⁾ 梵뺌世셍예⁶⁾ 니르게 ᄒ시고【梵뺌世셍ᄂᆫ 梵뺌天텬ㅅ⁷⁾ 世셍界갱니 初총禪쎤天텬이라】 一힗切쳉 터럭⁸⁾ 구무마다⁹⁾ 그지업스며¹⁰⁾ 數숭업슨¹¹⁾ 비쳇¹²⁾ 光광明명을 펴샤 十씹方방¹³⁾ 世셍界갱를 다 ᄀᆞᆮ기 비취시니¹⁴⁾ 한¹⁵⁾ 寶볼樹쓩¹⁶⁾

---

97) 人非人: 인비인. 인(人)은 사람, 비인(非人)은 팔부중(八部衆)·귀신·축생 등을 말한다.

98) 一切: 一切(일체) + -Ø(←-이: 주조)

99) 모든 : 몯(모이다, 集)- + -Ø(과시)- + -은(관전)

1) 나토샤 : 나토[나타내다, 現: 낟(나타나다, 現: 자동)- + -호(사접)-]- + -샤(←-시-: 주높)- + -Ø(←-아: 연어)

2) 廣長舌: 광장설. 부처님의 삼십이상(三十二相) 중의 하나로 넓고 긴 혀를 이른다.(= 대설상, 大舌相)

3) 기르신: 실(길다, 長)- + -으시(주높)- + -Ø(현시)- + -ㄴ(관전)

4) 혜라: 혀(혀, 舌) + -ㅣ(←-이-: 서조)- + -Ø(현시)- + -라(←-다: 평종)

5) 우후로: 우ㅎ(위, 上) + -으로(부조, 방향)

6) 梵世예: 梵世(범세) + -예(←-에: 부조, 위치) ※'梵世(범세)'는 범천(梵天)의 세계로서 초선천(初禪天)을 이르는 말이다. 곧, 색계(色界)의 사선천(四禪天)의 첫째 하늘로서, 범중천(梵衆天), 범보천(梵輔天), 대범천(大梵天)으로 나뉜다.

7) 梵天ㅅ: 梵天(범천) + -ㅅ(-의: 관조) ※ '梵天(범천)'은 초선천(初禪天)이다.

8) 터럭: [털, 毛: 털(← 터리: 털, 毛) + -억(명접)]

9) 구무마다: 구무(구멍, 孔) + -마다(보조사, 각자)

10) 그지업스며: 그지없[그지없다, 無量: 그지(한도, 限: 명사) + 없(없다, 無: 형사)-]- + -으며(연어, 나열)

11) 數업슨: 數없[수없다, 無數(형사): 數(수: 명사) + 없(없다, 無)-]- + -Ø(현시)- + -은(관전)

12) 비쳇: 빛(빛, 色) + -에(부조, 위치) + -ㅅ(-의: 관조) ※ '비쳇'은 '빛에서 나는'으로 의역하여 옮긴다.

13) 十方: 시방. 사방(四方), 사우(四隅), 상하(上下)를 통틀어 이르는 말이다.

14) 비취시니: 비취(비추다, 照)- + -시(주높)- + -니(연어, 설명 계속)

15) 한: 하(많다, 衆)- + -Ø(현시)- + -ㄴ(관전)

16) 寶樹: 보수. 극락에 일곱 줄로 벌어 있는 보물 나무로서, 금·은·유리·파리·마노·거거·산호의 나무이다. (= 칠중보수, 七重寶樹)

아래師·쑹子·징座·쫭 우·희衆諸·졍佛·뿛도 ·쏘이·양·ᄌᆞ로廣·광長·땽舌·쎯·을내·시·며 그·지·업슨光·광明·명을·펴·시·니·라釋·셕 迦·강牟뭏尼닝佛·뿛·와寶·봄樹·쓩아·랫 諸·졍佛·뿛이神·씬力·륵·을나·토·싫時·씽節·졇 ·이百·빅千·쳔·힁·거·사·ᄃᆞ·ᄅᆞ로舌·쎯相·샹 ·올·가·두·시·고·ᄒᆞᆫ·쁴·기·춤·ᄒᆞ·시·며·ᄒᆞᆫ·쁴 彈·딴指·징·ᄒᆞ·시·니·이·두音·ᅙᆷ聲·셩·이

아래의 獅子座(사자좌) 위에 있는 諸佛(제불)도 또 이 모습으로 廣長舌(광장설)을 내시며 그지없는 光明(광명)을 펴셨니라. 釋迦牟尼佛(석가모니불)과 寶樹(보수) 아래의 諸佛(제불)이 神力(신력)을 나타내실 時節(시절)이 百千(백천) 해가 차야, 도로 舌相(설상)을 걷으시고 함께 기침하시며 함께 彈指(탄지)하시니, 이 두 音聲(음성)이

아래 師_승子_중座_쫭¹⁷⁾ 우흿¹⁸⁾ 諸_졍佛_뿛도 쏘 이 양ᄌ로¹⁹⁾ 廣_광長_땽舌_쎯을 내시며 그지업슨 光_광明_명을 펴시니라²⁰⁾ 釋_셕迦_강牟_뭏尼_닝佛_뿛와 寶_봏樹_쓩 아랫 諸_졍佛_뿛이 神_씬力_륵²¹⁾ 나토싫²²⁾ 時_씽節_졇이 百_빅千_쳔 히²³⁾ ᄎ거ᅀᅡ²⁴⁾ 도로²⁵⁾ 舌_쎯相_썅²⁶⁾을 가ᄃ시고²⁷⁾ ᄒᆞᄢᅴ²⁸⁾ 기춤ᄒᆞ시며²⁹⁾ ᄒᆞᄢᅴ 彈_딴指_징³⁰⁾ᄒᆞ시니 이 두 音_{ᅙᅳᆷ}聲_셩³¹⁾이

---

17) 師子座: 사자좌. 부처는 인간에서 가장 높은 지위에 있는 분이므로 사자에 비유되며, 따라서 '사 사좌'는 부처가 앉으시는 상좌(牀座)을 이른다.(= 사자좌, 獅子座)

18) 우흿: 우ㅎ(위, 上) + -의(-에: 부조, 위치) + -ㅅ(-의: 관조) ※ '우흿'은 '위에 있는'으로 의역하 여 옮긴다.

19) 양ᄌ로: 양ᄌ(양자, 모습, 樣子) + -로(부조, 방편)

20) 펴시니라: 펴(펴다, 放)- + -시(주높)- + -Ø(과시)- + -니(원칙)- + -라(← -다: 평종)

21) 神力: 신력. 신묘한 도력(道力)이나, 또는 그런 힘의 작용이다.(= 신통력, 神通力)

22) 나토싫: 나토[나타내다, 現: 낟(나타나다, 現: 자동)- + -호(사접)-] + -시(주높)- + -ㅭ(관전)

23) 히: 히(해, 歲: 의명) + -Ø(← -이: 주조)

24) ᄎ거ᅀᅡ: ᄎ(차다, 滿)- + -거(확인)- + -어ᅀᅡ(-어야: 연어, 필연적 조건)

25) 도로: [도로, 環(부사): 돌(돌다, 廻: 동사)- + -오(부접)]

26) 舌相: 설상. 혀의 모양이다.

27) 가ᄃ시고: 갇(걷다, 攝)- + -ᄋᆞ시(주높)- + -고(연어, 나열, 계기)

28) ᄒᆞᄢᅴ: [함께, 同(부사): ᄒᆞ(한, 一: 관사, 양수) + ᄣᅴ(← ᄢᅴ: 때, 時, 의명) + -의(-에: 부조, 위치)]

29) 기춤ᄒᆞ시며: 기춤ᄒᆞ[기침하다, 謦欬: 깇(기침하다, 謦欬: 동사) + -움(명접) + -ᄒᆞ(동접)-]- + -시(주높)- + -며(연어, 나열)

30) 彈指: 탄지. 손톱이나 손가락 따위를 튕기는 것이다.

31) 音聲: 음성. 소리이다.

方方諸佛世界예다니
져정뜡世솅界갱예다니를
며따히다六種으로震
ㅼ따히다륙種종으로震진
더니그어귓衆生天動ㅎ
더니그어귓衆즁生싱天텬動뚱ㅎ
乾闥婆阿修羅夜迦
건闥婆빵阿항修슝羅랑夜양迦
樓羅緊那羅摩睺
룽羅랑緊긴那낭羅랑摩망睺
神力入非人等世界
神씬力륵入ᅀᅵᆸ非빙人ᅀᅵᆫ等등世솅界갱
옛無量無邊百千萬
옛無뭉量량無뭉邊변百ᄇᆡᆨ千쳔萬
으로다이婆婆世界이무텻

十方(시방) 諸佛(제불)의 世界(세계)에 다 이르며 땅이 다 六種(육종)으로 震動(진동)하더니, 거기에 있는 衆生(중생), (곧) 天(천)·龍(용)·夜叉(야차)·乾闥婆(건달바)·阿修羅(아수라)·迦樓羅(가루라)·緊那羅(긴나라)·摩睺羅迦(마후라가)·人非人(인비인) 等(등)이 부처의 神力(신력)으로 다 이 娑婆世界(사바세계)에 있는 無量無邊(무량무변) 百千萬億(백천만억)의

十_씹方_방 諸_정佛_뿛 世_솅界_갱예 다 니르며³²⁾ 짜히³³⁾ 다 六_륙種_죵ᄋᆞ로³⁴⁾ 震_진動_뚱ᄒᆞ더니³⁵⁾ 그어긧³⁶⁾ 衆_즁生_{ᄉᆡᆼ}³⁷⁾ 天_텬 龍_룡 夜_양叉_창 乾_껀闥_탏婆_빵 阿_{ᅙᅡᆼ}修_슣羅_랑 迦_강樓_룷羅_랑 緊_긴那_낭羅_랑 摩_망睺_횷羅_랑迦_강 人_{ᅀᅵᆫ}非_빙人_{ᅀᅵᆫ} 等_등이 부텻 神_씬力_륵ᄋᆞ로 다 이 娑_상婆_빵世_솅界_갱옛³⁸⁾ 無_뭉量_량無_뭉邊_변³⁹⁾ 百_빅千_쳔萬_먼億_흑

---

32) 니르며: 니르(이르다, 至)- + -며(연어, 나열)

33) 짜히: 짜ㅎ(땅, 地) + -이(주조)

34) 六種: 六種(육종) + -ᄋᆞ로(-으로: 부조, 방편) ※ '六種(육종)'은 여섯 가지의 종류이다.

35) 六種ᄋᆞ로 震動ᄒᆞ더니: 부처님이 설법할 때에 일어나는 좋은 징조로서, 대지의 움직임이나 소리 등을 말한다. ※ '六種 震動(육종 진동)'은 한쪽으로 움직이는 동(動), 흔들려서 일어나는 기(起), 솟아오르는 용(涌), 은은하게 울리는 진(震), 포효하는 소리인 후(吼), 큰 소리가 들리는 각(覺)을 이른다. 이것은 법화(法化)의 설법으로 여섯 차례에 걸쳐 무명번뇌(無明煩惱)를 깨뜨리는 것을 상징한다.

36) 그어긧: 그어긔(거기에, 其: 지대, 처소) + -ㅅ(-의: 관조) ※ '그어긧'는 '거기에 있는'으로 의역 하여 옮긴다.

37) 衆生: 중생. 모든 살아 있는 무리이다. ※ '衆生'과 그 뒤에 표현된 '天, 龍, 夜叉, 乾闥婆, 阿修羅, 迦樓羅, 緊那羅, 摩睺羅迦, 人非人'은 동격이다.

38) 娑婆世界옛: 娑婆世界(사바세계) + -예(←-에: 부조, 위치) + -ㅅ(-의: 관조) ※ '娑婆世界(사바세계)'는 괴로움이 많은 인간 세계이다. ※ '娑婆世界옛'은 '娑婆世界에 있는'으로 의역하여 옮긴다.

39) 無量無邊: 무량무변. 헤아릴 수 없고 끝도 없이 많음을 이르는 말이다.

億·흑 한 寶·봉 樹·쓩 아래 師·승 子·증 座 우흿 諸·정 佛·뿛 도 보ᅀᆞ며 釋·석 迦·강 牟·뭏 尼·닝 佛·뿛 와 多·당 寶·봉 如·ᅀᅥ 來·ᇙ 왜 寶·봉 塔·탑 中·듕 에 師·승 子·증 座·쨩 애 안자 겨샨 양도 보ᅀᆞᄫᆞ며 쏘 無·뭉 量·량 無·뭉 邊·변 ᄒᆞᆫ 百·ᄇᆡᆨ 千·쳔 萬·먼 億·흑 菩·뽕 薩·삻 摩·망 訶·항 薩·삻 와 四·ᄉᆞᆼ 衆·즁 들히 釋·석 迦·강 牟·뭏 尼·닝 佛·뿛 ᄭᅴ 恭·공 敬·경 ᄒᆞᅀᆞᄫᅡ

많은 寶樹(보수) 아래의 師子座(사자좌) 위에 있는 諸佛(제불)도 보며, 釋迦牟尼佛(석가모니불)과 多寶如來(다보여래)가 寶塔(보탑) 中(중)에서 師子座(사자좌)에 앉아 계신 모습도 보며, 또 無量無邊(무량무변)한 百千萬億(백천만억)의 菩薩(보살) 摩訶薩(마하살)과 四衆(사중)들이 釋迦牟尼佛(석가모니불)께 恭敬(공경)하여 한 寶_볼樹_쓩 아래 師_{ᄉᆞᆼ}子_{ᄌᆞᆼ}座_쫭 우흿⁴⁰⁾ 諸_졍佛_뿛도 보ᅀᆞᄫᆞ며⁴¹⁾ 釋_셕迦_강牟_뮿尼_닝佛_뿛⁴²⁾와 多_당寶_볼如_셩來_링왜⁴³⁾ 寶_볼塔_탑⁴⁴⁾ 中_듕에 師_{ᄉᆞᆼ}子_{ᄌᆞᆼ}座_쫭애 안자 겨샨⁴⁵⁾ 양도⁴⁶⁾ 보ᅀᆞᄫᆞ며 ᄯᅩ 無_뭉量_량無_뭉邊_변 百_{ᄇᆡᆨ}千_쳔萬_먼億_흑 菩_뽕薩_{ᄉᆞᆯ} 摩_망訶_항薩_{ᄉᆞᆯ}와 四_{ᄉᆞᆼ}衆_즁ᄃᆞᆯ히⁴⁷⁾ 釋_셕迦_강牟_뮿尼_닝佛_뿛끠 恭_공敬_경ᄒᆞ야

---

40) 우흿: 웋(위, 上) + -의(-에: 부조, 위치) + -ㅅ(-의: 관조) ※ '우흿'은 '위에 있는'으로 의역하여 옮긴다.

41) 보ᅀᆞᄫᆞ며: 보(보다, 見)- + -ᅀᆞᆸ(←-ᅀᆞᆸ-: 객높)- + -ᄋᆞ며(연어, 나열)

42) 釋迦牟尼佛: 석가모니불. 석가모니를 부처로 모시어 이르는 말이다. 삼신불 가운데 응신불(應身佛)에 해당하는데, 석가불(釋迦佛)이라고도 한다. 석가모니란, 산스크리트의 발음을 따서 중국어로 옮긴 음역인데, 그 뜻은 능인(能仁)·능적(能寂) 등으로서 불타(佛陀), 즉 석존(釋尊)을 가리킨다.

43) 多寶如來왜: 多寶如來(다보여래) + -와(접조) + -ㅣ(←-이: 주조) ※ '多寶如來(다보여래)'는 오여래(五如來)의 하나로 동방의 보정 세계(寶淨世界)에 나타났다는 부처이다. 석가모니가 영취산에서 법화경을 설법할 때에, 땅속에서 다보탑과 함께 솟아 소리를 질러 석가모니의 설법이 참이라고 증명하였다고 한다.

44) 寶塔: 보탑. 귀한 보배로 장식한 탑이다.

45) 겨샨: 겨샤(←겨시다: 계시다, 在)- + -Ø(과시)- + -Ø(대상)- + -ㄴ(관전)

46) 양도: 양(양, 모습, 樣: 의명) + -도(보조사, 첨가)

47) 四衆ᄃᆞᆯ히: 四衆ᄃᆞᆯㅎ[사중들: 四衆(사중) + -ᄃᆞᆯㅎ(-들: 복접)] + -이(주조) ※ '四衆(사중)'은 부처의 네 종류 제자인 '비구, 비구니, 우바새, 우바니'이다.

ㅎ야圍윙繞욯ㅎ수·ᄫᆺ노·ᇰ야도·보·고·다

·ㄱ·창·깃·거·녀·엄던·이·롤·연·과·라ㅎᅌᅡ더·니:다

즉자·히諸졍天텬·이虛헝空콩·애·셔·髙

聲성·으·로·닐·오·딕·이·에·로·셔無뭉量

僧슨祇낑世셍界갱婆빵婆빵ㅣ니·그·에·부

·톄·겨·샤·딕·일·후·미釋·셕迦강牟뭏尼닝

圍繞(위요)하여 있는 모습도 보고, 다 매우 기뻐하여 "(내가) 예전에 없던 일을 얻었다."고 하더니, 즉자히 諸天(제천)이 虛空(허공)에서 高聲(고성)으로 이르되 "여기로부터서 無量無邊(무량무변)한 百千萬億(백천만억)의 阿僧祇(아승기)의 世界(세계)를 지나가 나라가 있되 (그) 이름이 '娑婆(사바)'이니, 거기에 부처가 계시되 (그) 이름이 '釋迦牟尼(석가모니)'이시니,

圍_윙繞_숗ᄒᅀᄫᆡᆺᄂᆫ⁴⁸⁾ 양도 보고 다 ᄀᆞ장⁴⁹⁾ 깃거⁵⁰⁾ 녜⁵¹⁾ 업던 이를 얻과라⁵²⁾ ᄒ더니 즉자히⁵³⁾ 諸_졍天_텬이 虛_헝空_콩애셔 高_골聲_셩으로 닐오ᄃᆡ 이에로셔⁵⁴⁾ 無_뭉量_랑無_뭉邊_변 百_빅千_쳔萬_먼億_흑 阿_항僧_승祇_낑⁵⁵⁾ 世_솅界_갱를 디나가 나라히 이쇼ᄃᆡ⁵⁶⁾ 일후미 娑_상婆_뺑ㅣ니⁵⁷⁾ 그에⁵⁸⁾ 부톄 겨샤ᄃᆡ 일후미 釋_셕迦_강牟_뭏尼_닝시니⁵⁹⁾

---

48) 圍繞ᄒᅀᄫᆡᆺᄂᆫ: 圍繞ᄒ[위요하다: 圍繞(위요: 명사) + -ᄒ(동접)-]- + -ᅀᆞᇦ(←-ᅀᆸ-: 객높) + -아(연어) # 잇(← 이시다: 있다, 보용, 완료 지속)- + -ᄂᆞ(현시)- + -ㄴ(관전) ※ '圍繞ᄒᅀᄫᆡᆺᄂᆫ'은 '圍繞ᄒᅀᄫᅡ 잇ᄂᆫ'이 축약된 형태이다. 그리고 '圍繞(위요)'는 부처의 둘레를 돌아다니는 일이다.

49) ᄀᆞ장: 매우, 대단히, 大(부사)

50) 깃거: 깄(기뻐하다, 歡喜)- + -어(연어)

51) 녜: 옛날, 예전, 昔.

52) 얻과라: 얻(얻다, 得)- + -Ø(과시)- + -과(←-아-: 확인)- + -Ø(화자)- + -라(←-다: 평종) ※ '(내) 녜 업던 일룰 얻과라'의 주체는 '나(= 衆生)'이다. 곧, 앞서 표현한 '天, 龍, 夜叉, 乾闥婆, 阿修羅, 迦樓羅, 緊那羅, 摩睺羅迦, 人非人' 등이 1인칭의 화자로 표현되었다.

53) 즉자히: 즉시, 卽(부사)

54) 이에로셔: 이에(여기, 此: 지대, 정칭) + -로(부조, 방향) + -셔(-서: 보조사, 위치 강조)

55) 阿僧祇: 아승기. 수로 표현할 수 없는 가장 많은 수의 또는 그런 시간의(관사, 양수)

56) 이쇼ᄃᆡ: 이시(있다, 有)- + -오ᄃᆡ(-되: 연어, 설명 계속)

57) 娑婆ㅣ니: 娑婆(사바) + -ㅣ(←-이-: 서조)- + -니(연어, 설명 계속) ※ '娑婆(사바)'는 괴로움이 많은 인간 세계나 석가모니불이 교화하는 세계를 이른다.

58) 그에: 거기에, 是中(지대, 정칭)

59) 釋迦牟尼시니: 釋迦牟尼(석가모니) + -Ø(←-이-: 서조)- + -시(주높)- + -니(연어, 설명 계속)

시·니 이제 菩薩·뽕·삶 摩·망 訶·항 薩·삶·들
위·ᅙᅡ·샤 大·땡 乘·씽 經·경·을 니르·시ᄂᆞ·니 菩·뽕
蓬·삶·후·미 妙·뭉 法·법 蓮·련 華·ᅘᅪ·ᅵ·니 菩·뽕
念·념·ᄒᆞ·시·논 法·법·이·라 부·텨 護·ᅘᅩᇰ
喜·힁·ᄒᆞ·고 釋·셕 迦·강 牟·뭏 尼·닝 佛·뿛·ᄭᅴ·쪙·ᅌᅣᇰ隨
生·ᄉᆞᇰ·ᄃᆞᆯ·히 虛·헝 空·콩·앳 소·리 듣·고 合·ᅘᅡᆸ 養·ᅌᅣᇰ 衆·즁

이제 菩薩(보살) 摩訶薩(마하살)들을 위하시어 大乘經(대승경)을 이르시나니, (그) 이름이 妙法蓮花(묘법연화)이니 (이는) 菩薩(보살)을 가르치시는 法(법)이라서 부처가 護念(호념)하시는 바이다. 너희가 마음에 대단히 隨喜(수희)하고 釋迦牟尼佛(석가모니불)께 저쑤워서 供養(공양)하라. 저 衆生(중생)들이 虛空(허공)에서 나는 소리를 듣고

이제⁶⁰⁾ 菩_뽕薩_삻 摩_망訶_항薩_삻들 위ᄒᆞ샤 大_땡乘_씽經_경을 니ᄅᆞ시ᄂᆞ니⁶²⁾

일후미 妙_묳法_법蓮_련華_횅ㅣ니 菩_뽕薩_삻 ᄀᆞᄅᆞ치시논⁶³⁾ 法_법이라⁶⁴⁾ 부텨

護_홍念_념ᄒᆞ시논⁶⁵⁾ 배라⁶⁶⁾ 너희⁶⁷⁾ ᄆᆞᅀᆞ매 ᄀᆞ장 隨_쒕喜_횡ᄒᆞ고⁶⁸⁾ 釋_셕迦_강牟

_뭏尼_닝佛_뿛씌 저ᅀᆞᄫᅡ⁶⁹⁾ 供_공養_양ᄒᆞᅀᆞᄫᆞ라⁷⁰⁾ 더 衆_즁生_{ᄉᆡᆼ}들히 虛_헝空_콩앳⁷¹⁾

소리 듣고

---

60) 이제: [이제, 今(부사): 이(이, 此: 관사, 지시, 정칭) + 제(때에, 時: 의명)] ※ '제'는 [저(← 적: 적, 때, 時, 명사)] + -ㅣ(← -의(-에: 부조, 위치)]의 방식으로 형성된 파생 명사이다.

61) 大乘經: 대승경. 대승(大乘)의 교법이 담긴 불경이다. 화엄경(華嚴經), 대집경(大集經), 반야경(般若經), 법화경(法華經), 열반경(涅槃經) 따위가 있다.

62) 니ᄅᆞ시ᄂᆞ니: 니ᄅᆞ(이르다, 說)- + -시(주높)- + -ᄂᆞ(현시)- + -니(연어, 설명 계속)

63) ᄀᆞᄅᆞ치시논: ᄀᆞᄅᆞ치(가르치다, 敎)- + -시(주높)- + -ㄴ(← -ᄂᆞ-: 현시)- + -오(대상)- + -ㄴ(관전)

64) 法이라: 法(법) + -이(서조)- + -라(← -아: 연어) ※ '法이라'는 문맥상 '법이라서'로 옮긴다.

65) 護念ᄒᆞ시논: 護念ᄒᆞ[호념하다: 護念(호념: 명사) + -ᄒᆞ(동접)-]- + -시(주높)- + -ㄴ(← -ᄂᆞ-: 현시)- + -오(대상)- + -ㄴ(관전) ※ '護念(호념)'은 불보살이 선행을 닦는 중생을 늘 잊지 않고 보살펴 주는 일이다.

66) 배라: 바(바, 所: 의명) + -ㅣ(← -이-: 서조)- + -Ø(현시)- + -라(← -다: 평종)

67) 너희: 너희[너희, 汝等: 너(너, 汝: 인대, 1인칭) + -희(-희, 等: 복접)] + -Ø(← -이: 주조)

68) 隨喜ᄒᆞ고: 隨喜ᄒᆞ[수희하다: 隨喜(수희: 명사) + -ᄒᆞ(동접)-]- + -고(연어, 나열) ※ '隨喜(수희)'는 불보살이나 다른 사람의 좋은 일을 자신의 일처럼 따라서 함께 기뻐하는 것이다.

69) 저ᅀᆞᄫᅡ: 저ᅀᆞᆸ[저ᅀᆞᆸ(← 저ᅀᆞᆸ다, ㅂ불: 저ᄊᆞᆸ다, 절하다, 拜): 저(← 절, 拜: 명사) + -Ø(← -ᄒᆞ-: 동접)- + -ᅀᆞᆸ(객높)-]- + -아(연어) ※ '저ᅀᆞᆸ다(저ᄊᆞᆸ다)'는 신이나 부처에게 절하는 것이다.

70) 供養ᄒᆞᅀᆞᄫᆞ라: 供養ᄒᆞ[공양하다: 供養(공양: 명사) + -ᄒᆞ(동접)-]- + -ᅀᆞᆸ(← -ᅀᆞᆸ-: 객높)- + -ᄋᆞ라(명종, 아주 낮춤)

71) 虛空앳: 虛空(허공) + -애(-에: 부조, 위치) + -ㅅ(-의: 관조) ※ '虛空앳'은 '虛空(허공)에서 나는'으로 의역하여 옮긴다.

合掌(합장)하여 娑婆世界(사바세계)를 向(향)하여 이르되 "南無釋迦牟尼佛(나무석가모니불)! 南無釋迦牟尼佛(나무석가모니불)!" 하고, 種種(종종)의 花香(화향)·瓔珞(영락)·幡蓋(번개)와 몸에 莊嚴(장엄)할 것과 貴(귀)한 보배로 다 娑婆世界(사바세계)에 멀리서 흩뿌리더니, 흩뿌린 것이 十方(시방)으로부터서 오니 구름이 지피듯 하여 變(변)하여

合_합掌_쟝ᄒᆞ야 娑_샹婆_빠世_셍界_갱를 向_향ᄒᆞ야 닐오ᄃᆡ 南_남無_뭉釋_셕迦_강牟_몰尼_닝佛_뿛⁷²⁾ 南_남無_뭉釋_셕迦_강牟_몰尼_닝佛_뿛 ᄒᆞ고 種_죵種_죵앳⁷³⁾ 花_황香_향⁷⁴⁾ 瓔_{ᅙᅧᆼ}珞_락⁷⁵⁾ 幡_펀蓋_갱⁷⁶⁾와 모매 莊_쟝嚴_엄홀⁷⁷⁾ 껏과⁷⁸⁾ 貴_귕ᄒᆞᆫ 보비로⁷⁹⁾ 다 娑_샹婆_빠世_셍界_갱예 머리셔⁸⁰⁾ 비터니⁸¹⁾ 비흔⁸²⁾ 거시 十_씹方_방ᄋᆞ로셔⁸³⁾ 오니 구룸⁸⁴⁾ 지픠ᄃᆞᆺ⁸⁵⁾ ᄒᆞ야 變_변ᄒᆞ야

---

72) 南無釋迦牟尼佛: 나무석가모니불. '南無(나무)'는 '귀의(歸依)하다' 또는 '敬拜(경배)하다'라고 하는 뜻으로, 석가모니 부처님께 귀의한다는 뜻이다.

73) 種種앳: 種種(종종) + -애(-에: 부조, 위치) + -ㅅ(-의: 관조) ※ '種種앳'은 '種種의'로 의역하여 옮긴다.

74) 花香: 화향. 불전에 올리는 꽃과 향이다.

75) 瓔珞: 영락. 구슬을 꿰어 만든 장신구로서, 목이나 팔 따위에 두른다.

76) 幡蓋: 번개. 번(幡)과 천개(天蓋)을 아울러서 이르는 말로서, 불법의 위덕을 나타내는 깃발과 일산이다. '번(幡)'은 부처와 보살의 성덕(盛德)을 나타내는 깃발로서, 꼭대기에 종이나 비단 따위를 가늘게 오려서 단다. 그리고 '천개(天蓋)'는 불상을 덮는 일산(日傘)이나 법당 불전(佛殿)의 탁자를 덮는 닫집이다. 부처의 머리를 덮어서 비, 이슬, 먼지 따위를 막는다. ※ '닫집'은 궁전 안의 옥좌 위나 법당의 불좌 위에 만들어 다는 집의 모형이다.

77) 莊嚴홀: 莊嚴ㅎ[莊嚴ㅎ다(장엄하다): 莊嚴(장엄: 명사) + -ㅎ(동접)-]- + -오(대상)- + -ㄹ(관전) ※ '莊嚴(장엄)'은 좋고 아름다운 것으로 꾸미는 것이다.

78) 껏과: 껏(← 것: 것, 者, 의명) + -과(접조)

79) 보비로: 보비(보배, 寶) + -로(부조, 방편)

80) 머리셔: 머리[멀리, 搖(부사): 멀(멀다, 遠: 형사)- + -이(부접)] + -셔(-서: 보조사, 위치 강조)

81) 비터니: 빟(흩뿌리다, 散)- + -더(회상)- + -니(연어, 설명 계속)

82) 비흔: 빟(흩뿌리다, 散)- + -오(대상)- + -Ø(과시)- + -ㄴ(관전)

83) 十方ᄋᆞ로셔: 十方(십방, 시방) + -ᄋᆞ로(부조, 방향) + -셔(-서: 보조사, 위치 강조)

84) 구룸: 구름, 雲.

85) 지픠ᄃᆞᆺ: 지픠(지피다, 모이다, 集)- + -ᄃᆞᆺ(-듯: 연어, 흡사)

보배로 된 帳(장)이 되어 여기에 있는 諸佛(제불) 위에 차 덮으니, 그때에
十方(시방) 世界(세계)가 꿰뚫리어 가린 것이 없어 한 부처의 나라와 같더
라. 그때에 부처가 上行(상행) 等(등) 菩薩(보살) 大衆(대중)더러 이르시되,
"諸佛(제불)의 神力(신력)이 이렇게 그지없으며 가(邊)가 없어서 생각하여
議論(의논)을 못 하겠으니, 내가 이런 神力(신력)으로

보비옛⁸⁶⁾ 帳_댱이 드외야⁸⁷⁾ 이엣⁸⁸⁾ 諸_졍佛_뿛 우희⁸⁹⁾ 차⁹⁰⁾ 두프니⁹¹⁾ 그 저긔 十_씹方_방 世_솅界_갱 스뭇차⁹²⁾ ᄀ린⁹³⁾ 거시 업서 혼 부텻 나라히⁹⁴⁾ ᄀ더라⁹⁵⁾ 그 쁴 부톄 上_쌍行_{ᅘᅵᇰ}⁹⁶⁾ 等_등 菩_뽕薩_삻 大_땡衆_즁ᄃ려⁹⁷⁾ 니ᄅ샤ᄃᆡ 諸_졍佛_뿛ㅅ 神_씬力_륵이 이러히⁹⁸⁾ 그지업스며 ᄀᆺ업서⁹⁹⁾ 스랑ᄒ야¹⁾ 議_읭論_론 몯²⁾ ᄒ리니 내 이런 神_씬力_륵으로

---

86) 보비옛: 보비(보배, 寶) + -예(← -에: 부조, 위치) + -ㅅ(-의: 관조) ※ '보비옛'은 '보배로 된'으로 의역하여 옮긴다.

87) 드외야: 드외(되다, 成)- + -야(← -아: 연어)

88) 이엣: 이에(여기에, 此間: 지대, 정칭) + -ㅅ(-의: 관조) ※ '이엣'은 '여기에 있는'으로 의역하여 옮긴다.

89) 우희: 우ㅎ(위, 上) + -의(-에: 부조, 위치)

90) 차: ᄎ(← ᄎ다: 차다, 滿)- + -아(연어)

91) 두프니: 둪(덮다, 覆)- + -으니(연어, 설명 계속)

92) 스뭇차: 스뭊(통달하다, 通達)- + -아(연어) ※ '스뭇차'는 '툭 트이어'로 의역하여 옮긴다.

93) ᄀ린: ᄀ리(가리다, 막다, 碍)- + -Ø(과시)- + -ㄴ(관전)

94) 나라히: 나라ㅎ(나라, 國) + -이(부조, 비교)

95) ᄀ더라: ᄀ(← ᄀᇀ다 ← ᄀᇀᄒ다: 같다, 如)- + -더(회상)- + -라(← -다: 평종)

96) 上行: 상행. 상행보살(上行菩薩)을 이르는 말이다. 상행보살은 사바세계를 수호하겠다고 땅으로부터 솟아 나온 보살들 중에서 상수(上首)인 네 보살 중의 한 분이다. 네 보살은 상행(上行)·무변행(無邊行)·정행(淨行)·안립행(安立行) 보살로서, 이들을 '법화 4보살'이라고 한다.

97) 大衆ᄃ려: 大衆(대중) + -ᄃ려(-더러, -에게: 부조, 상대) ※ '大衆(대중)'은 많이 모인 승려를 이르거나, 또는 비구, 비구니, 우바새, 우바니를 통틀어 이르는 말이다.

98) 이러히: [이렇게, 이리, 如是(부사): 이러(이러: 불어) + -ᄒ(← -ᄒ-: 형접)- + -이(부접)]

99) ᄀᆺ업서[가없다, 끝이 없다, 無限: ᄀᆺ(가, 邊: 명사) + 없(없다, 無: 형사)-] + -어(연어)

1) 스랑ᄒ야: 스랑ᄒ[생각하다, 量: 스랑(생각, 量: 명사) + -ᄒ(동접)-] + -야(← -아: 연어)

2) 몯: 못, 不可(부사, 부정)

지·업스·며·업슨 百·뵉千·쳔萬·먼億·흑
阿·항僧·승祇·낑劫·겁·에 付·붕屬·쪽·호·노
·라 호·야 이 經·경 功·공德·득·을 닐·오·디·오
히·려·몯·다 니·르·노·라 조슨·르·틴·고·돌·로
니·르·건·댄 如·셩來·링ㅅ 一·힗切·쳥·엣 論·논
法·법·과 如·셩來·링ㅅ 一·힗切·쳥 自·쫑在·찡
·혼 神·씬力·륵·과 如·셩來·링ㅅ 一·힗切
·쳥 秘·빙密·밇 호·고 조슨·르·틴 藏·쌍·과

그지없으며 가없는 百千萬億(백천만억) 阿僧祇(아승기)의 劫(겁)에 付屬(부촉)하느라 하여, 이 經(경) 功德(공덕)을 이르되 오히려 못다 이른다. 종요로운 것으로 이른다면, 如來(여래)가 두고 있는 一切(일체)의 法(법)과, 如來(여래)의 一切(일체)의 自在(자재)한 神力(신력)과, 如來(여래)의 一切(일체)의 秘密(비밀)하고 종요(宗要)로운 藏(장)과,

그지업스며 궃업슨³⁾ 百빅千쳔萬먼億흑 阿항僧숭祇낑 劫겁에 付붕屬쑉ᄒ노라⁴⁾ ᄒ야 이 經경 功공德득⁵⁾을 닐오ᄃᆡ 오히려 몯다⁶⁾ 니ᄅ노라⁷⁾ 조ᅀᆞ릭ᄫᅵᆯ⁸⁾ 고ᄃᆞ로⁹⁾ 니ᄅ건댄¹⁰⁾ 如셩來ᄅᆡᆼㅅ 一힗切촁 뒷논¹¹⁾ 法법과 如셩來ᄅᆡᆼㅅ 一힗切촁 自쭝在ᄍᆡᆼᄒᆞᆫ¹²⁾ 神씬力륵과 如셩來ᄅᆡᆼㅅ 一힗切촁 秘빙密밇ᄒ고 조ᅀᆞ릭ᄫᅵᆯ 藏짱¹³⁾과

---

3) 궃업슨: [가없는, 無邊: 궃(가, 邊) + 없(없다, 無)-]- + -Ø(현시)- + -ㄴ(관전)
4) 付屬ᄒ노라: 付屬ᄒ[부촉하다: 付屬(부촉: 명사) + -ᄒ(동접)-]- + -노라(-느라: 언어, 목적)
   ※ '付屬(부촉)'은 부탁하여 맡기는 것이다.
5) 經功德: 경공덕.
6) 몯다: [못다, 다하지 못하여, 不能盡(부사): 몯(못, 不能: 부사) + 다(다, 盡: 부사)]
7) 니ᄅ노라: 니ᄅ(이르다, 說)- + -ㄴ(←-ᄂᆞ-: 현시)- + -오(화자)- + -라(-다: 평종)
8) 조ᅀᆞ릭ᄫᅵᆯ: 조ᅀᆞ릭ᄫᅵᆯ[종요롭다, 要: 조ᅀᆞᆯ(핵심, 요체, 宗要: 명사) + -ᄅᆡᄫᅵ(←-ᄃᆞᄫᅵ-: 형접)-]- + -Ø(현시)- + -ㄴ(관전) ※ '조ᅀᆞ릭ᄫᅵ다'는 없어서는 안 될 정도로 매우 긴요한 것이다.
9) 고ᄃᆞ로: 곧(것, 者: 의명) + -ᄋᆞ로(부조, 방편)
10) 니ᄅ건댄: 니ᄅ(이르다, 說)- + -거(확인)- + -ㄴ댄(-면: 언어, 조건) ※ '조ᅀᆞ릭ᄫᅵᆯ 고ᄃᆞ로 니ᄅ건댄'은 『묘법화경언』에는 '以要言之'로 기술되어 있는데, 이 구절은 '(핵심을) 요약하여 이른다면'으로 의역하여 옮길 수 있다.
11) 뒷논: 두(두다, 有)- + -Ø(←-어: 언어) # 잇(← 이시다: 있다, 보용, 완료 지속)- + -ㄴ(←-ᄂᆞ-: 현시)- + -오(대상)- + -ㄴ(관전) ※ '如來ㅅ 一切 뒷논 法(법)과'는 『묘법연화경』에는 '如來一切所有之法(여래에게 있는 일체의 법)'으로 기술되어 있다. 이를 감안하여 이 부분을 '여래가 두고 있는 일체의 법과'로 옮긴다.
12) 自在ᄒᆞᆫ: 自在ᄒ[자재하다: 自在(자재: 명사) + -ᄒ(동접)-]- + -Ø(현시)- + -ㄴ(관전) ※ '自在(자재)'는 속박이나 장애가 없이 마음대로인 것이다.
13) 藏: 장. 법장(法藏)이다. 온갖 법의 진리를 갈무리하고 있다는 뜻으로, '불경(佛經)'을 달리 이르는 말이다.

성 링
如來ㅅ一 읧
ㄹ切
ㅊ·이經·엥에現·혀히
니·르어잇·ᄂ·니·라·이
리

다·이經·경에現·현히 닐·어잇·ᄂ·니·라·이리

성씸
甚·히기·픈·이리

링
來·ᄒᆞ·ᄂ·니·라

성 뎅
現 滅度·똥
룡·ᄊᆞ·너·희如
씨·너·희如

에혼ᄆᆞᅀᆞᆷ·ᄋᆞ·로바·다디·녀닐·그·며외·오

며사·겨니·ᄅᆞ·며쓰·며닐·온말·다·히修·ᄉᆞᆜ

行·ᄒᆡᇰ·ᄒᆞ·라나·라·돌·해·아·모·나바·다디

닐·그·며외·오·며사·겨니·ᄅᆞ·며쓰·며닐·온

말·다·히修·슈行·ᄒᆡᇰ·ᄒᆞ·며經·경卷·권잇·ᄂᆞᆫ

如來(여래)의 一切(일체)의 甚(심)히 깊은 일이 다 이 經(경)에 現(현)히 일러
있느니라. 이러므로 너희가 如來(여래)가 滅度(멸도)한 後(후)에, 한 마음으
로 (이 경을) 받아 지녀서 읽으며 외우며 새겨 이르며 쓰며 (경에서) 이른 말
대로 修行(수행)하라. 나라들에서 아무나 (이 경을) 받아 지녀서 읽으며 외우
며 새겨 이르며 쓰며 이른 말대로 修行(수행)하며 經卷(경권)이 있는

如_영來_링ㅅ 一_잃切_쳉 甚_씸히¹⁴⁾ 기픈 이리 다 이 經_경에 現_현히¹⁵⁾ 닐어

잇ᄂᆞ니라¹⁶⁾ 이럴씨¹⁷⁾ 너희¹⁸⁾ 如_영來_링 滅_멿度_똥ᄒᆞᆫ 後_훃에 ᄒᆞᆫ ᄆᆞᅀᆞᄆᆞ로¹⁹⁾

바다 디녀 닐그며 외오며 사겨 니ᄅᆞ며 쓰며 닐온²⁰⁾ 말 다히²¹⁾ 脩_슣行

_{ᅘᆼ}ᄒᆞ라²²⁾ 나라ᄃᆞᆯ해²³⁾ 아뫼나²⁴⁾ 바다 디녀 닐그며 외오며 사겨 니ᄅᆞ며

쓰며 닐온 말 다히 修_슣行_{ᅘᆼ}ᄒᆞ며 經_경卷_권²⁵⁾ 잇ᄂᆞᆫ

---

14) 甚히: [심히, 甚(부사): 甚(심: 불어) + -ᄒ(←-ᄒᆞ-: 형접)- + -이(부접)]

15) 現히: [현히, 드러내어(부사): 現(현: 불어) + -ᄒ(←-ᄒᆞ-: 동접)- + -이(부접)]

16) 잇ᄂᆞ니라: 잇(←이시다: 있다, 보용, 완료 지속)- + -ᄂᆞ(현시)- + -니(원칙)- + -라(←-다: 평종)

17) 이럴씨: 이러(이러: 불어) + -ㄹ씨(-므로: 연어, 이유) ※ '-ㄹ씨'는 [-ㄹ(관전) + 쓰(←ᄉᆞ: 것, 의명) + -의(-에: 부조, 원인)]의 방식으로 형성된 연결 어미이다.

18) 너희: 너(너, 汝等: 너(너, 汝: 인대, 2인칭) + -희(복접)] + -Ø(←-이: 주조)

19) ᄆᆞᅀᆞᄆᆞ로: ᄆᆞᅀᆞᆷ(마음, 心) + -ᄋᆞ로(부조, 방편)

20) 닐온: 닐(←니ᄅᆞ다: 이르다, 說)- + -Ø(과시)- + -오(대상)- + -ㄴ(관전)

21) 다히: 대로(의명, 흡사)

22) 脩行ᄒᆞ라: 脩行ᄒᆞ[수행하다: 脩行(수행: 명사) + -ᄒᆞ(동접)-] + -라(명종, 아주 낮춤)

23) 나라ᄃᆞᆯ해: 나라ᄃᆞᆯᄒ[나라들, 國等: 나라(←나라ᄒ: 나라, 國) + -ᄃᆞᆯᄒ(-들: 복접, 等)] + -애(-에: 부조, 위치)

24) 아뫼나: 아모(아무, 某: 인대, 부정칭) + -ㅣ나(←-이나: 보조사, 선택)

25) 經卷: 경권. 경문(經文)을 적은 두루마리이다.

짜ᄒᆞ란 東동山산이어나 수프리어나 나모미티어나 즁의 坊방이어나 쇼ᄒᆡ 지비어나 殿뎐堂땅이어나 塔탑 나ᄇᆡᆫ드르히어나 이어긔 다 供養공양ᄒᆞ야ᅀᅡ ᄒᆞ리니 엇뎨어뇨 ᄒᆞᆫ·란ᄃᆡ 이ᄯᅡᄒᆞᆫ곧 이 道땽場땩이라 諸졍佛뿛이 이ᅌᅦ셔 阿ᄒᆞᆼ耨녹多당羅랑三삼藐막三삼菩뽕提똉ᄅᆞᆯ得득ᄒᆞ시며

곳은 東山(동산)이거나 수풀이거나 나무 밑이거나 중(僧)의 坊(방)이거나 속인(俗人)의 집이거나 殿堂(전당)이거나 산골이거나 빈 들이거나 여기에 다 塔(탑)을 세워서 供養(공양)하여야 하겠으니, "(그것이) 어째서이나?" 한다면, 이 곳은 곧 이 道場(도량)이라서 諸佛(제불)이 여기서 阿耨多羅三藐三菩提(아뇩다라삼먁삼보리)를 得(득)하시며

싸ᄒ란²⁶⁾ 東동山산이어나²⁷⁾ 수프리어나²⁸⁾ 나모²⁹⁾ 미티어나³⁰⁾ 쥬의³¹⁾ 坊방이어나³²⁾ 쇼희³³⁾ 지비어나 殿뎐堂땅³⁴⁾이어나 묏고리어나³⁵⁾ 뷘 드르히어나³⁶⁾ 이어긔³⁷⁾ 다 塔탑 일어³⁸⁾ 供공養양ᄒ야ᅀᅡ³⁹⁾ ᄒ리니 엇뎨어뇨 ᄒ란디 이 싸ᄒᆫ 곧 이 道똘場땅이라⁴⁰⁾ 諸졍佛뿛이 이에셔⁴¹⁾ 阿항耨녹多당羅랑三삼藐막三삼菩뽕提똉를 得득ᄒ시며

---

26) 싸ᄒ란: 싸ᄒ(곳, 處) + -ᄋ란(보조사, 주제)

27) 東山이어나: 東山(동산, 園) + -이어나(-이거나: 보조사, 선택)

28) 수프리어나: 수플[수풀, 林中: 숳(숲, 林) + 플(풀, 草)] + -이어나(-이거나: 보조사, 선택)

29) 나모: 나무, 木.

30) 미티어나: 밑(밑, 下) + -이어나(-이거나: 보조사, 선택)

31) 쥬의: 즁(중, 僧) + -의(관조)

32) 坊: 방. 승려가 거처(居處)하는 방(房)이다. 혹은 절(사찰)을 뜻하기도 한다.

33) 쇼희 : 쇼ᄒ(속인, 俗人) + -익(-의: 관조)

34) 殿堂: 전당. 신불(神佛)을 모시는 집이나, 크고 화려(華麗)한 집을 이른다.

35) 묏고리어나: 묏골[산골, 山谷: 뫼(← 뫼ᄒ: 산, 山) + 골(골, 골짜기, 谷)] + -이어나(-이거나: 보조사, 선택)

36) 드르히어나: 드르ᄒ(들, 野) + -이어나(-이거나: 보조사, 선택)

37) 이어긔: 여기에, 是中(지대, 처소, 정칭)

38) 일어: 일[← 이르다(세우다, 起: 일(이루어지다, 成: 자동)- + -으(사접)-)] + -어(연어)

39) 供養ᄒ야ᅀᅡ: 供養ᄒ[공양하다: 供養(공양: 명사) + -ᄒ(동접)-] + -야ᅀᅡ(-아ᅀᅡ: -아야, 연어 필연적 조건)

40) 道場이라: 道場(도량) + -이(서조)- + -라(← -아: 연어)

41) 이에셔: 이에(여기, 於此: 지대, 처소, 정칭) + -셔(-서: 보조사, 위치 강조)

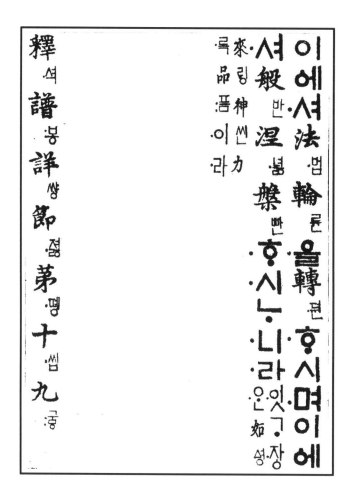

여기서 法輪(법륜)을 轉(전)하시며 여기서 般涅槃(반열반)하시느니라.【이까지는 如來神力品(여래신력품)이다. 】

釋譜詳節(석보상절) 第十九(제십구)

이에셔 法_법輪_륜⁴²⁾을 轉_뎐ᄒ시며⁴³⁾ 이에셔 般_반涅_녏槃_빤ᄒ시ᄂ니라⁴⁴⁾ 【 잇⁴⁵⁾ ᄀ장은⁴⁶⁾ 如_셩來_링神_씬力_륵品_픔이라⁴⁷⁾ 】

釋_셕譜_봉詳_썅節_졇第_뗑十_씹九_굴

---

42) 法輪: 법륜. 사륜(四輪)의 하나이다. 전륜왕의 금륜(金輪)이 산과 바위를 부수고 거침없이 나아가는 것에 비유하여 부처의 교법을 이르는 말이다. ※ '사륜(四輪)'은 네 개의 바퀴라는 뜻으로, 이 세상을 받치고 있다는 네 개의 바퀴이다. 곧, 금륜(金輪)·수륜(水輪)·풍륜(風輪)과 그 아래에 있는 공륜(空輪)을 이른다.

43) 轉ᄒ시며: 轉ᄒ[전하다, 굴리다: 轉(전: 불어) + -ᄒ(동접)-]- + -시(주높)- + -며(연어, 나열)

44) 般涅槃ᄒ시ᄂ니라: 般涅槃ᄒ[반열반하다: 般涅槃(반열반: 명사) + -ᄒ(동접)]- + -시(주높)- + -ᄂ(현시)- + -니(원칙)- + -라(← -다: 평종) ※ '般涅槃(반열반, parinirvāṇa)'은 열반의 상태로 돌아가는 것, 곧 육신의 완전한 소멸(죽음)을 뜻하거나 석가의 죽음을 뜻한다. 혹은 모든 번뇌(煩惱)를 완전히 소멸한 상태를 이르기도 한다.

45) 잇: 이(이, 此: 지대, 정칭) + -ㅅ(-의: 관조)

46) ᄀ장은: ᄀ장(까지: 의명) + -은(보조사, 주제)

47) 如來神力品이라: 如來神力品(여래신력품) + -이(서조)- + -Ø(현시)- + -라(← -다: 평종)

부록

'원문과 번역문의 벼리' 및
'문법 용어의 풀이'

부록 1. 원문과 번역문의 벼리

『석보상절 제십구』의 원문 벼리

『석보상절 제십구』의 번역문 벼리

부록 2. 문법 용어의 풀이

1. 품사
2. 불규칙 활용
3. 어근
4. 파생 접사
5. 조사
6. 어말 어미
7. 선어말 어미

부록 1. 원문과 번역문의 벼리

『석보상절 제십삼』의 원문 벼리

[1앞 釋셕譜봉詳썅節져ᇙ 第똉十씹九ᄀᆛᇢ

第六卷 第十八 隨喜功德品

그 저긔 彌밍勒륵菩뽕薩삻 摩망訶항薩삻이 부텨ᄭᅴ ᄉᆞᆯᄫᆞ샤ᄃᆡ 世솅尊존하 善쎤男남子ᄌᆞᆼ 善쎤女녕人ᅀᅵᆫ이 이 法법華ᅘᅪᆼ經경 듣고 隨ᄊᆔᆼ喜힁ᄒᆞᆫ 사ᄅᆞᄆᆞᆫ 福복ᄋᆞᆯ 언매나 得득ᄒᆞ리잇고 부톄 니ᄅᆞ샤ᄃᆡ 阿항逸ᅙᅵᇙ多당아 如ᅀᅧᆼ來ᄅᆡᆼ 滅ᄆᆔᇙ度똥ᄒᆞᆫ 後ᅘᅮᇢ에 比삥丘ᄏᆛᇢ 比삥丘ᄏᆛᇢ尼닝 [1뒤 優ᅙᅮᇢ婆빵塞ᄉᆡᆨ 優ᅙᅮᇢ婆빵夷잉와 녀나ᄆᆞᆫ 智딩慧ᅘᅰᆼᄅᆞᄫᆡᆫ 사ᄅᆞ미 얼우니며 져므니 이 經경 듣고 隨ᄊᆔᆼ喜힁ᄒᆞ야 法법會ᅘᅬᆼ로셔 나아 녀느 고대 가 쥬의 坊방이어나 뷘 겨르ᄅᆞᄫᆡᆫ ᄯᅡ히어나 자시어나 ᄀᆞ올히어나 巷ᅘᅶᆼ陌ᄆᆡᆨ이어나 ᄆᆞᅀᆞᆯ히어나 [2앞 제 드론 야ᅌᆞ로 어버ᅀᅵ며 아ᅀᆞ미며 이든 벋ᄃᆞ려 힚 ᄀᆞ장 불어 닐어든 이 사ᄅᆞᆷᄃᆞᆯ히 듣고 隨ᄊᆔᆼ喜힁ᄒᆞ야 ᄯᅩ 옮겨 ᄀᆞᄅᆞ쳐든 녀나ᄆᆞᆫ 사ᄅᆞ미 듣고 ᄯᅩ 隨ᄊᆔᆼ喜힁ᄒᆞ야 옮겨 ᄀᆞᄅᆞ쳐 이러히 올마 쉰차히 가면 阿항逸ᅙᅵᇙ多당아 그 쉰차힛 善쎤男남子ᄌᆞᆼ 善쎤女녕人ᅀᅵᆫ의 隨ᄊᆔᆼ喜힁 功공德득을 내 닐오리니 네 이대 드르라 [2뒤

四ᄉᆞᆼ百ᄇᆡᆨ萬먼億흑 阿항僧승祇낑 世솅界갱예 六륙趣ᄎᆔᆼ 衆ᄌᆔᆼ生ᄉᆡᆼ이 卵롼生ᄉᆡᆼ과 胎ᄐᆡᆼ生ᄉᆡᆼ과 濕십生ᄉᆡᆼ과 化황生ᄉᆡᆼ과 얼굴 잇ᄂᆞᆫ 것과 얼굴 업슨 것과 有ᅌᅮᇢ想샹과 無뭉想샹과 非빙有ᅌᅮᇢ想샹과 非빙無뭉想샹과 발 업슨 것과 두 발 ᄐᆞᆫ 것과 [3앞 네 발 ᄐᆞᆫ 것과 발 한 것과 이러틋 ᄒᆞᆫ 衆ᄌᆔᆼ生ᄉᆡᆼᄃᆞᆯᄒᆞᆯ 사ᄅᆞ미 福복 求ᄁᆛᇢᄒᆞ노라 ᄒᆞ야 제 맛드논 거슬

다 주디 衆중生싱마다 閻염浮뿔提똉예 ㄱ득흔 金금 銀은 瑠륳璃링 硨챵磲껑 瑪망瑙

놀 珊산瑚홍 琥훙珀픽과 象썅과 물와 술위와 七칧寶봄 宮궁殿뗜 樓를閣각 들흘 주어

이 大땡施싱主즁ㅣ 여든 히를 이 야ᄋ로 [3뒤] 布봉施싱ᄒ고 너교ᄃᆡ 내 ᄒ마 衆중生싱

이 그에 즐거븐 거슬 布봉施싱호ᄃᆡ 제 ᄠᅳ데 맛ᄃᆞ논 야ᄋᆞᆯ 조차 호니 이 衆중生싱이

다 늘거 ᄒ마 주그리니 내 佛뿛法법으로 ᄀᆞᄅᆞ쳐 引인導똠호리라 ᄒ고 이 衆즁生싱

을 모도아 法법化황를 펴아 ᄀᆞᄅᆞ쳐 利링益혁ᄃᆞ외여 깃부믈 뵈야 [4앞] ᄒᆞᆫ쁴 다 須슝陁

똥洹훤道똠 斯ᄉᆞᆼ陁땅含ᄒ홈道똠 阿ᅙᅡᆼ那낭含ᄒ홈道똠 阿ᅙᅡᆼ羅랑漢한道똠를 得득긔 ᄒᆞ면 네

ᄠᅳ데 엇더뇨 이 大땡施싱主즁의 功공德득이 하녀 져그녀

　　彌밍勒륵이 ᄉᆞᆲ보샤ᄃᆡ 이 사ᄅᆞ미 功공德득이 그지업스며 ᄀᆞᆺ 업스니 이 施싱主즁

ㅣ 衆즁生싱이 그에 一힗切쳉 즐거븐 것 布봉施싱ᄒ홀 만 ᄒᆞ야도 [4뒤] 功공德득이 그지

업스니 ᄒᆞ믈며 阿ᅙᅡᆼ羅랑漢한果광를 得득긔 호미ᄯᆞ니잇가

　　부톄 니ᄅᆞ샤ᄃᆡ 내 이제 分분明명히 너ᄃᆞ려 닐오리라 이 사ᄅᆞ미 一힗切쳉 즐거븐

거스로 四ᄉᆞᆼ百ᄇᆡᆨ萬먼億흑 阿ᅙᅡᆼ僧승祇낑 世솅界갱 六륙趣츙 衆즁生싱이 그에 布봉施싱

ᄒ고 ᄯᅩ 阿ᅙᅡᆼ羅랑漢한果광를 得득게 ᄒᆞ욘 功공德득이 [5앞] 쉰찻 사ᄅᆞ미 法법華황經경

ᄒᆞᆫ 偈꼥 듣고 隨쒕喜횡ᄒᆞᆫ 功공德득에 ᄀᆞᆮ디 몯ᄒᆞ야 百ᄇᆡᆨ分분 千천分분 百ᄇᆡᆨ千쳔萬먼

億흑分분에 ᄒᆞ나토 몯 미츠리니 算숸數숭 譬핑喩융로 몯 아롤 배라

　　阿ᅙᅡᆼ逸잃多당아 쉰찻 사ᄅᆞ미 功공德득도 오히려 無뭉量량無뭉邊변 阿ᅙᅡᆼ僧승祇낑

어니 ᄒᆞ믈며 처ᅀᅥᆷ 會횡中듕에서 [5뒤] 듣고 隨쒕喜횡ᄒᆞᄂᆞ니ᄯᆞ녀 그 福복이 ᄯᅩ 더우미

無뭉量량無뭉邊변 阿ᅙᅡᆼ僧승祇낑라 가ᄌᆞᆯ비디 몯ᄒ리라

　　ᄯᅩ 阿ᅙᅡᆼ逸잃多당아 아뫼나 사ᄅᆞ미 이 經경 위ᄒᆞ야 쥬의 坊ᄫᅡᆼ의 가 안써나 셔거나

아니한 ᄉᆞᅀᅵ를 드러도 이 功공德득으로 後흫生싱애 됴흔 象썅이며 ᄆᆞ리며 술위며

보비옛 더을 어드며 天텬宮궁도 [6앞] 투리라 쏘 사른미 講강法법흐는 짜해 안자 이셔 다른 사른미 오나든 勸권흐야 안자 듣긔 커나 제 座쫭룰 눈호아 안치면 이 사른미 功공德득이 後훃生싱애 帝뎽釋셕 앗는 짜히어나 梵뻠王왕 앗는 짜히어나 轉뒨輪륜聖셩王왕 앗는 짜홀 得득흐리라

阿항逸잃多당아 쏘 사른미 눔드려 닐오디 經경이 [6뒤] 이쇼디 일후미 法법華똉ㅣ니 흔디 가 듣져 흐야든 그 말 듣고 아니한 스시룰 드러도 이 사른미 功공德득이 後훃生싱애 陁땅羅랑尼닝菩뽕薩삻와 흔 고대 나리니 根군源원이 눌카바 智딩慧휑흐야 百빅千쳔萬먼 世셍예 버워리 아니 두외며 입내 업스며 혓 病뼝 업스며 입 病뼝 업스며 니 검디 아니흐며 [7앞] 누르며 성긔디 아니흐며 이저디며 쐽듣디 아니흐며 그르 나며 굽디 아니흐며 입시우리 드리디 아니흐며 욿디 아니흐며 디드디 아니흐며 헐믓디 아니흐며 이저디디 아니흐며 기우디 아니흐며 두텁디 아니흐며 크디 아니흐며 검디 아니흐야 믈읫 아치얼븐 야이 업스며 고히 平뼝코 엷디 아니흐며 뷔트디 [7뒤] 아니흐며 놋비치 검디 아니흐며 좁고 기디 아니흐며 써디여 굽디 아니흐야 一힗切촁 믜뵨 相샹이 업서 입시울와 혀와 엄과 니왜 다 됴흐며 고히 길오 놉고 고드며 눗치 두렵고 츠며 눈서비 놉고 길며 니마히 넙고 平뼝正졍흐야 사른미 相샹이 굿고 世솅世솅예 나디 부텨를 보아 法법 듣고 フ른치논 마룰 信신흐야 [8앞] 바드리라

阿항逸잃多당아 흔 사른믈 勸권흐야 가 法법을 듣긔 흐야도 功공德득이 이러커니 흐믈며 一힗心심으로 드러 닐그며 외와 大땡衆즁의 거긔 눔 위흐야 글희내 니르며 말 다히 修슣行행흐느니쭌녀

그 저긔 부텨 常쌍精졍進진菩뽕薩삻摩망訶항薩삻ᄃᆞ려 니ᄅᆞ샤ᄃᆡ 善썬男남子ᄌᆞᆼ [9앞 善썬女녕人신이 이 法법華뽱經졍을 바다 디녀 닑거나 외오거나 사겨 니르거나 쓰거나 ᄒᆞ면 이 사ᄅᆞ미 당다이 八밣百ᄇᆡᆨ 眼안功공德득과 千쳔二ᅀᅵᆼ百ᄇᆡᆨ 耳ᅀᅵᆼ功공德득과 八밣百ᄇᆡᆨ 鼻삥功공德득과 千쳔二ᅀᅵᆼ百ᄇᆡᆨ 舌쎯功공德득과 八밣百ᄇᆡᆨ 身신功공德득과 [9뒤 千쳔二ᅀᅵᆼ百ᄇᆡᆨ 意ᅙᅴᆼ功공德득을 得득ᄒᆞ야 이 功공德득으로 六륙根근ᄋᆞᆯ 莊장嚴엄ᄒᆞ야 다 清쳥淨쪙케 ᄒᆞ리라 [13앞

이 善썬男남子ᄌᆞᆼ 善썬女녕人신이 [13뒤 父뿡母뭏 나ᄒᆞ샨 清쳥淨쪙ᄒᆞᆫ 肉ᅀᅲᆨ眼안ᄋᆞ로 三삼千쳔大땡千쳔世솅界갱 안팟긔 잇ᄂᆞᆫ 뫼히며 수프리며 ᄀᆞᄅᆞ미며 바ᄅᆞ리며 아래로 阿항鼻삥地띵獄옥애 니르며 우흐로 有ᅌᅮᇢ頂뎡에 니르리 보며 ᄯᅩ 그 가온ᄃᆡᆺ 一ᅙᅵᇙ切쳉 衆즁生ᄉᆡᆼ과 業업의 因인緣원 果광報볼로 나ᄂᆞᆫ ᄃᆡᄅᆞᆯ 다 보아 알리라 비록 [14앞

비록 天텬眼안ᄋᆞᆯ 得득디 몯ᄒᆞ야도 肉ᅀᅲᆨ眼안ㅅ 히미 이러ᄒᆞ니라 ᄯᅩ 常썅精졍進진아 善썬男남子ᄌᆞᆼ 善썬女녕人신이 이 經졍을 바다 디녀 닑거나 외오거나 사겨 니르거나 쓰거나 ᄒᆞ면 千쳔二ᅀᅵᆼ百ᄇᆡᆨ 耳ᅀᅵᆼ功공德득을 得득ᄒᆞ리니 이 清쳥淨쪙ᄒᆞᆫ 귀로 三삼千쳔大땡千쳔世솅界갱예 아래로 阿항鼻삥地띵獄옥애 [14뒤 니르며 우흐로 有ᅌᅮᇢ頂뎡에 니르리 그 가온ᄃᆡᆺ 안팟긧 種죵種죵 말ᄊᆞᆷ과 소리ᄅᆞᆯ 드르리니 象썅ᄋᆡ 소리 ᄆᆞᆯ 쏘리 쇠 소리 술윗 소리 우는 소리 시름ᄒᆞ야 한숨디ᄂᆞᆫ 소리 골와랏 소리 갓붑 소리 쇠붑 소리 바욠 소리 우숪 소리 말ᄊᆞᇝ 소리 풍륫 소리 남지늬 소리 겨지븨 소리 싸ᄒᆡ 소리 갓나ᄒᆡ 소리 法법 소리 法법 [15앞 아닌 소리 셜븐 소리 즐거ᄫᅳᆫ 소리 凡뻠夫붕ㅅ 소리 聖셩人신ㅅ 소리 깃븐 소리 아니 깃븐 소리 하ᄂᆞᇗ 소리 龍룡ㅅ 소리 夜양叉창ㅅ 소리 乾껀闥탏婆빵ㅅ 소리 阿항脩슐羅랑ㅅ 소리 迦강樓릏羅랑ㅅ 소리 緊긴那낭羅랑

ㅅ 소리 摩망眹ᅙퟀ·羅랑迦강ㅅ 소리 봀 소리 묈소리 브룺 소리 地띵獄옥 소리 畜흉生싱ㅅ [15뒤] 소리 餓앙鬼귕ㅅ 소리 比뼁丘쿻ㅅ 소리 比뼁丘쿻尼닝ㅅ 소리 聲셩聞문ㅅ 소리 辟벽支징佛뿡ㅅ 소리 菩뽕薩삻ㅅ 소리 부텻 소리

조스릭빈 고드로 니르건댄 三삼千쳔大땡千쳔世셍界갱 中듕에 一힔切쳉 안팟긔 잇ᄂᆞᆫ 소리들홀 비록 天텬耳싱를 몯 得득ᄒᆞ야도 父뽕母묳 나ᄒᆞ샨 淸쳥淨쪙ᄒᆞᆫ 샹녯 [16앞] 귀로 다 드러 아라 이러트시 種죵種죵 音흠聲셩을 골ᄒᆞ요ᄃᆡ 耳싱根근은 허디 아니 ᄒᆞ리라

쏘 常쌍精졍進진아 善쎤男남子ᄌᆞ 善쎤女녕人ᅀᅵᆫ이 이 經경을 바다 디녀 닑거나 외오거나 사겨 니르거나 쓰거나 ᄒᆞ면 [16뒤] 八밣百ᄇᆡᆨ 鼻뼁功공德득을 일우리니

이 淸쳥淨쪙ᄒᆞᆫ 鼻뼁根근ᄋᆞ로 三삼千쳔大땡千쳔世셍界갱옛 우콰 아래와 안팟긧 種죵種죵 香향을 마트리니 須슝曼만那낭華ᅘퟏ香향 闍쌍提똉華ᅘퟏ香향 末맒利링華ᅘퟏ香향 瞻졈蔔뽁華ᅘퟏ香향 波방羅랑羅랑華ᅘퟏ香향 [17앞] 赤쳑蓮련華ᅘퟏ香향 靑쳥蓮련華ᅘퟏ香향 白삌蓮련華ᅘퟏ香향 華ᅘퟏ樹쓩香향 果광樹쓩香향 栴젼檀딴香향 沈띰水쉉香향 多당摩망羅랑跋뻟香향 多당伽꺙羅랑香향과 千쳔萬먼 가짓 어울운 香향 抹맒香향 丸횐香향 [17뒤] 塗똉香향을 이 經경 디닐 싸ᄅᆞ미 이어긔 이셔도 다 能능히 골히며 쏘 衆즁生싱이 香향을 골ᄒᆞ야 아라 象쌍이 香향 ᄆᆞ리 香향 쇠 香향 羊양이 香향 남지늬 香향 겨지븨 香향과 싸히 香향 갓나히 香향과 草촐木목 叢쫑林림香향을 갓갑거나 멀어나 믈읫 잇ᄂᆞᆫ 香향들홀 다 마타 골ᄒᆞ야 그릇디 [18앞] 아니ᄒᆞ며

이 經경 디닗 사ᄅᆞ미 비록 예 이셔도 쏘 하늘 우흿 諸졍天텬香향을 마타 波방利링質짏多당羅랑 拘궁鞞빙陁땅羅랑樹쓩 香향과 [18뒤] 曼만陁땅羅랑華ᅘퟏ香향 摩망訶항曼만陁땅羅랑華ᅘퟏ香향 曼만殊쓩沙상華ᅘퟏ香향 摩망訶항曼만殊쓩沙상華ᅘퟏ香향 栴젼

檀딴沈띰水슁 種죵種죵 末맖香향 여러 가짓 雜짭花황 香향 이러틋 ᄒᆞᆫ 天텬香향 어울운 香향ᄋᆞᆯ 다 마타 알며 ᄯᅩ 諸졍天텬 모맷 香향ᄋᆞᆯ 마토ᄃᆡ 釋셕帝뎽桓환因인이 [19앞 勝싱殿뗜 우희 이셔 五옹欲욕 즐겨 노ᄅᆺ홇 時씽節졇ㅅ 香향과 妙묭法법堂땅 우희 이셔 忉돟利링 諸졍天텬 위ᄒᆞ야 說쉃法법 홇 時씽節졇ㅅ 香향과 여러 東동山산애 노닗 時씽節졇ㅅ 香향과 녀나ᄆᆞᆫ 하ᄂᆞᆯ들히 남진 겨집 모맷 香향ᄋᆞᆯ 다 머리셔 마타

이 야ᄋᆞ로 有울頂뎡에 니르리 諸졍天텬 모맷 香향ᄋᆞᆯ ᄯᅩ 다 [19뒤 마ᄐᆞ며 諸졍天텬 퓌우ᄂᆞᆫ 香향도 조쳐 마ᄐᆞ며 聲셩聞문ㅅ 香향 辟벽支징佛뿛ㅅ 香향 菩뽕薩삻ㅅ 香향 諸졍佛뿛 모맷 香향ᄋᆞᆯ ᄯᅩ 다 머리셔 마타 잇ᄂᆞᆫ ᄃᆡᄅᆞᆯ 알리니 비록 菩뽕薩삻ㅅ 無뭉漏룰法법生싱鼻삥ᄅᆞᆯ 몯 得득ᄒᆞ야도 이 經경 디니ᄂᆞᆫ 사ᄅᆞᄆᆞᆫ 몬져 이런 鼻삥相샹ᄋᆞᆯ 得득ᄒᆞ리라 [20앞

ᄯᅩ 常썅精졍進진아 善션男남子ᄌᆞᆼ 善션女녕人신이 이 經경을 바다 디녀 닑거나 외오거나 사겨 니르거나 쓰거나 ᄒᆞ면 千쳔二싱百빅 舌쎯功공德득을 得득ᄒᆞ리니 됴커나 궂거나 아ᄅᆞᆷ답거나 아ᄅᆞᆷ답디 아니커나 여러 가짓 쓰며 ᄩᅥᆯᄫᅳᆫ 거시 舌쎯根근애 이셔 다 變변ᄒᆞ야 [20뒤 됴ᄒᆞᆫ 마시 ᄃᆞ외야 하ᄂᆞᇗ 甘감露롱ㅣ ᄀᆞᆮᄒᆞ야 아ᄅᆞᆷ답디 아니ᄒᆞᆫ 거시 업스며 舌쎯根근ᄋᆞ로 大땡衆즁 中듕에 불어 닐어 깁고 貴귕ᄒᆞᆫ 소리ᄅᆞᆯ 내면 能능히 그 ᄆᆞᅀᆞ매 드러 다 깃거 즐기긔 ᄒᆞ며 ᄯᅩ 여러 天텬子ᄌᆞᆼ와 天텬女녕와 釋셕梵뻠諸졍天텬이 다 와 드르며

ᄯᅩ 여러 龍룡과 龍룡女녕와 夜양叉창와 夜양叉창女녕와 [21앞 乾껀闥탏婆빵와 乾껀闥탏婆빵女녕와 阿항脩슐羅랑와 阿항脩슐羅랑女녕와 迦강樓룽羅랑와 迦강樓룽羅랑女녕와 緊긴那낭羅랑와 緊긴那낭羅랑女녕와 摩망睺ᅘᅮᇢ羅랑迦강와 摩망睺ᅘᅮᇢ羅랑迦강女녕ㅣ 法법 드로ᄆᆞᆯ 위ᄒᆞ야 다 와 親친近끈히 恭공敬경ᄒᆞ야 供공養양ᄒᆞ며 ᄯᅩ 比삥丘쿻

[21뒤]比_뼝丘_쿻尼_닝 優_흫婆_뼈塞_{ᄉᆡᆨ} 優_흫婆_뼈夷_잉와 國_귁王_왕과 王_왕子_중와 한 臣_씬下_{ᅘᅡᆼ} 眷_권屬_쑉과 小_{ᅀᅭᇢ}轉_둰輪_륜王_왕과 大_땡轉_둰輪_륜王_왕이 七_칧寶_봏 千_천子_중 內_뇡外_욍 眷_권屬_쑉 ᄃᆞ리고 다 와 法_법 드르리니 이 菩_뽕薩_삻이 說_{ᄉᆑᇙ}法_법을 잘ᄒᆞᆯᄊᆡ 婆_뼈羅_랑門_몬과 居_겅士_쏭와 나랏 百_{ᄇᆡᆨ}姓_셩ᄃᆞᆯ히 [22앞] 주ᇰᄃᆞ로개 조차ᄃᆞ녀 供_공養_양ᄒᆞ며

ᄯᅩ 諸_정聲_셩聞_문과 辟_벽支_징佛_뿛와 菩_뽕薩_삻와 諸_정佛_뿛이 샹녜 즐겨 보며 이 사ᄅᆞ미 잇는 方_방面_면을 諸_정佛_뿛이 다 그 녀글 向_향ᄒᆞ야 說_{ᄉᆑᇙ}法_법ᄒᆞ거시든 一_{ᄒᆞᇙ}切_촁 佛_뿛法_법을 다 能_능히 바다 디니며 ᄯᅩ 能_능히 깁고 貴_귕ᄒᆞᆫ 法_법音_흠을 내리라

ᄯᅩ [22뒤]常_쌍精_정進_진아 善_쎤男_남子_중 善_쎤女_녕人_{ᅀᅵᆫ}이 이 經_경을 바다 디녀 닑거나 외오거나 사겨 니르거나 쓰거나 ᄒᆞ면 八_{바ᇙ}百_{ᄇᆡᆨ} 身_신功_공德_득을 得_득ᄒᆞ야 조ᄒᆞᆫ 모미 淨_쪙瑠_률璃_링 ᄀᆞᆮᄒᆞ야 衆_즁生_{ᄉᆡᆼ}이 즐겨 보리니 그 모미 조ᄒᆞᆫ 젼ᄎᆞ로 三_삼千_천大_땡千_천世_셍界_갱옛 衆_즁生_{ᄉᆡᆼ}이 낧 時_씽節_졇와 주긇 時_씽節_졇와 [23뒤]有_{ᐦᅭ}頂_뎡에 니르리 잇는 것과 衆_즁生_{ᄉᆡᆼ}이 다 가온ᄃᆡ 現_현ᄒᆞ며 聲_셩聞_문과 辟_벽支_징佛_뿛와 菩_뽕薩_삻와 諸_정佛_뿛ㅅ 說_{ᄉᆑᇙ}法_법이 다 모ᇝ 가온ᄃᆡ 色_{ᄉᆡᆨ}像_썅이 現_현ᄒᆞ리니 비록 無_뭉漏_륳ᄒᆞᆫ 法_법性_셩엣 妙_묠身_신을 得_득디 몯ᄒᆞ야도 淸_쳥淨_쪙ᄒᆞᆫ 샹녯 모매 다 가온ᄃᆡ 現_현ᄒᆞ리라

ᄯᅩ 常_쌍精_정進_진아 善_쎤男_남子_중 [24앞]善_쎤女_녕人_{ᅀᅵᆫ}이 如_셩來_링 滅_몒度_똥ᄒᆞᆫ 後_{ᅘᅮᇢ}에 이 經_경을 바다 디녀 닑거나 외오거나 사겨 니르거나 쓰거나 ᄒᆞ면 千_천二_{ᅀᅵᆼ}百_{ᄇᆡᆨ} 意_{ᅙᅴ}功_공德_득을 得_득ᄒᆞ리니

이 淸_쳥淨_쪙ᄒᆞᆫ 意_{ᅙᅴ}根_곤ᄋᆞ로 ᄒᆞᆫ 偈_꼥 ᄒᆞᆫ 句_궁를 드러도 그지업스며 ᄀᆞᆺ업슨 ᄠᅳ들 ᄉᆞᄆᆞᆺ 알리니 이 ᄠᅳ들 알오 能_능히 ᄒᆞᆫ 句_궁 ᄒᆞᆫ 偈_꼥를 불어 닐어 [24뒤]ᄒᆞᆫ ᄃᆞᆯ 넉 ᄃᆞᆯ ᄒᆞᆫ ᄒᆡ예 니르리 믈읫 니르논 法_법이 意_{ᅙᅴ}趣_츙를 조차 다 實_씷相_샹애 그릇디 아니ᄒᆞ며 世_셍俗_쑉 經_경書_셩ㅣ며 世_셍間_간 다ᄉᆞ룷 마리며 싱계 사롤 일ᄃᆞᆯ흘 닐어도 다 正

졍혼 法법에 順쓘ᄒᆞ며

三삼千쳔大땡千쳔世솅界갱엣 六륙趣츙 衆즁生ᄉᆡᆼ이 ᄆᆞᅀᆞ맷 行ᅙᆡᆼᄒᆞ욤과 ᄆᆞᅀᆞ맷 動똥作작ᄒᆞ욤과 ^[25앞] ᄆᆞᅀᆞ맷 戲ᅙᅴ論론을 다 알리니 비록 無뭉漏룡智딩慧ᅘᆊᆼ를 得득디 몯 ᄒᆞ야도 意ᅙᆡᆼ根ᄀᆞᆫ이 淸쳥淨쪙호미 이러ᄒᆞᆯ씨 이 사ᄅᆞ미 ᄉᆞ랑ᄒᆞ며 혜아리며 니르는 마리 다 부텻 法법이라 아니 眞진實씷ᄒᆞ니 업스며 ᄯᅩ 先션佛뿛ㅅ ^[25뒤] 經경 中듕에 니ᄅᆞ샨 배리라 ^[26앞]

第六卷 第二十 不輕菩薩品

그 ᄢᅴ 부톄 得득大땡勢솅菩뽕薩삻 摩망訶항薩삻ᄭᅴ 니ᄅᆞ샤ᄃᆡ 네 아라라 比삥丘쿨 比삥丘쿨尼닝 優ᅙᅮᆼ婆뺑塞ᄾᆡᆨ 優ᅙᅮᆼ婆뺑夷잉 法법華ᅘᅪᆼ經경 디닗 사ᄅᆞᄆᆞᆯ ^[26뒤] 아뫼나 모딘 이브로 구지저 비우스면 큰 罪쬥報봏 어두미 몬져 니르듯 ᄒᆞ며 得득혼 功공德득도 앳가 니르듯 ᄒᆞ야 眼안耳ᅀᅵᆼ鼻삥舌쎯身신意ᅙᆡᆼ 淸쳥淨쪙ᄒᆞ리니

得득大땡勢솅여 네 無뭉量량無뭉邊변 不붏可캉思ᄉᆞᆼ議ᅌᅴᆼ 阿항僧ᄉᆞᆼ祇낑 劫겁 디내야 부톄 겨샤ᄃᆡ 일후미 威ᅙᅱᆼ音ᅙᆞᆷ王왕如ᅀᅧᆼ來링 應ᅙᅳᆼ供공 ^[27앞] 正졍徧변知딩 明명行ᅘᆡᆼ足죡 善쎤逝쎼 世솅間간解ᅘᆡᆼ 無뭉上쌍士ᄊᆞᆼ 調뜔御ᅌᅥᆼ丈땅夫붕 天텬人ᅀᅵᆫ師ᄉᆞᆼ 佛뿛世솅尊존이러시니 劫겁 일후믄 離링衰숴오 나랏 일후믄 大땡成쎵이러라 그 威ᅙᅱᆼ音ᅙᆞᆷ王왕佛뿛이 뎌 뉘예셔 天텬人ᅀᅵᆫ 阿항脩슐羅랑 위ᄒᆞ야 說쉃法법ᄒᆞ샤ᄃᆡ 聲셩聞문 求꿀ᄒᆞ리 위ᄒᆞ샨 ^[27뒤] 四ᄉᆞᆼ諦뎽法법을 니ᄅᆞ샤 生ᄉᆡᆼ老롤病뼝死ᄉᆞᆼ를 건나아 究궇竟경涅넗槃빤케 ᄒᆞ시고 辟벽支징佛뿛 求꿀ᄒᆞ리 위ᄒᆞ샨 十씹二ᅀᅵᆼ因힌緣원法법을 니르시며 菩뽕薩삻ᄃᆞᆯ 위ᄒᆞ샨 阿항耨녹多당羅랑三삼藐막三삼菩뽕提뗑를 因힌ᄒᆞ샤 六륙波방羅랑蜜밇法법을 니ᄅᆞ샤 究궇竟경佛뿛慧ᅘᆊᆼ케 ᄒᆞ더시니 ^[28뒤] 正졍法법 像쌍法법이 다 업슨 後훃

에 이 國궁土통애 쏘 부톄 나샤딕 쏘 號흫를 威윙音흠王왕如셩來링 應흥供공 正졍遍변知딩 明명行행足죡 善쎤逝쎙 世솅間간解행 無뭉上썅士쏭 調뜯御엉丈땅夫붕 天텬人싄師스 佛뿛世솅尊존이러시니 이 야으로 次충第똉로 二싱萬먼億흑 부톄 겨샤딕 다 흔 ^[29앞] 가짓 號흫ㅣ러시다

뭇 첫 威윙音흠王왕如셩來링 滅ퟛ 度똥ᄒᆞ샤 正졍法법 업슨 後흫를 像썅法법 中듕에 增증上썅慢만 比뼁丘쿻ㅣ 큰 勢솅力륵이 잇더니 그 쁴 흔 菩뽕薩삻 比뼁丘쿻ㅣ 일후미 常썅不붏輕켱이러라

得득大땡勢솅여 엇던 因인緣원으로 일후믈 常썅不붏輕켱이라 ᄒᆞ야뇨 이 比뼁丘쿻ㅣ ^[29뒤] 比뼁丘쿻ㅣ나 比뼁丘쿻尼닝나 優흫婆뺑塞싴나 優흫婆뺑夷잉나 보니마다 다 절ᄒᆞ고 讚잔嘆탄ᄒᆞ야 닐오딕 내 너희들흘 ᄀᆞ장 恭공敬경ᄒᆞ야 업시오딜 아니ᄒᆞ노니 엇뎨어뇨 ᄒᆞ란딕 너희들히 다 菩뽕薩삻ㅅ 道똘理링 行행ᄒᆞ야 당다이 부텨 ᄃᆞ욀씨니라

이 比뼁丘쿻ㅣ 經경典뎐 ^[30앞] 닑거 외오믈 專줜主즁ᄒᆞ야 아니ᄒᆞ고 오직 절ᄒᆞ기를 ᄒᆞ야 四ᄉᆞᆼ衆즁을 머리셔 보고도 쏘 부러 가 절ᄒᆞ고 讚잔嘆탄ᄒᆞ야 닐오딕 내 너희들흘 업시우디 아니ᄒᆞ노니 너희들히 다 당다이 부톄 ᄃᆞ외리라 ᄒᆞ더니 四ᄉᆞᆼ衆즁ㅅ 中듕에 怒농흔 ᄆᆞᅀᆞᆷ 낸 사ᄅᆞ미 모딘 이브로 구지저 닐오딕 이 智딩慧휑 ^[30뒤] 업슨 比뼁丘쿻ㅣ 어드러셔 오뇨 우리들흘 授쓭記킝호딕 당다이 부톄 ᄃᆞ외리라 ᄒᆞᄂᆞ니 우리들히 이러틋 흔 妄망量량앳 授쓭記킝ᅀᅡ 쓰디 아니호리라 ᄒᆞ더니 이 야으로 여러 힐를 샹녜 구지럼 드로딕 怒농흔 ᄠᅳ들 아니 내야 샹녜 닐오딕 네 당다이 부톄 ᄃᆞ외리라 ᄒᆞ거든 이 말 니를 時씽節졇에 모딘 ^[31앞] 사ᄅᆞ미 막다히며 디새며 돌ᄒᆞ로 텨든 조치여 ᄃᆞ라 머리 가 셔아셔 손직 高골聲셩으로 닐오딕 내 너희를 업시오딜 아니ᄒᆞ노니

너희들히 다 당다이 부톄 ᄃᆞ외리라 ᄒᆞ더라 샹녜 이 말 ᄒᆞ논 젼ᄎᆞ로 增ᄌᆞᇰ上쌰ᇰ慢만 比삥丘쿠ᇢ 比삥丘쿠ᇢ尼닝 優후ᇢ婆빵塞ᄉᆡᆨ 優후ᇢ婆빵夷이 號ᅘᅟᅩᇢ를 지호ᄃᆡ 常쌰ᇰ不붏輕켱이라 ᄒᆞ니라 [31뒤]

이 比삥丘쿠ᇢㅣ 주긂 時씽節졇에 虛헝空콩 中듀ᇰ에 威휭音흠王와ᇰ佛뿌ᇙ이 아래 니르시던 法법華ᅘᅪ經겨ᇰ엣 二ᅀᅵᆼ十씹千쳔萬먼億흑 偈꼉를 다 듣줍고 다 能느ᇰ히 바다 디녀 즉자히 우희 닐온 양 ᄀᆞ티 眼안根ᄀᆞᆫ이 淸쳐ᇰ淨쪄ᇰᄒᆞ며 耳ᅀᅵᆼ 鼻삥 舌쎠ᇙ 身신 意ᅙᅵᆼ根ᄀᆞᆫ이 淸쳐ᇰ淨쪄ᇰᄒᆞ야 六륙根ᄀᆞᆫ 淸쳐ᇰ淨쪄ᇰ을 得득ᄒᆞ고 [32앞] 다시 목수미 二ᅀᅵᆼ百ᄇᆡᆨ萬먼億흑 那낭由율他탕 히를 더 사라 너비 사름 위ᄒᆞ야 이 法법華ᅘᅪ經겨ᇰ을 니르더니

그 저긔 增ᄌᆞᇰ上쌰ᇰ慢만 比삥丘쿠ᇢ 比삥丘쿠ᇢ尼닝 優후ᇢ婆빵塞ᄉᆡᆨ 優후ᇢ婆빵夷이 이 사름 므더니 너겨 不붏輕켱이라 일훔 지ᄒᆞ니들히 큰 神씬通토ᇰ力륵과 樂욜說쉉辯변力륵과 大땡善쎤寂쪅力륵을 [32뒤] 得득ᄒᆞ얫논 고들 보며 니르논 마를 듣고 다 信신伏뽁ᄒᆞ야 조ᄎᆞ니라

이 菩뽀ᇰ薩사ᇙ이 ᄯᅩ 千쳔萬먼億흑 사ᄅᆞ믈 化화ᄒᆞ야 阿항耨녹多당羅랑三삼藐막三삼菩뽀ᇰ提똉예 住뜌케 ᄒᆞ고 命몌ᇰ終쥬ᇰᄒᆞᆫ 後ᅘᅮᇢ에 二ᅀᅵᆼ千쳔億흑 부텨를 맛나ᅀᆞᄫᅵ니 다 號ᅘᅟᅩᇢㅣ 日ᅀᅵᇙ月ᅌᅯᇙ燈드ᇰ明며ᇰ이러시니 [33앞]

그 法법 中듀ᇰ에 이 法법華ᅘᅪ經겨ᇰ을 닐온 젼ᄎᆞ로 ᄯᅩ 二ᅀᅵᆼ千쳔億흑 부텨를 맛나ᅀᆞᄫᅵ니 ᄒᆞᆫ가지로 號ᅘᅟᅩᇢㅣ 雲운自쭝在찡燈드ᇰ王와ᇰ이러시니 이 諸졍佛뿌ᇙㅅ 法법 中듀ᇰ에 바다 디녀 닐그며 외와 四ᄉᆞᇰ衆쥬ᇰ 위ᄒᆞ야 이 經겨ᇰ典뎐 니르던 젼ᄎᆞ로 常쌰ᇰ眼안이 淸쳐ᇰ淨쪄ᇰᄒᆞ며 耳ᅀᅵᆼ鼻삥舌쎠ᇙ身신意ᅙᅵᆼ [33뒤] 諸졍根ᄀᆞᆫ이 淸쳐ᇰ淨쪄ᇰᄒᆞ야 四ᄉᆞᇰ衆쥬ᇰ 中듀ᇰ에 說쉉法법호ᄃᆡ ᄆᆞᅀᆞ매 저픈 고디 업스니

得득大땡勢셰여 이 常쌰ᇰ不붏輕켱菩뽀ᇰ薩사ᇙ 摩망訶항薩사ᇙ이 이러틋 ᄒᆞᆫ 諸졍佛뿌ᇙ을 供고ᇰ養야ᇰᄒᆞᅀᆞᄫᅡ 恭고ᇰ敬겨ᇰ 尊존重뚀ᇰ 讚잔嘆탄ᄒᆞᅀᆞᄫᅡ 여러 가짓 됴ᄒᆞᆫ 根ᄀᆞᆫ源원을 시므

고 後홓에 쏘 千쳔萬먼億흑 佛뿛을 맛나ᅀᄫᅡ ^[34앞] 쏘 諸졍佛뿛法법 中듕에 이 經경典뎐을 닐어 功공德득이 이러 당다이 부톄 ᄃᆞ외리러라 得득大땡勢솅여 네 ᄠᅳ덴 엇뎨 너기ᄂᆞ다 그 ᄢᅴᆺ 常쌍不붏輕켱菩뽕薩삻은 다ᄅᆞᆫ 사ᄅᆞ미리여 내 모미 그라 내 아랫 뉘예 이 經경을 바다 디녀 닐그며 외오며 ᄂᆞᆷᄃᆞ려 니르디 아니ᄒᆞ더든 阿항耨녹多당羅랑三삼藐막三삼菩뽕提똉를 ^[34뒤] ᄲᆞᆯ리 得득디 몯ᄒᆞ리러니라

得득大땡勢솅여 뎌 時씽節졇ㅅ 比뼁丘쿻 比뼁丘쿻尼닝 優ᅙᅮᇂ婆빵塞ᄉᆡᆨ 優ᅙᅮᇂ婆빵夷잉 怒농ᄒᆞᆫ ᄠᅳᄃᆞ로 날 므더니 너기던 젼ᄎᆞ로 二ᅀᅵᆼ百ᄇᆡᆨ億흑劫겁을 상녜 부텨를 몯 맛나며 法법을 몯 드르며 쥬을 몯 보아 즈믄 劫겁을 阿항鼻삥地띵獄옥애 ᄀᆞ장 受쓯苦콩ᄒᆞ다가 ^[35앞] 이 罪쬥 믗고 쏘 常쌍不붏輕켱菩뽕薩삻이 阿항耨녹多당羅랑三삼藐막三삼菩뽕提똉 敎굘化황를 맛나니라

得득大땡勢솅여 네 ᄠᅳ덴 엇뎨 너기ᄂᆞ다 그 ᄢᅴᆺ 이 菩뽕薩삻 므더니 너기던 四ᄉᆞᆼ衆즁은 다ᄅᆞᆫ 사ᄅᆞ미리여 이 會ᅘᅬᆼ옛 跋뻕陁땅婆빵羅랑 等둥 五옹百ᄇᆡᆨ 菩뽕薩삻와 師ᄉᆞᆼ子즁月ᄋᆑᇙ 等둥 ^[35뒤] 五옹百ᄇᆡᆨ 比뼁丘쿻 比뼁丘쿻尼닝와 思ᄉᆞᆼ佛뿛 等둥 五옹百ᄇᆡᆨ 優ᅙᅮᇂ婆빵塞ᄉᆡᆨ 優ᅙᅮᇂ婆빵夷잉 다 阿항耨녹多당羅랑三삼藐막三삼菩뽕提똉예 므르디 아니ᄒᆞᄂᆞᆫ 사ᄅᆞ미 그라

得득大땡勢솅여 아라라 이 法법華ᅘᅪᆼ經경이 菩뽕薩삻摩망訶항薩삻ᄃᆞᆯᄒᆞᆯ ᄀᆞ장 饒ᅀᅲᇢ益혁ᄒᆞ야 能능히 阿항耨녹多당羅랑三삼藐막三삼菩뽕提똉예 ^[36앞] 니르릃ᄊᆡ 菩뽕薩삻摩망訶항薩삻ᄃᆞᆯ히 如셩來링 滅멿度똥ᄒᆞᆫ 後홓에 상녜 이 經경을 바다 디니며 닐그며 외오며 사겨 니르며 쓰며 ᄒᆞ야ᅀᅡ ᄒᆞ리라 ^[37앞]

第六卷 第二十一 如來神力品

그 ᄢᅴ 짜해셔 소사나신 千쳔 世솅界갱 微밍塵띤 等둥 菩뽕薩삻 摩망訶항薩삻이

다 부텻 알픽 一힗心심으로 ^[37뒤]尊존顏안을 울워ᅀᆞᄫᅡ 부텨씌 ᄉᆞᆲᄫᅡᄃᆡ 世솅尊존하 우리들히 부텨 滅몋度똥ᄒᆞ신 後훙에 世솅尊존ㅅ 分분身신 겨시던 나랏 滅몋度똥ᄒᆞ신 ᄯᅡ해 이 經경을 너비 닐오리니 엇뎨어뇨 ᄒᆞ란ᄃᆡ 우리도 이런 眞진實씷ㅅ 조ᄒᆞᆫ 큰 法법을 得득고져 ᄒᆞ야 바다 디녀 닐그며 외오며 사겨 니르며 쓰며 ᄒᆞ야 ^[38앞]供공養양호리이다

그 ᄢᅴ 世솅尊존이 文문殊쓩師ᄉᆞ利링 等등 無뭉量량 百ᄇᆡᆨ千쳔萬먼億흑 오래 娑상婆빠世솅界갱예 겨신 菩뽕薩삻 摩망訶항薩삻와 比삥丘쿨 比삥丘쿨尼닝 優훟婆빠塞ᄉᆡᆨ 優훟婆빠夷잉 天텬 龍룡 夜양叉챵 乾껀闥ᇙ婆빠 阿항修슣羅랑 迦강樓릏羅랑 緊긴那낭羅랑 摩망睺ᇢ羅랑迦강 ^[38뒤]人신非빙人신 等등 一힗切쳉 모든 알픽 큰 神씬力륵을 나토샤 廣광長땽舌쎯을 내샤 우흐로 梵뻠世솅예 니르게 ᄒᆞ시고 一힗切쳉 터럭 구무마다 그지업스며 數숭업슨 비쳇 光광明명을 펴샤 十씹方방 世솅界갱를 다 ᄀᆞᄃᆞ기 비취시니 한 寶봏樹쓩 ^[39앞]아래 師ᄉᆞ子중座쫭 우흿 諸정佛뿛도 ᄯᅩ 이 양ᄌᆞ로 廣광長땽舌쎯을 내시며 그지업슨 光광明명을 펴시니라

釋셕迦강牟뭏尼닝佛뿛와 寶봏樹쓩 아랫 諸정佛뿛이 神씬力륵 나토싫 時씽節졇이 百ᄇᆡᆨ千쳔 히 ᄎᆞ거ᅀᅡ 도로 舌쎯相샹을 가ᄃᆞ시고 ᄒᆞᆫᄢᅴ 기춤ᄒᆞ시며 ᄒᆞᆫᄢᅴ 彈딴指징ᄒᆞ시니 이 두 音흠聲셩이 ^[39뒤]十씹方방 諸정佛뿛世솅界갱예 다 니르며 ᄯᅡ히 다 六륙種죵으로 震진動똥ᄒᆞ더니

그어귓 衆즁生ᄉᆡᆼ 天텬 龍룡 夜양叉챵 乾껀闥ᇙ婆빠 阿항修슣羅랑 迦강樓릏羅랑 緊긴那낭羅랑 摩망睺ᇢ羅랑迦강 人신非빙人신 等등이 부텻 神씬力륵으로 다 이 娑상婆빠世솅界갱옛 無뭉量량無뭉邊변 百ᄇᆡᆨ千쳔萬먼億흑 ^[40앞]한 寶봏樹쓩 아래 師ᄉᆞ子중座쫭 우흿 諸정佛뿛도 보ᅀᆞᄫᆞ며 釋셕迦강牟뭏尼닝佛뿛와 多당寶봏如셩來링왜 寶봏塔

탑 中듕에 師令子중座쭝애 안자 겨샨 양도 보ᅀᆞᄫᅳ며 또 無뭉量량無뭉邊변 百빅千천萬먼億흑 菩뽕薩삻 摩망訶항薩삻와 四令衆즁둘히 釋셕迦강牟물尼닝佛뿛ᄭᅴ 恭공敬겅ᄒᆞ야 ^[40뒤]圍윙繞ᅀᅭᄒᆞᅀᆞᄫᅳᆫ 양도 보고 다 ᄀᆞ장 깃거 녜 업던 이ᄅᆞᆯ 얻과라 ᄒᆞ더니

즉자히 諸졍天텬이 虛헝空콩애셔 高공聲셩으로 닐오ᄃᆡ 이에로셔 無뭉量량無뭉邊변 百빅千천萬먼億흑 阿항僧승祇낑 世솅界갱를 디나가 나라히 이쇼ᄃᆡ 일후미 娑상婆빵ㅣ니 그에 부톄 겨샤ᄃᆡ 일후미 釋셕迦강牟물尼닝시니 ^[41앞]이제 菩뽕薩삻 摩망訶항薩삻들 위ᄒᆞ샤 大땡乘씽經경을 니ᄅᆞ시ᄂᆞ니 일후미 妙묳法법蓮련華ᅘᅪᆼㅣ니 菩뽕薩삻 ᄀᆞᄅᆞ치시논 法법이라 부텨 護ᅘᅩᆼ念념ᄒᆞ시논 배라 너희 ᄆᆞᅀᆞ매 ᄀᆞ장 隨쓍喜힁ᄒᆞ고 釋셕迦강牟물尼닝佛뿛ᄭᅴ 저ᅀᆞᄫᅡ 供공養양ᄒᆞᅀᆞᄫᆞ라

뎌 衆즁生ᄉᆡᆼ들히 虛헝空콩앳 소리 듣고 ^[41뒤]合햡掌쟝ᄒᆞ야 娑상婆빵世솅界갱를 向향ᄒᆞ야 닐오ᄃᆡ 南남無뭉釋셕迦강牟물尼닝佛뿛 南남無뭉釋셕迦강牟물尼닝佛뿛 ᄒᆞ고 種죵種죵앳 花황香향 瓔ᅙᅧᆼ珞락 幡펀蓋갱와 모매 莊장嚴엄ᄒᆞᆯ 껏과 貴귕ᄒᆞᆫ 보ᄇᆡ로 다 娑상婆빵世솅界갱예 머리셔 비터니 비흔 거시 十씹方방ᄋᆞ로셔 오니 구룸 지픠ᄃᆞᆺ ᄒᆞ야 變변ᄒᆞ야 ^[42앞]보ᄇᆡ옛 帳댱이 ᄃᆞ외야 이엣 諸졍佛뿛 우희 차 두프니 그 저긔 十씹方방 世솅界갱 ᄉᆞᄆᆞ차 ᄀᆞ린 거시 업서 ᄒᆞᆫ 부텻 나라히 ᄀᆞᆮ더라

그 ᄢᅴ 부톄 上쌍行ᅘᅢᆼ 等등 菩뽕薩삻 大땡衆즁ᄃᆞ려 니ᄅᆞ샤ᄃᆡ 諸졍佛뿛ㅅ 神씬力륵이 이러히 그지업스며 ᄀᆞᆺ업서 ᄉᆞ랑ᄒᆞ야 議읭論론 몯 ᄒᆞ리니 내 이런 神씬力륵으로 ^[42뒤]그지업스며 ᄀᆞᆺ업슨 百빅千천萬먼億흑 阿항僧승祇낑 劫겁에 付뿡屬쑉ᄒᆞ노라 ᄒᆞ야 이 經경功공德득을 닐오ᄃᆡ 오히려 몯다 니ᄅᆞ노라

조ᅀᆞ로ᄫᅵᆫ 고ᄃᆞ로 니ᄅᆞ건댄 如셩來링ㅅ 一힗切쳉 뒷논 法법과 如셩來링ㅅ 一힗切쳉 自쭝在찡ᄒᆞᆫ 神씬力륵과 如셩來링ㅅ 一힗切쳉 秘빙密밇ᄒᆞ고 조ᅀᆞ로ᄫᆞᆫ 藏짱과 ^[43앞]

如셩來링ㅅ 一힗切촁 甚씸히 기픈 이리 다 이 經겅에 現현히 닐어 잇느니라

이럴씨 너희 如셩來링 滅멿度똥혼 後훟에 혼 ᄆᅀᆞᄆᆞ로 바다 디녀 닐그며 외오며 사겨 니르며 쓰며 닐온 말 다히 脩슐行혱ᄒ라 나라돌해 아뫼나 바다 디녀 닐그며 외오며 사겨 니르며 쓰며 닐온 말 다히 修슐行혱ᄒ며 經경卷권 잇ᄂ [43뒤]짜ᄒ란 東동山산이어나 수프리어나 나모 미티어나 쥬의 坊방이어나 쇼히 지비어나 殿뗜堂땅이어나 묏고리어나 뷘 드르히어나 이어긔 다 塔탑 일어 供공養양ᄒ야ᅀᅡ ᄒ리니 엇뎨어뇨 ᄒ란딘 이 짜ᄒ 곧 이 道똫場땅이라 諸경佛뿛이 이에셔 阿ᅙᅡ耨녹多당羅랑三삼藐막三삼菩뽕提똉를 得득ᄒ시며 [44앞]이에셔 法법輪륜을 轉둳ᄒ시며 이에셔 般반涅넗槃빤ᄒ시ᄂ니라

釋셕譜봉詳썅節겷第똉十씹九굴

『석보상절 제십구』의 번역문 벼리

[1앞] 석보상절(釋譜詳節) 제십구(第十九)

제십팔(第十八) 수희공덕품(隨喜功德品)

그때에 미륵보살(彌勒菩薩) 마하살(摩訶薩)이 부처께 사뢰시되, "세존(世尊)이시여, 선남자(善男子)·선여인(善女人)이 이 법화경(法華經)을 듣고, 수희(隨喜)한 사람은 복(福)을 얼마나 득(得)하겠습니까?" 부처가 이르시되, "아일다(阿逸多)야, 여래(如來)가 멸도(滅度)한 후(後)에 비구(比丘)·비구니(比丘尼)· [1뒤] 우바새(優婆塞)·우바이(優婆夷)와 다른 지혜(智慧)로운 사람이, 어른이며 젊은이가 이 경(經)을 듣고 수희(隨喜)하여 법회(法會)로부터서 나가 다른 곳에 가서, 중(僧)의 방(坊)이거나 빈 한가로운 곳이거나 성(城)이거나 고을이거나 항맥(巷陌)이거나 마을이거나 [2앞] 자기가 들은 양으로 어버이며 친척이며 좋은 벗더러 힘껏 퍼뜨려 이르면, 이 사람들이 듣고 수희(隨喜)하여 또 옮겨 가르치면, 다른 사람이 듣고 또 수희(隨喜)하여 옮겨 가르쳐서 이렇게 옮아 쉰째 가면, 아일다(阿逸多)야, 그 쉰째의 선남자(善男子)·선여인(善女人)의 수희(隨喜) 공덕(功德)을 내가 이르겠으니, 네가 잘 들어라. [2뒤]

사백만억(四百萬億) 아승기(阿僧祇)의 세계(世界)에 육취(六趣) 중생(衆生)이 난생(卵生)과 태생(胎生)과 습생(濕生)과 화생(化生)과 형상(形象)이 있는 것과 형상이 없는 것과 유상(有想)과 무상(無想)과 비유상(非有想)과 비무상(非無想)과 발이 없는 것과 두 발을 타고난 것과 [3앞] 네 발을 타고 난 것과 발이 많은 것과, 이렇듯 한 중생(衆生)들에게 사람이 복(福)을 구(求)하느라고 하여 제가 좋아하는 것을 다 주되, 중생(衆生)마다 염부제(閻浮提)에 가득한 금(金)·은(銀)·유리(瑠璃)·차거(硨磲)·마노(瑪瑙)·산호(珊瑚)·호박(琥珀)과 코끼리(象)와 말과 수레와 칠보(七寶)의 궁전(宮殿)·누각(樓閣)들을 주어서, 이 대시주(大施主)가 여든 해를 이 모양으로 [3뒤] 보시(布施)하고 여기되, "내가 이미 중생(衆生)에게 즐거운 것을 보시(布施)하되, 중생들이 자기의 뜻에 즐거운 양(樣)을 좇아서 하니, 이 중생(衆生)이 다 늙어 곧 죽겠으니 내가 불법(佛法)으로 가르쳐서 인도(引導)하리라."하고, 이 중생(衆生)을 모아 법화(法化)를 펴서 가르쳐 이익(利益)이 되어 기쁨을 보여 [4앞] 함께 다 수다원도(須陁洹道)·사다함도(斯陁含道)·아나함도(阿那舍道)·아라한도(阿羅漢道)를 득(得)하게 하면, (그것이) 네 뜻에는 어떠하냐? 이 대시주(大施主)의 공덕(功德)이 많으냐 적으냐?"

미륵(彌勒)이 사뢰되, "이 사람의 공덕(功德)이 그지없으며 가(邊)가 없으니, 이 시주(施主)가 중생(衆生)에게 일체(一切)의 즐거운 것을 보시(布施)할 만하여도 [4뒤] 공덕(功德)이 그지없으니, 하물며 아라한과(阿羅漢果)를 득(得)하게 한 것입니까?"

부처가 이르시되, "내가 이제 분명(分明)히 너더러 이르리라. 이 사람이 일체(一切)의 즐거운 것으로 사백만억(四百萬億) 아승기(阿僧祇)의 세계(世界)의 육취(六趣)의 중생(衆生)에게 보시(布施)하고 또 아라한과(阿羅漢果)를 득(得)하게 한 공덕(功德)이, [5앞] 쉰째의 사람이 법화경(法華經)의 한 게(偈)를 듣고 수희(隨喜)한 공덕(功德)과 같지 못하여, 백분(百分)·천분(千分)·백천만억분(百千萬億分)에 하나도 못 미치겠으니, 이것은 산수(算數)와 비유(譬喩)로도 못 알 바이다.

아일다(阿逸多)야, 쉰째 사람의 공덕(功德)도 오히려 무량무변(無量無邊)한 아승기(阿僧祇)이니, 하물며 처음의 회중(會中)에서 [5뒤] 법화경을 듣고 수희(隨喜)한 이(=사람)이랴? 처음의 회중에서 법화경을 듣고 수희한 사람의 그 복(福)이 또 나은 것이 무량무변(無量無邊)한 아승기(阿僧祇)이라서, 대시주의 복과 비교하지 못하리라.

또 아일다(阿逸多)야, 아무나 사람이 이 경(經)을 위하여 중(僧)의 방(坊)에 가 앉거나 서거나 짧은 사이를 경을 들어도, 이 공덕(功德)으로 후생(後生)에 좋은 코끼리(象)이며 말이며 수레며 보배로 만든 가마를 얻으며, 천궁(天宮)도 [6앞] 타리라.

또 사람이 강법(講法)하는 곳에 앉아 있어서, 다른 사람이 오거든 勸(권)하여 앉아서 듣게 하거나 자기의 좌(座)를 나누어 앉히면, 이 사람의 공덕(功德)이 후생(後生)에 제석(帝釋)이 앉는 곳이거나 범왕(梵王)이 앉는 곳이거나 전륜성왕(轉輪聖王)이 앉는 곳을 득(得)하리라.

아일다(阿逸多)야, 또 사람이 남더러 이르되, "경(經)이 [6뒤] 있되, 이름이 법화(法華)이니 함께 가서 듣자."하거든, 그 말을 듣고 법화경을 잠시 들어도 이 사람의 공덕(功德)이 후생(後生)에 다라니보살(陀羅尼菩薩)과 한 곳에 나겠으니, 근원(根源)이 날카로워 지혜(智慧)가 있어서 백천만(百千萬) 세(世)에 벙어리가 아니 되며, 입내가 없으며, 혀의 병(病)이 없으며, 입의 병(病)이 없으며, 이가 검지 아니하며 ^[7앞] 누르며 성기지 아니하며 이지러지며 뽑혀서 떨어지지 아니하며 잘못 나며 굽지 아니하며, 입술이 아래로 처지지 아니하며 움츠러지지 아니하며 쭈글쭈글하지 아니하며 부스럼이 나서 터지지 아니하며 비뚤어지지 아니하며 두텁지 아니하며 검지 아니하여 모든 싫어할 만한 모습이 없으며, 코가 평평하고 엷지 아니하며 비틀어지지 ^[7뒤] 아니하며, 낯빛이 검지 아니하며 좁고 길지 아니하며 꺼지어 굽지 아니하여 일체(一切)의 미운 상(相)이 없어, 입술과 혀와 어금니와 이가 다 좋으며, 코가 길고 높고 곧으며, 낯이 둥그렇고, 눈썹이 높고 길며, 이마가 넓고 평정(平正)하여 사람의 상(相)이 갖추어져 있고, 세세(世世)에 나되 부처를 보아 법(法)을 듣고 가르치는 말을 신(信)하여 ^[8앞] 받으리라.

아일다(阿逸多)야, 한 사람을 권(勸)하여 가서 법(法)을 듣게 하여도 공덕(功德)이 이러하니, 하물며 일심(一心)으로 (법을) 들어 읽으며 외워서 대중(大衆)에게 남을 위하여 가려내어 이르며 말대로 수행(修行)한 사람이야?" ^[8뒤]

제십구(第十九) 법사공덕품(師功德品)

그때에 부처가 상정진보살(常精進菩薩) 마하살(摩訶薩)더러 이르시되, "선남자(善男子) ^[9앞] 선여인(善女人)이 이 법화경(法華經)을 받아 지녀 읽거나 외우거나 풀어 이르거나 쓰거나 하면, 이 사람이 마땅히 팔백(八百) 안공덕(眼功德) 천이백(千二百) 이공덕(耳功德)과 팔백(八百) 비공덕(鼻功德)과 천이백(千二百) 설공덕(舌功德)과 팔백(八百) 신공덕(身功德)과 ^[9뒤] 천이백(千二百) 의공덕(意功德)을 득(得)하여, 이 공덕(功德)으로 육근(六根)을 장엄(莊嚴)하여 다 청정(清淨)하게 하리라.

이 선남자(善男子)·^[13앞] 선여인(善女人)이 ^[13뒤] 부모(父母)가 낳으신 청정(清靜)한 육안(肉眼)으로, 삼천대천세계(三千大千世界)의 안팎에 있는 산이며 수풀이며 강이며 바다며 아래로 아비지옥(阿鼻地獄)에 이르며 위로 유정(有頂)에 이르도록 보며, 또 그 가운데에 있는 일체(一切)의 중생(衆生)과, 업(業)의 인연(因緣)과 과보(果報)로 나는 데(處)를 다 보아서 알리라. ^[14앞] 비록 천안(天眼)을 득(得)하지 못하여도 육안(肉眼)의 힘이 이러하니라.

또 상정진(常精進)아, 선남자(善男子)·선여인(善女人)이 이 경(經)을 받아 지녀 읽거나 외우거나 풀어서 이르거나 쓰거나 하면 천이백(千二百) 이공덕(耳功德)을 득(得)하겠으니, 이 청정(淸淨)한 귀로 삼천대천세계(三千大千世界)에 아래로 아비지옥(阿鼻地獄)에 ^[14뒤] 이르며 위로 유정(有頂)에 이르도록, 그 가운데의 안팎에 있는 종종(種種)의 말씀과 소리를 듣겠으니, 코끼리(象)의 소리, 말의 소리, 소의 소리, 수레의 소리, 우는 소리, 시름하여 한숨짓는 소리, 소라의 소리, 가죽 북의 소리, 쇠북의 소리, 방울 소리, 웃음소리, 말씀의 소리, 풍류의 소리, 남자의 소리, 여자의 소리, 사내아이의 소리, 계집아이의 소리, 법(法) 소리, 법(法) ^[15앞] 아닌 소리, 괴로운 소리, 즐거운 소리, 범부(凡夫)의 소리, 성인(聖人)의 소리, 기쁜 소리, 아니 기쁜 소리, 하늘의 소리, 용(龍)의 소리, 야차(夜叉)의 소리, 건달바(乾闥婆)의 소리, 아수라(阿脩羅)의 소리, 가루라(迦樓羅)의 소리, 긴나라(緊那羅)의 소리, 마후라가(摩睺羅迦)의 소리, 불의 소리, 물소리, 바람의 소리, 지옥(地獄) 소리, 축생(畜生)의 ^[15뒤] 소리, 아귀(餓鬼)의 소리, 비구(比丘)의 소리, 비구니(比丘尼)의 소리, 성문(聲聞)의 소리, 벽지불(辟支佛)의 소리, 보살(菩薩)의 소리, 부처의 소리 (등등).

요약(要約)해서 이른다면, 삼천대천세계(三千大千世界) 중(中)에 일체(一切)의 안팎에 있는 소리들을, 비록 천이(天耳)를 못 득(得)하여도, 부모(父母)가 낳으신 청정(淸淨)한 보통의 ^[16앞] 귀로 다 들어 알아서, 이렇듯이 종종(種種)의 음성(音聲) 가리되, 이근(耳根)은 헐어지지 아니하리라.

또 상정진(常精進)아, 선남자(善男子)·선여인(善女人)이 이 경(經)을 받아 지녀 읽거나 외오거나 새겨 이르거나 쓰거나 하면, ^[16뒤] 팔백(八百) 비공덕(鼻功德)을 이루겠으니,

이 청정(淸淨)한 비근(鼻根)으로 삼천대천세계(三千大千世界)에 있는 위와 아래와 안팎에 있는 종종(種種)의 향(香)을 맡겠으니, 수만나화향(須曼那華香)·사제화향(闍提華香)·말리와향(末利華香)·첨복화향(瞻蔔華香)·바라라화향(波羅羅華香)·^[17앞] 적련화향(赤蓮華香)·청련화향(靑蓮華香)·백련화향(白蓮華香)·화수향(華樹香)·과수향(果樹香)·전단향(栴檀香)·침수향(沈水香)·다가라발향(多摩羅跋香)·다가라향(多伽羅香)과 천만(千萬) 가지의 어우른 향(香)·말향(抹香)·환향(丸香)·^[17뒤] 도향(塗香)을, 이 경(經)을 지닐 사람이 여기에 있어도, 다 능(能)히 가리며, 또 중생(衆生)의 향(香)을 가려서 알아

서 코끼리(象)의 향(香)·말의 향(香)·소의 향(香)·양(羊)의 향(香)·남자의 향(香)·여자의 향(香)·사내아이의 향(香)·계집아이의 향(香)과 초목(草木)·총림(叢林) 향(香)을 가깝거나 멀거나 모든 있는 향(香)들을 다 맡아 가려서 그릇하지 [18앞] 아니하며,

이 경(經)을 지닌 사람이 비록 여기에 있어도 또 하늘 위에 있는 제천향(諸天香)을 맡아 바리질다라(波利質多羅)·구비다라수(拘鞞陁羅樹)의 향(香)과 [18뒤] 만다라화(曼茶羅華) 향(香)·마하만다라(摩訶曼陁羅華) 향(香)·만수사화(曼殊沙華) 향(香)·마하만수사화(摩訶曼殊沙華) 향(香)·전단(栴檀)·침수(沈水)·종종(種種)의 말향(末香)·여러 가지의 잡화(雜花) 향(香), 이렇듯 한 천향(天香)과 어우른 향(香)을 다 맡아 알며, 또 제천(諸天)의 몸에서 나는 향(香)을 맡되 제석환인(釋帝桓因)이 [19앞] 승전(勝殿)의 위에 있어 오욕(五欲)을 즐겨서 놀이할 시절(時節)의 향(香)과, 묘법당(妙法堂)의 위에 있어서 도리(忉利) 제천(諸天)을 위하여 설법(說法)할 시절(時節)의 향(香)과, 여러 동산(東山)에서 노닐 시절(時節)의 향(香)과, 다른 하늘(天神)들이 남자와 여자의 몸에서 나는 향(香)을 다 멀리서 맡아서,

이 모양으로 유정(有頂)에 이르도록 제천(諸天)의 몸에서 나는 향(香)을 또 다 [19뒤] 맡으며, 제천(諸天)이 피우는 향(香)도 좇아서 맡으며, 성문(聲聞)의 향(香)·辟支佛(벽지불)의 香(향)·菩薩(보살)의 香(향)·諸佛(제불)의 몸에서 나는 향(香)을 또 다 멀리서 맡아 그 향이 있는 데를 알겠으니, 비록 보살(菩薩)의 무루법생비(無漏法生鼻)를 못 득(得)하여도, 이 경(經)을 지니는 사람은 먼저 이런 비상(鼻相)을 得(득)하리라. [20앞]

또 상정진(常精進)아, 선남자(善男子)·선여인(善女人)이 이 경(經)을 받아 지녀서 읽거나 외우거나 새겨서 이르거나 하면, 천이백(千二百) 설공덕(舌功德)을 득(得)하겠으니, 좋거나 궂거나 아름답거나 아름답지 아니하거나 여러 가지의 쓰며 떫은 것이 설근(舌根)에 있어 다 변(變)하여 [20뒤] 좋은 맛이 되어 하늘의 감로(甘露)와 같아서 아름답지 아니한 것이 없으며, 설근(舌根)으로 대중(大衆) 중(中)에 퍼뜨려 일러서 깊고 귀(貴)한 소리를 내면 능(能)히 그 마음에 들어 다 기뻐하여 즐기게 하며,

또 여러 천자(天子)와 천녀(天女)와 석범(釋梵)의 제천(諸天)이 다 와 들으며, 또 여러 용(龍)과 용녀(龍女)와 야차(夜叉)와 야차녀(夜叉女)와 [21앞] 건달바(乾闥婆)와 건달바녀(乾闥婆女)와 아수라(阿修羅)와 아수라녀(阿修羅女)와 가루라(迦樓羅)와 가루

라녀(迦樓羅女)와 긴나라(緊那羅)와 긴나라녀(緊那羅女)와 마후라가(摩睺羅迦)와 마후라가녀(摩睺羅迦女)가 법(法)을 듣는 것을 위하여 다 와서 친근(親近)히 공경(恭敬)하여 공양(供養)하며, 또 비구(比丘)·[21뒤] 비구니(比丘尼)·우바새(優婆塞)·우바이(優婆夷)와 국왕(國王)과 왕자(王子)와 많은 신하(臣下)와 그들의 권속(眷屬)과 소전륜왕(小轉輪王)과 대전륜왕(大轉輪王)이 칠보(七寶)와 천자(千子)의 내외(內外) 권속(眷屬)을 데리고 다 와서 법(法)을 듣겠으니,

이 보살(菩薩)이 설법(說法)을 잘하므로 바라문(婆羅門)과 거사(居士)와 나라의 백성(百姓)들이 [22앞] 죽도록 쫓아다녀 공양(供養)하며, 또 제성문(諸聲聞)과 벽지불(辟支佛)과 보살(菩薩)과 제불(諸佛)이 늘 즐겨 보며, 이 사람이 있는 방면(方面)을 제불(諸佛)이 다 그곳을 향(向)하여 설법(說法)하시거든, 일체(一切)의 불법(佛法)을 다 능(能)히 받아 지니며 또 능(能)히 깊고 귀(貴)한 법음(法音)을 내리라.

또 [22뒤] 상정진(常精進)아, 선남자(善男子)·선여인(善女人)이 이 경(經)을 받아 지녀서 읽거나 외우거나 새겨 이르거나 쓰거나 하면, 팔백(八百) 신공덕(身功德)을 득(得)하여 깨끗한 몸이 정유리(淨瑠璃)와 같아서 중생(衆生)이 즐겨 보겠으니, 그 몸이 깨끗한 까닭으로 삼천대천세계(三千大千世界)에 있는 중생(衆生)이 날 시절(時節)과 죽을 시절(時節)과, [23앞] 위와 아래와, 좋으며 궂은 데와, 좋은 데와 나쁜 데에 나는 것이 다 그 몸의 가운데에 현(現)하며,

또 철위산(鐵圍山)과 대철위산(大鐵圍山)과 미루산(彌樓山)과 마하미루산(摩訶彌樓山) 등(等) 여러 산(山)과 그 중(中)에 있는 중생(衆生)이 다 그 몸의 가운데에 현(現)하며, 아래로 아비지옥(阿鼻地獄)에 이르며 위로 [23뒤] 유정(有頂)에 이르도록 거기에 있는 것과 중생(衆生)이 다 그 몸의 가운데에 현(現)하며, 성문(聲聞)과 벽지불(辟支佛)과 보살(菩薩)과 제불(諸佛)의 설법(說法)이 다 몸의 가운데에서 색상(色像)이 현(現)하겠으니, 비록 무루(無漏)한 법성(法性)을 갖춘 묘신(妙身)을 득(得)하지 못하여도, 청정(淸淨)한 보통의 몸에 다 가운데에 무루(無漏)한 법성(法性)이 현(現)하리라.

또 상정진(常精進)아, 선남자(善男子)·[24앞] 선여인(善女人)이 여래(如來)가 멸도(滅度)한 後(후)에 이 경(經)을 받아 지녀 읽거나 외우거나 새겨 이르거나 하면, 천이백(千二百) 의공덕(意功德)을 득(得)하겠으니,

이 청정(淸靜)한 의근(意根)으로 한 게(偈)와 한 구(句)를 들어도 그지없으며 가없는 뜻을 꿰뚫어서 알겠으니, 이 뜻을 알고 능(能)히 한 구(句)와 한 게(偈)를 퍼뜨려 일러, [24뒤] 한 달 넉 달 한 해에 이르도록 모든 이르는 법(法)이 의취(意趣)를 좇아서 다 실상(實相)에 어그러지지 아니하며, 세속(世俗)의 경서(經書)이며 세간(世間)을 다스릴 말이며 생계(生計)를 꾸릴 일들을 일러도 다 정(正)한 법(法)에 순(順)하며,

삼천대천세계(三千大千世界)에 있는 육취(六趣)의 중생(衆生)이 마음에서 행(行)하는 것과 마음에서 동작(動作)하는 것과 [25앞] 마음에서 하는 희론(戲論)을 다 알겠으니 비록 무루지혜(無漏智慧)를 득(得)하지 못하여도 의근(意根)이 청정(淸淨)한 것이 이러하므로, 이 사람이 생각하며 헤아리며 이르는 말이 다 부처의 법(法)이라서 아니 진실(眞實)한 것이 없으며, 또 선불(先佛)의 [25뒤] 경(經) 중(中)에 이미 이르신 바이리라. [26앞]

제이십(第二十) 상불경보살품(常不輕菩薩品)

그때에 부처가 득대세보살(得大勢菩薩) 마하살(摩訶薩)께 이르시되, "네가 알아라. 비구(比丘)·비구니(比丘尼)·우바새(優婆塞)·우바이(優婆夷)로서 법화경(法華經)을 지닐 사람을 [26뒤] 아무나 모진 입으로 꾸짖어 비웃으면 큰 죄보(罪報)를 얻는 것이 앞서 말한 바와 같으며, 득(得)한 공덕(功德)도 아까 이른 듯하여, '안(眼)·이(耳)·비(鼻)·설(舌)·신(身)·의(意)'가 청정(淸淨)하겠으니,

득대세(得大勢)여, 옛날에 무량무변(無量無邊)하고 불가사의(不可思議)한 아승기(阿僧祇)의 겁(劫)을 지내어 부처가 계시되, 이름이 위음왕여래(威音王如來)·응공(應供)·[27앞] 정변지(正編知)·명행족(明行足)·선서(善逝)·세간해(世間解)·무상사(無上士)·조어장부(調御丈夫)·천인사(天人師)·불세존(佛世尊)이시더니, 겁(劫)의 이름은 이쇠(離衰)이요 나라의 이름은 대성(大成)이더라.

그 위음왕불(威音王佛)이 저 세상에서 천인(天人)과 아수라(阿脩羅)를 위하여 설법(說法)하시되, 성문(聲聞)을 구(求)하는 이를 위해서는 [27뒤] 사제법(四諦法)을 이르시어 생로병사(生老病死)를 건너 구경열반(究竟涅槃)하게 하시고, 벽지불(辟支佛)을 구(求)하는 이를 위해서는 십이인연법(十二因緣法)을 이르시며, 보살(菩薩)들을 위해서는 아뇩다라삼먁삼보리(阿耨多羅三藐三菩提)를 인(因)하시어 육바라밀법(六波羅蜜

法)을 이르시어 구경불혜(究竟佛慧)하게 하시더니, ^[28앞] 득대세(得大勢)여, 이 위음왕불(威音王佛)이 목숨이 사십만억(四十萬億) 나유타(那由他) 항하사(恒河沙)의 겁(劫)이시고, 정법(正法)이 세간(世間)에 있는 것은 그 겁(劫)의 수(數)가 한 염부제(閻浮提)의 미진(微塵) 만하고, 상법(像法)이 세간(世間)에 있는 것은 그 겁(劫)의 수(數)가 사천하(四天下)의 미진(微塵) 만하더니, 그 부처가 멸도(滅度)하시고 ^[28뒤] 정법(正法)·상법(像法)이 다 없어진 후(後)에 이 국토(國土)에 또 부처가 나시되, 또 호(號)를 위음왕여래(威音王如來)·응공(應供)·정변지(正遍知)·명행족(明行足)·선서(善逝)·세간해(世間解)·무상사(無上士)·조어장부(調御丈夫)·천인사(天人師)·불세존(佛世尊)이시더니, 이 모양으로 차제(次第, 차례)로 이만억(二萬億)의 부처가 겨시되 다 한 ^[29앞] 가지의 호(號)이시더라.

가장 처음의 위음왕여래(威音王如來)가 멸도(滅度)하시어 정법(正法)이 없어진 후(後)에, 상법(像法) 중(中)에 증상만(增上慢)하는 비구(比丘)가 큰 세력(勢力)이 있더니, 그때에 한 보살(菩薩) 비구(比丘)가 이름이 상불경(常不輕)이더라.

득대세(得大勢)여! 이 보살 비구가 어떤 인연(因緣)으로 이름을 상불경(常不輕)이라 하였느냐? 이 비구(比丘)가 ^[29뒤] 비구(比丘)나 비구니(比丘尼)나 우바새(優婆塞)나 우바이(優婆夷)나 자기가 상불경 비구를 본 이(=사람)마다 다 절하고 찬탄(讚嘆)하여 이르되, "내 너희들을 매우 공경(恭敬)하여 업신여기지 아니하니, '그것이 어째서이냐?' 한다면 너희들이 다 보살(菩薩)의 도리(道理)를 행(行)하여 마땅히 부처가 될 것이기 때문이니라.

이 비구(比丘)가 경전(經典) ^[30앞] 읽어 외우는 것을 전주(專主)하지 아니하고, 오직 절하기를 하여, 사중(四衆)을 멀리서 보고도 또 일부러 가서 절하고, 찬탄(讚嘆)하여 이르되 "내가 너희들을 업신여기지 아니하니 너희들이 마땅히 부처가 되리라." 하더니, 사중(四衆)의 중(中)에 노(怒)한 마음을 낸 사람이 모진 입으로 꾸짖어 이르되 "이 지혜(智慧)가 ^[30뒤] 없는 비구(比丘)가 어디로부터서 왔느냐? 이 비구가 우리들을 수기(授記)하되 '마땅히 부처가 되리라.' 하나니, 우리들이 이렇듯 한 허망(虛妄)한 수기(授記)야말로 쓰지 아니하리라." 하더니, 이 양으로 여러 해를 늘 구지람을 듣되 노(怒)한 뜻을 아니 내어 늘 이르되 "네가 마땅히 부처가 되리라." 하거든, 이 말을 이를 시절(時節, 때)에 모든 ^[31앞] 사람이 막대며 기와며 돌로 치거든 쫓기어 달려 멀리 가 서서, 오히려 고성(高聲)으로 이르되, "내가 너희를 업신여기지 아니하니 너희들이 다 마땅히 부처가 되리라."고 하더라. 늘 이 말을 하는 까닭으로 증상만(增上慢)하는 비구(比丘)·比丘尼(비구니)·우바새(優婆塞)·優婆夷(우바이)의 호(號)를 붙이되, 상불경(常不輕)이라 하였니라. [31뒤]

이 비구(比丘)가 죽을 시절(時節, 때)에 허공(虛空) 중(中)에서 위음왕불(威音王佛)이 예전에 이르시던, 법화경(法華經)에 있는 이십천만억(二十千萬億)의 게(偈)를 다 듣고 다 능(能)히 받아 지녀서, 즉시 위에서 이른 것같이 안근(眼根)이 청정(淸淨)하며 이(耳)·비(鼻)·설(舌)·신(身)·의근(意根)이 청정(淸淨)하여 육근(六根)의 청정(淸淨)을 득(得)하고, [32앞] 다시 목숨이 이백만억(二百萬億) 나유타(那由他)의 해를 더 살아 널리 사람을 위하여 이 법화경(法華經)을 이르더니,

그때에 증상만(增上慢)의 비구(比丘)·비구니(比丘尼)·우바새(優婆塞)·우바이(優婆夷)가 — 이 사람을 소홀히 여겨서 '불경(不輕)'이라 이름을 붙인 이들이 — 상불경 비구가 큰 신통력(神通力)과 요설변력(樂說辯力)과 대선적력(大善寂力)을 [32뒤] 득(得)하여 있는 것을 보며, 상불경보살이 이르는 말을 듣고 다 신복(信伏)하여 좇았니라.

이 보살(菩薩)이 또 천만억(千萬億) 사람을 화(化)하여 아뇩다라삼먁삼보리(阿耨多羅三藐三菩提)에 주(住)하게 하고, 명종(命終)한 후(後)에 이천억(二千億) 부처를 만나니 그 부처가 다 호(號)가 일월등명(日月燈明)이시더니, [33앞] 그 법(法) 중(中)에 이 법화경(法華經)을 이른 까닭으로 또 이천억(二千億)의 부처를 만나니, 이 이천억의 부처가 한가지로 호(號)가 운자재등왕(雲自在燈王)이시더니,

이 제불(諸佛)의 법(法) 중(中)에서 법화경을 받아 지녀서 읽으며 외워서 사중(四衆)을 위하여 이 경전(經典)을 이르던 까닭으로, 상안(常眼)이 청정(淸淨)하며 耳(이)·鼻(비)·舌(설)·身(신)·意(의)의 [33뒤] 제근(諸根)이 청정(淸淨)하여 사중(四衆) 중(中)에서 설법(說法)하되 마음에 두려운 것이 없으니,

득대세(得大勢)여, 이 상불경보살(常不輕菩薩) 마하살(摩訶薩)이 이렇듯 한 제불(諸佛)을 공양(供養)하여 공경(恭敬)·존중(尊重)·찬탄(讚嘆)하여 여러 가지의 좋은 근원(根源)을 심고, 후(後)에 또 천만억(千萬億) 불(佛)을 만나 [34앞] 또 제불법(諸佛法) 중(中)에 이 경전(經典)을 사중에게 일러 공덕(功德)이 이루어져 마땅히 부처가 되겠더라.

득대세(得大勢)여, 너의 뜻에는 어찌 여기는가? 그때에 있은 상불경보살(常不輕菩薩)은 다른 사람이겠냐? 내 몸이 그이다. 내가 예전의 세상에 이 경(經)을 받아 지녀서 읽으며 외우며 남더러 이르지 아니하였더라면, 아뇩다라삼먁삼보리(阿耨多羅三藐三菩提)를 [34뒤] 빨리 득(得)하지 못하겠더니라.

득대세(得大勢)여! 저 시절(時節, 때)의 비구(比丘)·비구니(比丘尼)·우바새(優婆塞)·우바이(優婆夷)가 노(怒)한 뜻으로 날 소홀히 여기던 까닭으로, 이백억(二百億) 겁(劫)을 항상 부처를 못 만나며 법(法)을 못 들으며 중을 못 보아서, 천(千) 겁(劫)을 아비지옥(阿鼻地獄)에서 매우 수고(受苦)하다가 [35앞] 이 죄(罪)를 마치고 또 상불경보살(常不輕菩薩)이 행한 아뇩다라삼먁삼보리(阿耨多羅三藐三菩提)의 교화(敎化)를 만났니라.

득대세(得大勢)여! 너의 뜻에는 어찌 여기는가? 그때에 이 보살(菩薩)을 소홀히 여기던 사중(四衆)은 다른 사람이겠느냐? 이 회중(會中)에 있는 발타바라(跋陁婆羅) 등(等) 오백(五百) 보살(菩薩)과 사자월(師子月) 등(等) [35뒤] 오백(五百) 비구(比丘)·비구니(比丘尼)와 사불(思佛) 등(等) 오백(五百) 우바새(優婆塞)·우바이(優婆夷)로서, 다 아뇩다라삼먁삼보리(阿耨多羅三藐三菩提)에 물러나지 아니하는 사람이 그이다.

득대세(得大勢)여, 알아라. 이 법화경(法華經)이 보살(菩薩) 마하살(摩訶薩)들을 매우 요익(饒益)하여 능(能)히 아뇩다라삼먁삼보리(阿耨多羅三藐三菩提)에 [36앞] 이르게 하므로, 보살(菩薩) 마하살(摩訶薩)들이 여래(如來)가 멸도(滅度)한 후(後)에 항상 이 경(經)을 받아 지니며 읽으며 외우며 새겨 이르며 쓰며 하여야 하리라. [36뒤]

제이십일(弟二十一) 여래신력품(如來神力品)

그때에 땅에서 솟아나신 천(千) 세계(世界)의 미진(微塵)과 같은 보살(菩薩) 마하살(摩訶薩)이 다 부처의 앞에 일심(一心)으로 [37뒤] 合掌(합장)하여 尊顏(존안)을 우러러 부처께 사뢰되, "세존(世尊)이시여! 우리들이 부처가 멸도(滅度)하신 후(後)에 세존(世尊)의 분신(分身)이 계시던 나라에서 멸도(滅度)하신 곳에 이 경(經)을 널리 이르겠으니, '그것이 어째서이냐?' 한다면, 우리도 이런 진실(眞實)의 깨끗한 큰 법(法)을 득(得)하고자 하여, 이 경을 받아 지녀서 읽으며 외우며 새겨 이르며 쓰며 하여 [38앞] 공양(供養)하겠습니다.

그때에 세존(世尊)이 문수사리(文殊師利) 등(等) 무량(無量) 백천만억(百千萬億)의 오래 사바세계(娑婆世界)에 계신 보살(菩薩) 마하살(摩訶薩)과, 비구(比丘)·비구니(比丘尼)·우바새(優婆塞)·우바이(優婆夷)·천(天)·용(龍)·야차(夜叉)·건달바(乾闥婆)·아수라(阿修羅)·가루라(迦樓羅)·긴나라(緊那羅)·마후라가(摩睺羅迦) [38뒤]인비인(人非人) 등(等) 일체(一切)가 모인 앞에 큰 신력(神力)을 나타내시어, 광장설(廣長舌)을 내시어 위로 범세(梵世)에 이르게 하시고, 일체(一切)의 털 구멍마다 그지없으며 수(數) 없는 빛에서 나는 광명(光明)을 펴시어 시방세계(十方世界)를 다 가득히 비추시니, 많은 보수(寶樹) [39앞] 아래의 사자좌(獅子座) 위에 있는 제불(諸佛)도 또 이 모습으로 광장설(廣長舌)을 내시며 그지없는 광명(光明)을 펴셨느니라.

　석가모니불(釋迦牟尼佛)과 보수(寶樹) 아래의 제불(諸佛)이 신력(神力)을 나타내실 시절(時節, 때)이 백천(百千) 해가 차야 도로 설상(舌相)을 걷으시고 함께 기침하시며 함께 탄지(彈指)하시니, 이 두 음성(音聲, 소리)이 [39뒤] 시방(十方) 제불(諸佛)의 세계(世界)에 다 이르며 땅이 다 육종(六種)으로 진동(震動)하더니,

　거기에 있는 중생(衆生), 곧 천(天)·용(龍)·야차(夜叉)·건달바(乾闥婆)·아수라(阿脩羅)·가루라(迦樓羅)·긴나라(緊那羅)·마후라가(摩睺羅迦)·인비인(人非人) 등(等)이 부처의 신력(神力)으로 다 이 사바세계(娑婆世界)에 있는 무량무변(無量無邊) 백천만억(百千萬億)의 [40앞] 많은 보수(寶樹) 아래의 사자좌(師子座) 위에 있는 제불(諸佛)도 보며, 석가모니불(釋迦牟尼佛)과 다보여래(多寶如來)가 보탑(寶塔) 중(中)에서 사자좌(師子座)에 앉아 계신 모습도 보며, 또 무량무변(無量無邊)한 백천만억(百千萬億)의 보살(菩薩) 마하살(摩訶薩)과 사중(四衆)들이 석가모니불(釋迦牟尼佛)께 공경(恭敬)하여 [40뒤] 위요(圍繞)하여 있는 모습도 보고, 다 매우 기뻐하여 "내가 예전에 없던 일을 얻었다."고 하더니,

　즉자히 제천(諸天)이 허공(虛空)에서 고성(高聲)으로 이르되 "여기로부터서 무량무변(無量無邊)한 백천만억(百千萬億)의 아승기(阿僧祇)의 세계(世界)를 지나가 나라가 있되 그 이름이 '사바(娑婆)'이니, 거기에 부처가 계시되 그 이름이 '석가모니(釋迦牟尼)'이시니, [41앞] 이제 보살(菩薩) 마하살(摩訶薩)들을 위하시어 대승경(大乘經)을 이르시나니, 그 이름이 묘법연화(妙法蓮花)이니 이는 보살(菩薩)을 가르치시는 법(法)이라서 부처가 호념(護念)하시는 바이다. 너희가 마음에 대단히 수희(隨喜)하고

석가모니불(釋迦牟尼佛)께 저쑤워서 공양(供養)하라.

　저 중생(衆生)들이 허공(虛空)에서 나는 소리를 듣고 ^[41뒤] 합장(合掌)하여 사바세계(娑婆世界)를 향(向)하여 이르되 "나무석가모니불(南無釋迦牟尼佛)! 나무석가모니불(南無釋迦牟尼佛)!" 하고, 종종(種種)의 화향(花香)·영락(瓔珞)·번개(幡蓋)와 몸에 장엄(莊嚴)할 것과 귀(貴)한 보배로 다 사바세계(娑婆世界)에 멀리서 흩뿌리더니, 흩뿌린 것이 시방(十方)으로부터서 오니 구름이 지피듯 하여 변(變)하여 ^[42앞] 보배로 된 장(帳)이 되어 여기에 있는 제불(諸佛) 위에 차 덮으니, 그때에 시방(十方) 세계(世界)가 꿰뚫리어 가린 것이 없어 한 부처의 나라와 같더라.

　그때에 부처가 상행(上行) 등(等) 보살(菩薩) 대중(大衆)더러 이르시되, "제불(諸佛)의 신력(神力)이 이렇게 그지없으며 가(邊)가 없어서 생각하여 의논(議論)을 못 하겠으니, 내가 이런 신력(神力)으로 ^[42뒤] 그지없으며 가없는 백천만억(百千萬億) 아승기(阿僧祇)의 겁(劫)에 부촉(付屬)하느라 하여, 이 經(경) 功德(공덕)을 이르되 오히려 못다 이른다.

　종요로운 것으로 이른다면, 여래(如來)가 두고 있는 일체(一切)의 법(法)과, 여래(如來)의 일체(一切)의 자재(自在)한 신력(神力)과, 여래(如來)의 일체(一切)의 비밀(秘密)하고 종요(宗要)로운 장(藏)과, ^[43앞] 여래(如來)의 일체(一切)의 심(甚)히 깊은 일이 다 이 경(經)에 현(現)히 일러 있느니라.

　이러므로 너희가 여래(如來)가 멸도(滅度)한 후(後)에, 한 마음으로 이 경(經)을 받아 지녀서 읽으며 외우며 새겨 이르며 쓰며 이 경에서 이른 말대로 수행(修行)하라. 나라들에서 아무나 이 경을 받아 지녀서 읽으며 외우며 새겨 이르며 쓰며 이른 말대로 수행(修行)하며 경권(經卷)이 있는 ^[43뒤] 곳은 동산(東山)이거나 수풀이거나 나무 밑이거나 중(僧)의 방(坊)이거나 속인(俗人)의 집이거나 전당(殿堂)이거나 산골이거나 빈 들이거나 여기에 다 탑(塔)을 세워서 공양(供養)하여야 하겠으니, "그것이 어째서이냐?"고 한다면, 이 곳은 곧 이 도량(道場)이라서 제불(諸佛)이 여기서 아뇩다라삼먁삼보리(阿耨多羅三藐三菩提)를 득(得)하시며 ^[44앞] 여기서 법륜(法輪)을 전(轉)하시며 여기서 반열반(般涅槃)하시느니라.

석보상절(釋譜詳節) 제십구(第十九)

부록 2. 문법 용어의 풀이*

1. 품사

품사는 한 언어에 속하는 수많은 단어를 문법적인 특징에 따라서 갈래지어서 그 범주를 정한 것이다.

가. 체언

'체언(體言, 임자씨)'은 어떠한 대상의 이름이나 수량(순서)을 나타내거나 명사를 대신하는 단어들의 부류들이다. 이러한 체언에는 '명사', '대명사', '수사'가 있다.

① 명사(명사): 어떠한 '대상, 일, 상황' 등의 이름을 나타내는 단어이다.
  - 자립 명사: 문장 내에서 관형어의 도움 없이 홀로 쓰일 수 있는 명사이다.
    (1) ㄱ. 國은 나라히라 (나라ㅎ + -이- + -다)　　　　　[훈언 2]
        ㄴ. 國(국)은 나라이다.
  - 의존 명사(의명): 홀로 쓰일 수 없어서 반드시 관형어와 함께 쓰이는 명사이다.
    (2) ㄱ. 어린 百姓이 니르고져 홇 배 이셔도 (바 + -이)　[훈언 2]
        ㄴ. 어리석은 百姓(백성)이 이르고자 할 바가 있어도…

② 인칭 대명사(인대): 사람을 직시하거나 대용하는 대명사이다.
    (3) ㄱ. 내 太子를 셤기ᅀᆞᄫᅩ되 (나 + -이)　　　　　[석상 6:4]
        ㄴ. 내가 太子(태자)를 섬기되…

③ 지시 대명사(지대): 명사를 직접 가리키거나 대용하는 말이다.

＊ 이 책에서 사용된 문법 용어와 약어에 대하여는 '도서출판 경진'에서 간행한『학교 문법의 이해 2(2015)』와 '교학연구사'에서 간행한『중세 국어 문법의 이해: 이론편, 주해편, 강독편(2015)』의 내용을 참조하기 바란다.

(4) ㄱ. 내 <u>이</u>를 爲ㅎ야 어엿비 너겨 (이 + -를)　　　　　[훈언 2]

　　　ㄴ. 내가 이를 위하여 불쌍히 여겨…

④ 수사(수사): 사람이나 사물의 수량이나 차례를 나타내는 체언이다.

(5) ㄱ. 點이 <u>둘히면</u> 上聲이오 (둘ㅎ + -이- + -면)　　　　[훈언 14]

　　　ㄴ. 點(점)이 둘이면 上聲(상성)이고…

나. 용언

'용언(用言, 풀이씨)'은 문장 속에서 서술어로 쓰여서 주어로 표현되는 대상(주체)의 움직임이나 상태, 혹은 존재의 유무(有無)를 풀이한다. 이러한 용언에는 문법적 특징에 따라서 '동사'와 '형용사', '보조 용언' 등으로 분류한다.

① 동사(동사): 주어로 쓰인 대상의 움직임을 표현하는 용언이다. 동사에는 목적어를 취하는 타동사(= 타동)와 목적어를 취하지 않는 자동사(= 자동)가 있다.

(6) ㄱ. 衆生이 福이 <u>다ᅌᅵ거다</u> (다ᅌᅵ- + -거- + -다)　　　[석상 23:28]

　　　ㄴ. 衆生(중생)이 福(복)이 다했다.

(7) ㄱ. 어마님이 毘藍園을 <u>보라</u> 가시니 (보- + -라)　　　　[월천 기17]

　　　ㄴ. 어머님이 毘藍園(비람원)을 보러 가셨으니.

② 형용사(형사): 주어로 표현되는 대상의 성질이나 상태를 풀이하는 용언이다.

(8) ㄱ. 이 東山은 남기 <u>됴ᄒᆞᆯ씨</u> (둏- + -ᄋᆞᆯ씨)　　　　　[석상 6:24]

　　　　ㄴ. 이 東山(동산)은 나무가 좋으므로…

③ 보조 용언(보용): 문장 안에서 홀로 설 수 없어서 반드시 그 앞의 다른 용언에 붙어서 문법적인 뜻을 더해 주는 기능을 하는 용언이다.

(9) ㄱ. 勞度差ㅣ 쏘 ᄒᆞᆫ 쇼ᄅᆞᆯ 지서 <u>내니</u> (내- + -니)　　　[석상 6:32]

　　　　ㄴ. 勞度差(노도차)가 또 한 소(牛)를 지어 내니…

다. 수식언

'수식언(修飾言, 꾸밈씨)'은 체언이나 용언 등을 수식(修飾)하면서 그 의미를 한정(限定)한다. 이러한 수식언으로는 '관형사'와 '부사'가 있다.

① 관형사(관사): 체언을 수식하면서 체언의 의미를 제한(한정)하는 단어이다.

    (10) ㄱ. 녯 대예 새 竹筍이 나며   [금삼 3:23]
         ㄴ. 옛날의 대(竹)에 새 竹筍(죽순)이 나며…

② 부사(부사): 특정한 용언이나 부사, 관형사, 체언, 절, 문장 등 여러 가지 문법적인 단위를 수식하여, 그들 문법적 단위의 의미를 한정하거나 특정한 말을 다른 말에 이어 준다.

    (11) ㄱ. 이거시 <u>더듸</u> 뻐러딜식   [두언 18:10]
         ㄴ. 이것이 더디게 떨어지므로

    (12) ㄱ. <u>반드기</u> 甘雨ㅣ 느리리라   [월석 10:122]
         ㄴ. 반드시 甘雨(감우)가 내리리라.

    (13) ㄱ. <u>ᄒᆞ다가</u> 술옷 몯 먹거든 너덧 번에 ᄂᆞ화 머기라 [구언 1:4]
         ㄴ. 만일 술을 못 먹거든 너덧 번에 나누어 먹이라.

    (14) ㄱ. 道國王과 <u>밋</u> 舒國王은 實로 親ᄒᆞᆫ 兄弟니라   [두언 8:5]
         ㄴ. 道國王(도국왕) 및 舒國王(서국왕)은 實(실)로 親(친)한 兄弟(형제)이니라.

라. 독립언

감탄사(감탄사): 문장 속의 다른 말과 문법적인 관계를 맺지 않고 독립적으로 쓰인다.

    (15) ㄱ. <u>의</u> 丈夫ㅣ여 엇뎨 衣食 爲ᄒᆞ야 이 ᄀᆞᆮ호매 니르뇨 [법언 4:39]
         ㄴ. 아아, 丈夫여, 어찌 衣食(의식)을 爲(위)하여 이와 같음에 이르렀느냐?

    (16) ㄱ. 舍利佛이 ᄉᆞᆯᄫᅩᄃᆡ <u>엥</u> 올ᄒᆞ시이다   [석상 13:47]
         ㄴ. 舍利佛(사리불)이 사뢰되, "예, 옳으십니다."

2. 불규칙 용언

용언의 활용에는 어간이나 어미가 불규칙적으로 바뀌어서(개별적으로 교체되어) 일반적인 변동 규칙으로는 설명할 수 없는 것이 있다. 이처럼 불규칙하게 활용하는 용언을 '불규칙 용언'이라고 한다. 여기서는 'ㄷ 불규칙 용언, ㅂ 불규칙 용언, ㅅ 불규칙 용언'만 별도로 밝힌다.

① 'ㄷ' 불규칙 용언(ㄷ불): 어간이 /ㄷ/으로 끝나는 용언 중에는, 어간에 모음으로 시작하는 어미가 붙어서 활용할 때에, 어간의 끝 소리 /ㄷ/이 /ㄹ/로 바뀌는 용언이다.

   (1) ㄱ. 瓶의 므를 <u>기러</u> 두고사 가리라 (긷- + -어)   [월석 7:9]

      ㄴ. 瓶(병)에 물을 길어 두고야 가겠다.

② 'ㅂ' 불규칙 용언(ㅂ불): 어간이 /ㅂ/으로 끝나는 용언 중에는, 어간에 모음으로 시작하는 어미가 붙어서 활용할 때에, 어간의 끝 소리 /ㅂ/이 /ㅸ/으로 바뀌는 용언이다.

   (2) ㄱ. 太子ㅣ 性 <u>고ᄫᆞ샤</u> (곱- + -ᄋᆞ시- + -아)   [월석 21:211]

      ㄴ. 太子(태자)가 性(성)이 고우시어…

   (3) ㄱ. 벼개 노피 벼여 <u>누우니</u> (눕- + -으니)   [두언 15:11]

      ㄴ. 베개를 높이 베어 누우니…

③ 'ㅅ' 불규칙 용언(ㅅ불): 어간이 /ㅅ/으로 끝나는 용언 중에는, 어간에 모음으로 시작하는 어미가 붙어서 활용할 때에, 어간의 끝 소리인 /ㅅ/이 /ㅿ/으로 바뀌는 용언이다.

   (4) ㄱ. (道士ᄃᆞᆯ히) … 表 <u>지석</u> 엳ᄌᆞᄫᆞ니 (짓- + -어)   [월석 2:69]

      ㄴ. 道士(도사)들이 … 表(표)를 지어 여쭈니…

3. 어근

어근은 단어 속에서 중심적이면서 실질적인 의미를 나타내는 실질 형태소이다.

    (1) ㄱ. 굴가마괴 (굴- + ᄀ마괴), 싀어미 (싀- + 어미)
        ㄴ. 무덤 (묻- + -엄), 늘개 (늘- + -개)

    (2) ㄱ. 밤낮 (밤 + 낮), 뿔밥 (뿔 + 밥), 불뭇골 (불무 + -ㅅ + 골)
        ㄴ. 검붉다 (검- + 붉-), 오ᄂᆞ리다 (오ᄂᆞ- + ᄂ리-), 도라오다 (돌- + -아 + 오-)

- 불완전 어근(불어): 품사가 불분명하며 단독으로 쓰이는 일이 없고, 다른 말과의
  통합에 제약이 많은 특수한 어근이다(= 특수 어근, 불규칙 어근).

    (3) ㄱ. 功德이 이러 당다이 부톄 ᄃᆞ외리러라 (당당 + -이)   [석상 19:34]
        ㄴ. 功德(공덕)이 이루어져 마땅히 부처가 되겠더라.

    (4) ㄱ. 그 부텨 住ᄒ신 짜히 … 常寂光이라 (住 + -ᄒ- + -시- + -ㄴ) [월석 서:5]
        ㄴ. 그 부처가 住(주)하신 땅이 이름이 常寂光(상적광)이다.

4. 파생 접사

접사 중에서 어근에 새로운 의미를 더하거나 단어의 품사를 바꿈으로써, 새로운 단어
를 만들어 주는 것을 '파생 접사'라고 한다.

가. 접두사(접두)

접두사는 어근의 앞에 붙어서 새로운 단어를 형성하는 파생 접사이다.

    (1) ㄱ. 아ᅀᆞ와 아ᄎᆞᆫ아들왜 비록 이시나 (아ᄎᆞᆫ- + 아들)   [두언 11:13]
        ㄴ. 아우와 조카가 비록 있으나 …

나. 접미사(접미)

접미사는 어근의 뒤에 붙어서 새로운 단어를 형성하는 파생 접사이다.

① 명사 파생 접미사(명접): 어근에 뒤에 붙어서 명사를 파생하는 접미사이다.

    (2) ㄱ. ㅂ룸가비(ㅂ룸 + -가비), 무덤(묻- + -음), 노픽(높- + -익)

        ㄴ. 바람개비, 무덤, 높이

② 동사 파생 접미사(동접): 어근의 뒤에 붙어서 동사를 파생하는 접미사이다.

    (3) ㄱ. 풍류ㅎ다(풍류 + -ㅎ- + -다), 그르ㅎ다(그르 + -ㅎ- + -다), ㄱ물다(ㄱ물 + -∅- + -다)

        ㄴ. 열치다, 벗기다, 넓히다, 풍류하다, 잘못하다, 가물다

③ 형용사 파생 접미사(형접): 어근의 뒤에 붙어서 형용사를 파생하는 접미사이다.

    (4) ㄱ. 녇갑다(녙- + -갑- + -다), 골프다(곯- + -ㅂ- + -다), 受苦룹다(受苦 + -룹- + -다), 외룹다(외 + -룹- + -다), 이러ㅎ다(이러 + -ㅎ- + -다)

        ㄴ. 얕다, 고프다, 수고롭다, 외롭다

④ 사동사 파생 접미사(사접): 어근의 뒤에 붙어서 사동사를 파생하는 접미사이다.

    (5) ㄱ. 밧기다(밧- + -기- + -다), 너피다(넙- + -히- + -다)

        ㄴ. 벗기다, 넓히다

⑤ 피동사 파생 접미사(피접): 어근의 뒤에 붙어서 피동사를 파생하는 접미사이다.

    (6) ㄱ. 두피다(둪- + -이- + -다), 다티다(닫- + -히- + -다), 담기다(담- + -기- + -다), 돕기다(돕- + -기- + -다)

        ㄴ. 덮이다, 닫히다, 담기다, 잠기다

⑥ 관형사 파생 접미사(관접): 어근의 뒤에 붙어서 부사를 파생하는 접미사이다.

    (7) ㄱ. 모든(몯- + -은), 오은(오올- + -ㄴ), 이런(이러 + -ㄴ)

        ㄴ. 모든, 온, 이런

⑦ 부사 파생 접미사(부접): 어근의 뒤에 붙어서 부사를 파생하는 접미사이다.

(8) ㄱ. 몯내(몯 + -내), 비르서(비릇- + -어), 기리(길- + -이), 그르(그르- + -Ø)

　　　ㄴ. 못내, 비로소, 길이, 그릇

⑧ 조사 파생 접미사(조접): 어근의 뒤에 붙어서 조사를 파생하는 접미사이다.

　　(9) ㄱ. 阿鼻地獄브터 有頂天에 니르시니 (븥- + -어)　　　　　[석상 13:16]

　　　　ㄴ. 阿鼻地獄(아비지옥)부터 有頂天(유정천)에 이르시니⋯

⑨ 강조 접미사(강접): 어근의 뒤에 붙어서 강조의 뜻을 더하면서 새로운 단어를 파생하는 접미사이다.

　　(10) ㄱ. 니르왇다(니르- + -왇- + -다), 열티다(열- + -티- + -다), 니르혀다(니르- + -혀- + -다)

　　　　ㄴ. 받아일으키다, 열치다, 일으키다

⑩ 높임 접미사(높접): 어근의 뒤에 붙어서 높임의 뜻을 더하면서 새로운 단어를 파생하는 접미사이다.

　　(11) ㄱ. 아바님(아비 + -님), 어마님(어미 + -님), 그듸(그+ -듸), 어마님내(어미 + -님 + -내), 아기씨(아기 + -씨)

　　　　ㄴ. 아버님, 어머님, 그대, 어머님들, 아기씨

5. 조사

'조사(助詞, 관계언)'는 주로 체언에 결합하여, 그 체언이 문장 속의 다른 단어와 맺는 관계를 나타내거나 특별한 뜻을 더해 주는 단어이다.

가. 격조사

그 앞에 오는 말이 문장 안에서 일정한 문장 성분으로서의 기능함을 나타내는 조사이다.

① 주격 조사(주조): 주어로서 기능하는 것을 나타내는 격조사이다.

(1) ㄱ. 부텻 모미 여러 가짓 相이 ㄱㅈ샤 (몸 + -이) [석상 6:41]

ㄴ. 부처의 몸이 여러 가지의 相(상)이 갖추어져 있으시어…

② 서술격 조사(서조): 서술어로서 기능하는 것을 나타내는 격조사이다.

(2) ㄱ. 國은 나라히라 (나라ㅎ + -이- + -다) [훈언 1]

ㄴ. 國(국)은 나라이다.

③ 목적격 조사(목조): 목적어로서 기능하는 것을 나타내는 격조사이다.

(3) ㄱ. 太子를 하ᄂᆞᆯ히 ᄀᆞᆯ히샤 (太子 + -를) [용가 8장]

ㄴ. 太子(태자)를 하늘이 가리시어…

④ 보격 조사(보조): 보어로서 기능하는 것을 나타내는 격조사이다.

(4) ㄱ. 色界 諸天도 ᄂᆞ려 仙人이 ᄃᆞ외더라 (仙人 + -이) [월석 2:24]

ㄴ. 色界(색계) 諸天(제천)도 내려 仙人(선인)이 되더라.

⑤ 관형격 조사(관조): 관형어로서 기능하는 것을 나타내는 격조사이다.

(5) ㄱ. 네 性이 … 죵의 서리예 淸淨ᄒᆞ도다 (죵 + -의) [두언 25:7]

ㄴ. 네 性(성: 성품)이 … 종(從僕) 중에서 淸淨(청정)하구나.

(6) ㄱ. 나랏 말ᄊᆞ미 中國에 달아 (나라 + -ㅅ) [훈언 1]

ㄴ. 나라의 말이 中國과 달라…

⑥ 부사격 조사(부조): 부사어로서 기능하는 것을 나타내는 격조사이다.

(7) ㄱ. 世尊이 象頭山애 가샤 (象頭山 + -애) [석상 6:1]

ㄴ. 世尊(세존)이 象頭山(상두산)에 가시어…

⑦ 호격 조사(호조): 독립어로서 기능하는 것을 나타내는 격조사이다.

(8) ㄱ. 彌勒아 아라라 (彌勒 + -아) [석상 13:26]

ㄴ. 彌勒(미륵)아 알아라.

나. 접속 조사(접조)

체언과 체언을 이어서 명사구를 형성하는 조사이다.

(9) ㄱ. 입시울와 혀와 엄과 니왜 다 됴ᄒ며 (혀 + -와) [석상 19:7]

  ㄴ. 입술과 혀와 어금니와 이가 다 좋으며…

다. 보조사(보조사)

체언에 화용론적인 특별한 뜻을 덧보태는 조사이다.

(10) ㄱ. 나ᄂᆫ 어버ᅀᅵ 여희오 (나 + -ᄂᆫ) [석상 6:5]

  ㄴ. 나는 어버이를 여의고…

(11) ㄱ. 어미도 아ᄃᆞᆯ 모ᄅᆞ며 (어미 + -도) [석상 6:3]

  ㄴ. 어머니도 아들을 모르며…

6. 어말 어미

'어말 어미(語末語尾, 맺음씨끝)'는 용언의 끝자리에 실현되는 어미인데, 그 기능에 따라서 '종결 어미, 연결 어미, 전성 어미'로 나누어진다.

가. 종결 어미

① 평서형 종결 어미(평종): 말하는 이가 자신의 생각을 듣는 이에게 단순하게 진술하는 평서문에 실현된다.

(1) ㄱ. 네 아비 ᄒ마 주그니라 (죽- + -Ø(과시)- + -으니- + -다) [월석 17:21]

  ㄴ. 너의 아버지가 이미 죽었느니라.

② 의문형 종결 어미(의종): 말하는 이가 듣는 이에게 대답을 요구하는 의문문에 실현된다.

(2) ㄱ. 엇뎨 겨르리 업스리오 (없- + -으리- + -고) [월석 서:17]

  ㄴ. 어찌 겨를이 없겠느냐?

③ 명령형 종결 어미(명종): 말하는 이가 듣는 이에게 어떠한 행동을 하도록 요구하는 명령문에 실현된다.

  (3) ㄱ. 너희들히 ⋯ 부텻 마를 바다 디니라 (디니- + -라)　　　[석상 13:62]
　　 ㄴ. 너희들이 ⋯ 부처의 말을 받아 지녀라.

④ 청유형 종결 어미(청종): 말하는 이가 듣는 이에게 어떠한 행동을 함께 하도록 요구하는 청유문에 실현된다.

  (4) ㄱ. 世世예 妻眷이 ᄃᆞ외져 (ᄃᆞ외- + -져)　　　　　　　　[석상 6:8]
　　 ㄴ. 世世(세세)에 妻眷(처권)이 되자.

⑤ 감탄형 종결 어미(감종): 말하는 이가 듣는 이를 의식하지 않고 자신의 감정을 표출하는 감탄문에 실현된다.

  (5) ㄱ. 義ᄂᆞᆫ 그 큰뎌 (크- + -∅(현시)- + -ㄴ뎌)　　　　　[내훈 3:54]
　　 ㄴ. 義(의)는 그것이 크구나.

나. 전성 어미

용언이 본래의 서술 기능을 유지하면서도 다른 품사처럼 쓰이도록 문법적인 기능을 바꾸는 어미이다.

① 명사형 전성 어미(명전): 특정한 절 속의 서술어에 실현되어서, 그 절을 명사처럼 쓰이게 하는 어미이다.

  (6) ㄱ. 됴ᄒᆞᆫ 法 닷고믈 몯ᄒᆞ야 (닭- + -옴 + -을)　　　　[석상 9:14]
　　 ㄴ. 좋은 法(법)을 닦는 것을 못하여⋯

② 관형사형 전성 어미(관전): 특정한 절 속의 용언에 실현되어서, 그 절을 관형사처럼 쓰이게 하는 어미이다.

  (7) ㄱ. 어미 주근 後에 부텨씌 와 묻ᄌᆞᄫᆞ면(죽- + -∅- + -ㄴ)　[월석 21:21]
　　 ㄴ. 어미 죽은 後(후)에 부처께 와 물으면⋯

다. 연결 어미(연어)

이어진 문장의 앞절과 뒷절을 잇거나, 본용언과 보조 용언을 잇는 어미이다. 연결 어미에는 '대등적 연결 어미, 종속적 연결 어미, 보조적 연결 어미'가 있다.

① 대등적 연결 어미: 앞절과 뒷절을 대등한 관계로 잇는 연결 어미이다.

    (8) ㄱ. 子는 아드리오 孫은 孫子ㅣ니 (아들 + -이- + -고)   [월석 1:7]

        ㄴ. 子(자)는 아들이고 孫(손)은 孫子(손자)이니…

② 종속적 연결 어미: 앞절을 뒷절에 이끌리는 관계로 잇는 연결 어미이다.

    (9) ㄱ. 모딘 길헤 뻐러디면 恩愛를 머리 여희여 (뻐러디- + -면) [석상 6:3]

        ㄴ. 모진 길에 떨어지면 恩愛(은애)를 멀리 떠나…

③ 보조적 연결 어미: 본용언과 보조 용언을 잇는 연결 어미이다.

    (10) ㄱ. 赤眞珠ㅣ 도외야 잇ᄂ니라 (도외야: 도외- + -아)   [월석 1:23]

        ㄴ. 赤眞珠(적진주)가 되어 있느니라.

7. 선어말 어미

'선어말 어미(先語末語尾, 안맺음 씨끝)'는 용언의 끝에 실현되지 못하고, 어간과 어말 어미 사이에 실현되어서 문법적인 기능을 나타내는 어미이다.

① 상대 높임의 선어말 어미(상높): 말을 듣는 '상대(相對)'를 높여서 표현하는 선어말 어미이다.

    (1) ㄱ. 이런 고디 업스이다 (없- + -Ø(현시)- + -으이- + -다) [능언 1:50]

        ㄴ. 이런 곳이 없습니다.

② 주체 높임의 선어말 어미(주높): 문장에서 주어로 실현되는 대상인 '주체(主體)'를 높여서 표현하는 선어말 어미이다.

(2) ㄱ. 王이 그 蓮花를 ᄇᆞ리라 ᄒᆞ시다   [석상 11:31]

    (ᄒᆞ- + -시- + -∅(과시)- + -다)

  ㄴ. 王(왕)이 "그 蓮花(연화)를 버리라." 하셨다.

③ 객체 높임의 선어말 어미(객높): 문장에서 목적어나 부사어로 표현되는 대상인 '객체(客體)'를 높여서 표현하는 선어말 어미이다.

    (3) ㄱ. 벼슬 노ᄑᆞᆫ 臣下ㅣ 님그믈 돕ᄉᆞᄫᅡ (돕- + -ᄉᆞᇦ- + -아)   [석상 9:34]

       ㄴ. 벼슬 높은 臣下(신하)가 임금을 도와 …

④ 과거 시제의 선어말 어미(과시): 동사에 실현되어서 발화시 이전에 어떠한 일이 일어났음을 무형의 선어말 어미인 '-∅-'이다.

    (4) ㄱ. 이 ᄢᅴ 아들ᄃᆞᆯ히 아비 죽다 듣고(죽- + -∅(과시)- + -다) [월석 17:21]

       ㄴ. 이때에 아들들이 "아버지가 죽었다." 듣고 …

⑤ 현재 시제의 선어말 어미(현시): 발화시에 어떠한 일이 일어나고 있음을 나타내는 선어말 어미이다. 동사에는 선어말 어미인 '-ᄂᆞ-'가 실현되어서, 형용사에는 무형의 선어말 어미인 '-∅-'가 현재 시제를 나타낸다.

    (5) ㄱ. 네 이제 ᄯᅩ 묻ᄂᆞ다 (묻- + -ᄂᆞ- + -다)   [월석 23:97]

       ㄴ. 네 이제 또 묻는다.

    (6) ㄱ. 이런 고디 업스이다 (없- + -∅(현시)- + -으이- + -다) [능언 1:50]

       ㄴ. 이런 곳이 없습니다.

⑥ 미래 시제의 선어말 어미(미시): 발화시 이후에 어떠한 일이 일어날 것임을 나타내는 선어말 어미이다.

    (7) ㄱ. 아들ᄯᆞᆯ를 求ᄒᆞ면 아들ᄯᆞᆯ를 得ᄒᆞ리라 (得ᄒᆞ- + -리- + -다) [석상 9:23]

       ㄴ. 아들딸을 求(구)하면 아들딸을 得(득)하리라.

⑦ 회상 표현의 선어말 어미(회상): 말하는 이가 발화시 이전에 직접 경험한 어떤 때(경험시)로 자신의 생각을 돌이켜서, 그때를 기준으로 해서 일이 일어난 시간을 나타내는 선어말 어미이다.

(8) ㄱ. ᄠᅳ데 몯 마즌 이리 다 願 ᄀᆞ티 ᄃᆞ외더라   [월석 10:30]

　　　(ᄃᆞ외- + -더- + -다)

　　ㄴ. 뜻에 못 맞은 일이 다 願(원)같이 되더라.

⑧ 확인 표현의 선어말 어미(확인): 심증(心證)과 같은 말하는 이의 주관적인 믿음에 근거하여, 어떤 일을 확정된 것으로 표현하는 선어말 어미이다.

　　(9) ㄱ. 安樂國이ᄂᆞᆫ 시르미 더욱 깁거다   [월석 8:101]

　　　　(깊- + -Ø(현시)- + -거- + -다)

　　　ㄴ. 安樂國(안락국)이는… 시름이 더욱 깊다.

⑨ 원칙 표현의 선어말 어미(원칙): 말하는 이가 객관적인 믿음에 근거하여, 어떤 일을 확정된 것으로 표현하는 선어말 어미이다.

　　(10) ㄱ. 사ᄅᆞ미 살면… 모로매 늙ᄂᆞ니라   [석상 11:36]

　　　　(늙- + -ᄂᆞ- + -니- + -다)

　　　ㄴ. 사람이 살면… 반드시 늙느니라.

⑩ 감동 표현의 선어말 어미(감동): 말하는 이의 '느낌(감동, 영탄)'의 뜻을 나타내는 태도 표현의 선어말 어미이다.

　　(11) ㄱ. 그듸내 貪心이 하도다   [석상 23:46]

　　　　(하- + -Ø(현시)- + -도- + -다)

　　　ㄴ. 그대들이 貪心(탐심)이 크구나.

⑪ 화자 표현의 선어말 어미(화자): 주로 종결형이나 연결형에서 실현되어서, 문장의 주어가 말하는 사람(화자, 話者)임을 나타내는 선어말 어미이다.

　　(12) ㄱ. ᄒᆞ오ᅀᅡ 내 尊ᄒᆞ오라 (尊ᄒᆞ- + -Ø(현시)- + -오- + -다)   [월석 2:34]

　　　ㄴ. 오직(혼자) 내가 존귀하다.

⑫ 대상 표현의 선어말 어미(대상): 관형절이 수식하는 체언(피한정 체언)이, 관형절에서 서술어로 표현되는 용언에 대하여 의미상으로 객체(목적어나 부사어로 쓰인

대상)일 때에 실현되는 선어말 어미이다.

(13) ㄱ. 須達이 지순 精舍마다 드르시며   [석상 6:38]

      (짓- + -∅(과시)- + -우- + -ㄴ)

    ㄴ. 須達(수달)이 지은 精舍(정사)마다 드시며…

(14) ㄱ. 王이 … 누본 자리예 겨샤 (눕- + -∅(과시)- + -우- + -은) [월석 10:9]

    ㄴ. 王(왕)이 … 누운 자리에 계시어…

〈 인용된 '약어'의 문헌 정보 〉

약어	문헌 이름		발간 연대	
	한자 이름	한글 이름		
용가	龍飛御天歌	용비어천가	1445년	세종
석상	釋譜詳節	석보상절	1447년	세종
월천	月印千江之曲	월인천강지곡	1448년	세종
훈언	訓民正音諺解(世宗御製訓民正音)	훈민정음 언해본(세종 어제 훈민정음)	1450년경	세종
월석	月印釋譜	월인석보	1459년	세조
능언	愣嚴經諺解	능엄경 언해	1462년	세조
법언	妙法蓮華經諺解(法華經諺解)	묘법연화경 언해(법화경 언해)	1463년	세조
구언	救急方諺解	구급방 언해	1466년	세조
내훈	內訓(일본 蓬左文庫 판)	내훈(일본 봉좌문고 판)	1475년	성종
두언	分類杜工部詩諺解 初刊本	분류두공부시 언해 초간본	1481년	성종
금삼	金剛經三家解	금강경 삼가해	1482년	성종

▌참고 문헌

〈 중세 국어의 참고 문헌 〉

강성일(1972), 「중세국어 조어론 연구」, 『동아논총』 9, 동아대학교.

강신항(1990), 『훈민정음연구』(증보판), 성균관대학교 출판부.

강인선(1977), 「15세기 국어의 인용구조 연구」, 석사학위 논문, 서울대학교.

고성환(1993), 「중세국어 의문사의 의미와 용법」, 『국어학논집』 1, 태학사.

고영근(1981), 『중세국어의 시상과 서법』, 탑출판사.

고영근(1995), 「중세어의 동사형태부에 나타나는 모음동화」, 『국어사와 차자표기－소곡 남
　　　풍현 선생 화갑 기념 논총』, 태학사.

고영근(2010), 『제3판 표준 중세국어 문법론』, 집문당.

곽용주(1986), 「동사 어간－다' 부정법의 역사적 고찰」, 『국어연구』 138, 국어연구회.

교육인적자원부(2010), 『고등학교 교사용 지도서 문법』, (주)두산동아.

교육인적자원부(2010), 『고등학교 문법』, (주)두산동아.

구본관(1996), 「15세기 국어 파생법에 대한 연구」, 박사학위 논문, 서울대학교.

국립국어원, 『표준 국어 대사전』, 인터넷판.

권용경(1990), 「15세기 국어 서법의 선어말어미에 대한 연구」, 『국어연구』 101, 국어연구회.

김문기(1999), 「중세국어 매인풀이씨 연구」, 석사학위 논문, 부산대학교.

김소희(1996), 「16세기 국어의 '거/어'의 교체에 대한 연구」, 『국어연구』 142, 국어연구회.

김송원(1988), 「15세기 중기 국어의 접속월 연구」, 박사학위 논문, 건국대학교.

김영욱(1990), 「중세국어 관형격조사 '이/의, ㅅ'의 기술과 관련된 문제 해결을 위하여」, 『주
　　　시경학보』 8, 탑출판사.

김영욱(1995), 『문법형태의 역사적 연구』, 박이정.

김정아(1985), 「15세기 국어의 '-ㄴ가' 의문문에 대하여」, 『국어국문학』 94.

김정아(1993), 「15세기 국어의 비교구문 연구」, 박사학위 논문, 서울대학교.

김진형(1995), 「중세국어 보조사에 대한 연구」, 『국어연구』 136, 국어연구회.

김차균(1986), 「월인천강지곡에 나타나는 표기체계와 음운」, 『한글』 182, 한글학회.

김충회(1972), 「15세기 국어의 서법체계 시론」, 『국어학논총』 5~6, 단국대학교.

나진석(1971), 『우리말 때매김 연구』, 과학사.

나찬연(2011), 『수정판 옛글 읽기』, 도서출판 월인.

나찬연(2013ㄴ), 제2판 『언어·국어·문화』, 도서출판 월인.

나찬연(2013ㄷ), 제2판 『훈민정음의 이해』, 도서출판 월인.

나찬연(2013ㄹ), 『국어 어문 규범의 이해』, 도서출판 월인.

나찬연(2014ㄱ), 제5판 『중세 국어 문법의 이해-주해편』, 교학연구사.

나찬연(2014ㄴ), 제5판 『중세 국어 문법의 이해-강독편』, 교학연구사.

나찬연(2014ㄷ), 제5판 『중세 국어 문법의 이해-서답형 문제편』, 교학연구사.

나찬연(2015ㄱ), 제4판 『현대 국어 문법의 이해』, 도서출판 월인.

나찬연(2015ㄴ), 『학교 문법의 이해』 1, 도서출판 경진.

나찬연(2015ㄷ), 『학교 문법의 이해』 2, 도서출판 경진.

남광우(2009), 『교학 고어사전』, (주)교학사.

남윤진(1989), 「15세기 국어의 접속어미에 대한 연구」, 『국어연구』 93, 국어연구회.

노동헌(1993), 「선어말어미 '-오-'의 분포와 기능 연구」, 『국어연구』 114, 국어연구회.

류광식(1990), 「15세기 국어 부정법의 연구」, 박사학위 논문, 건국대학교.

리의도(1989), 「15세기 우리말의 이음씨끝」, 『한글』 206, 한글학회

민현식(1988), 「중세국어 어간형 부사에 대하여」, 『선청어문』 16~17집, 서울대학교 국어교육과.

박태영(1993), 「15세기 국어의 사동법 연구」, 석사학위 논문, 단국대학교.

박희식(1984), 「중세국어의 부사에 대한 연구」, 『국어연구』 63, 국어연구회

배석범(1994), 「용비어천가의 문제에 대한 일고찰」, 『국어학』 24, 국어학회.

성기철(1979), 「15세기 국어의 화계 문제」, 『논문집』 13, 서울산업대학교.

손세모돌(1992), 「중세국어의 'ㅂ리다'와 'ᄃᆞ다'에 대한 연구」, 『주시경학보』 9, 탑출판사.

심재완(1959), 『석보상절 제11』, 어문학자료총간 제1집, 어문학회.

안병희·이광호(1993), 『중세국어문법론』, 학연사.

양정호(1991), 「중세국어의 파생접미사 연구」, 『국어연구』 105, 국어연구회.

유동석(1987), 「15세기 국어 계사의 형태 교체에 대하여」, 『우해 이병선 박사 회갑 기념 논총』.

이광정(1983), 「15세기 국어의 부사형어미」, 『국어교육』 44~45.

이광호(1972), 「중세국어 '사이시옷' 문제와 그 해석 방안」, 『국어사 연구와 국어학 연구-안
        병희 선생 회갑 기념 논총』, 문학과 지성사.

이광호(1972), 「중세국어의 대격 연구」, 『국어연구』 29, 국어연구회.

이광호(1995), 「후음 'ㅇ'과 중세국어 분철표기의 신해석」, 『국어사와 차자표기-남풍현 선

생 회갑기념』, 태학사.

이기문(1963), 『국어표기법의 역사적 연구-신정판』, 한국연구원.

이기문(1998), 『국어사개설 - 신정판』, 태학사.

이숭녕(1981), 『중세국어문법 - 개정 증보판』, 을유문화사.

이승희(1996), 「중세국어 감동법 연구」, 『국어연구』 139, 국어연구회.

이정택(1994), 「15세기 국어의 입음법과 하임법」, 『한글』 223, 한글학회.

이주행(1993), 「후기 중세국어의 사동법」, 『국어학』 23, 국어학회.

이태욱(1995), 「중세국어의 부정법 연구」, 박사학위 논문, 성균관대학교.

이현규(1984), 「명사형어미 '-기'의 변화」, 『목천 유창돈 박사 회갑 기념 논문집』, 계명대학
　　　교 출판부.

이홍식(1993), 「'-오-'의 기능 구명을 위한 서설」, 『국어학논집』 1, 태학사.

임동훈(1996), 「어미 '시'의 문법」, 박사학위 논문, 서울대학교.

전정례(995), 「새로운 '-오-' 연구」, 한국문화사.

정 철(1954), 「원본 훈민정음의 보존 경위에 대하여」, 『국어국문학』 제9호, 국어국문학회.

정재영(1996), 「중세국어 의존명사 '드'에 대한 연구」, 『국어학총서』 23, 태학사.

최동주(1995), 「국어 시상체계의 통시적 변화에 관한 연구」, 박사학위 논문, 서울대학교.

최현배(1961), 『고친 한글갈』, 정음사.

최현배(1980=1937), 『우리말본』, 정음사.

한글학회(1985), 『訓民正音』, 영인본.

한재영(1984), 「중세국어 피동구문의 특성에 대한 연구」, 『국어연구』 61, 국어연구회.

한재영(1986), 「중세국어 시제체계에 관한 관견」, 『언어』 11-2, 한국언어학회.

한재영(1990), 「선어말어미 '-오/우-'」, 『국어 연구 어디까지 왔나』, 동아출판사.

한재영(1992), 「중세국어의 대우체계 연구」, 『울산어문논집』 8, 울산대학교 국어국문학과.

허웅(1975=1981), 『우리 옛말본』, 샘문화사.

허웅(1981), 『언어학』, 샘문화사.

허웅(1986), 『국어 음운학』, 샘문화사.

허웅(1989), 『16세기 우리 옛말본』, 샘문화사.

허웅(1992), 『15·16세기 우리 옛말본의 역사』, 탑출판사.

허웅(1999), 『20세기 우리말의 통어론』, 샘문화사.

허웅(2000), 『20세기 우리말의 형태론(고침판)』, 샘문화사.

허웅·이강로(1999), 『주해 월인천강지곡』, 신구문화사.

홍윤표(1969), 「15세기 국어의 격연구」, 『국어연구』 21, 국어연구회.

홍윤표(1994), 「중세국어의 수사에 대하여」, 『국문학논집』, 단국대학교 국어국문학과.

홍종선(1983), 「명사화어미의 변천」, 『국어국문학』89, 국어국문학회.

황선엽(1995), 「15세기 국어의 '-(으)니'의 용법과 기원」, 『국어연구』135, 국어연구회.

〈불교 용어의 참고문헌〉

곽철환(2003), 『시공불교사전』, 시공사.

국립국어원(2016), 인터넷판 『표준국어대사전』, (http://stdweb2.korean.go.kr/main.jsp)

대한불교 천태종 총무원(2016), 『묘법연화경』, 대한불교천태종 출판부.

두산동아(2016), 인터넷판 『두산백과사전』, (http://www.doopedia.co.kr/)

송성수(1999), 『석가보 외(釋迦譜 外)』, 동국대학교 부설 동국역경원.

운허·용하(2008), 『불교사전』, 불천.

원광대학교 종교문제연구소((1974), 인터넷판 『원불교사전』, 원광대학교 출판부.

한국불교대사전 편찬위원회(1982), 『한국불교대사전』, 보련각.

한국학중앙연구원(2016), 인터넷판 『한국민족문화대백과』, (http://encykorea.aks.ac.kr/)

홍사성(1993), 『불교상식백과』, 불교시대사.

〈불교 경전〉

『석가보』(釋迦譜)

『지장보살본원경』(地藏菩薩本願經)

『대방편불보은경』(大方便佛報恩經)

『묘법연화경』(妙法蓮華經)

※ 위에 제시된 불교 경전의 내용은 '고려대장경 지식베이스'(http://kb.sutra.re.kr, 고려대장경 연구소)에 탑재된 불경 파일을 참조했음.